LES AVENTURES DE NYSE

UN CANDIDE DANS LA MONDIALISATION

SONJA RIVIÈRE

ISBN : 978-2-918721-31-4

TRADE
BINGO GROUP
HAZARD
HAZARD FRERES
Goldman Sucks
WELLS EMBARGO
BNP Parieur
BANCO SATAN
BÂCLÉE
Merill Bitch
LEMAN SISTERS
JP Forban
TRADING
BANK
ALLIGATORS

I. PETITE HISTOIRE DES ÎLES FORTUNÉES OU COMMENT FAIRE LA MANCHE

Dans un château des îles Alligator, archipel excentrique au large de l'Angleterre, vivait un jeune homme dont le nom était déjà tout un programme. Nyse, d'après l'acronyme New York Stock Exchange (la Bourse américaine, Wall Street), était le fils naturel du magnat Jaimelor, d'origine américaine, dont la réputation d'homme d'actions n'était plus à faire.

Ce jouisseur avait fait fortune dans la vente d'air pur emballé sous vide et vendu sur Internet. Quand la bulle spéculative sur ce produit innovant avait crevé, phénomène qui s'était produit six mois avant la naissance de son fils, il venait juste de vendre l'essentiel de ses actions avec un beau pactole. Il investissait désormais dans la pierre. Mais en souvenir ému de la Bourse qui l'avait rendu milliardaire, il avait prénommé son fils Nyse. Les joues rebondies du rejeton, son teint pâle, ses yeux azurins fatigués par les longues stations devant son écran d'ordinateur, et même un début d'embonpoint malgré son jeune âge, tout cela le désignait comme le fils de son père. Qui d'ailleurs lui faisait donner une excellente éducation.

Le jeune Nyse avait pour précepteur le révérend Euyères. Un saint homme qui enseignait l'économie Universelle, une science exacte.

Son axiome de base : la main invisible du Marché, tu ne peux pas la couper : baise-la ! Le révérend Euyères prouvait, par la seule force de l'exemple, que le marché était un horizon indépassable : Cro-Magnon, ou même Néandertal, n'échangeaientils pas déjà des pointes de flèches, des massues et peut-être des femmes ? Même les chimpanzés s'échangent entre eux des puces, des oranges ou des paires de claques, signes primitifs d'une économie de marché mais marché quand même. Un système qui remonte à la nuit des temps. Le marché, plaisantait le révérend Euyères, c'est quand le commerce marche bien.

Formé à la dure école des chevaliers de la Sainte-Phynance, un ordre de moines-soldats défenseurs du libre marché dont la devise est « Toujours plus », le révérend Euyères faisait de la liberté absolue du commerce le premier pilier de son crédo. Le second étant que tout dans la vie peut être acheté ou vendu. Le troisième, enfin, que vivre c'est acheter. La fortune du magnat Jaimelor qui avait brassé de l'air et qui en était fier l'avait affermi dans ses convictions religieuses en matière économique. Car le révérend Euyères était profondément croyant.

Il avait eu la révélation un après-midi de novembre après les cotations, en s'appuyant contre un pilier dans la cour intérieure de la Bourse de Londres. L'esprit de la Sainte-Phynance était descendu sur lui sous la forme d'une courbe de bénéfices inexorablement ascendante qu'il avait longuement caressée du regard avant de sombrer dans une extase mystique.

Depuis, il vouait au Marché une foi profonde confortée par le raisonnement : un dieu qui manifeste autant de puissance de par le monde ne peut qu'exister. Pour le révérend Euyères, l'extermination des Indiens d'Amérique par les Espagnols ou les suicides de paysans dans l'Inde du XXIe siècle étaient autant de manifestations de l'existence de son dieu. Un dieu jaloux, avide de sacrifices humains, qui exige qu'on se soumette à sa volonté.

Il avait aussi des plaisirs un peu vicieux. Ainsi, le révérend Euyères sentait, avec un délicieux frisson d'angoisse, la main invisible du Marché effleurer sa nuque chaque fois que le magnat Jaimelor le convoquait dans son bureau pour son entretien hebdomadaire d'évaluation. Car Jaimelor aimait à lui répéter, à cette occasion solennelle, que personne n'est irremplaçable.

Le précepteur, qui prenait son rôle très à cœur, avait même obligé son docile élève, Nyse, à apprendre le français à l'âge de treize ans. Une langue qui avait l'extraordinaire mérite, connu des chevaliers de la Sainte-Phynance, d'être celle dans laquelle avait été théorisé le libéralisme absolu. L'Ordre honorait notamment les grandes figures de Jean-Baptiste Say, Adolphe Blanqui et Frédéric Bastiat. Tous trois pourfendeurs du protectionnisme, de l'intervention de l'État et défenseurs de la liberté individuelle face à toute autorité. Des idées d'avant-garde, jugeait le révérend Euyères, qui ajoutait sarcastiquement « mais les Français n'ont aucune culture économique.

Euyères appréciait le jeune Nyse dont l'esprit, quoique conformiste et même moutonnier, ne manquait pas d'une séduction paradoxale. On pressentait que, derrière le regard vide, une étincelle pouvait s'allumer qui mettrait le feu à la plaine. Le bel endormi attendait sa charmante, ce qui à cet âge ne tarderait pas. D'autant plus que l'adolescent vivait dans un petit paradis fourmillant de jolis lots, à l'abri de l'inquisition des fiscs internationaux.

Les luxuriantes îles anglo-normandes Alligator abritaient de magnifiques châteaux en pierres de taille apportées de tous les pays du continent.

Leur nom était un écho des îles Caïmans, un joyau offshore de la couronne britannique dans la mer des Caraïbes exempté d'impôts depuis la fin du XVIIIe siècle. La terre principale fut peut-être jadis l'île d'Avalon, demeure des fées de la légende arthurienne, avant qu'un petit groupe de milliardaires anglais, qui avaient fait leur pelote aux îles Caïmans, n'y tissent un nouvel Eldorado. Très vite le mystérieux archipel environné de brumes avait été rebaptisé Alligator (on a les références qu'on mérite). Grâce à un régime fiscal sur-mesure, il était le havre des personnalités les plus étoffées du vieux continent. Dans la région, on appelait avec humour cette émigration « faire la Manche.

Le magnat Jaimelor faisait partie des bienheureux de ce paradis perdu où les fortunes s'évanouissaient aussi mystérieusement que dans le triangle des Bermudes. Ce sexagénaire chauve, court sur pattes et violent, était le père d'une dizaine d'enfants de mères différentes, tous élevés sous son toit.

Quand il y avait trop d'enfants sur Alligator selon les projections démographiques liées au marché du travail, les bébés surnuméraires étaient abandonnés dans les forêts où ils devenaient la proie des bêtes errantes. On les appelait « la génération sacrifiée ». Une légende courait toutefois. On racontait, qu'en des temps très anciens, des jumeaux recueillis par une louve et devenus adultes s'étaient enfuis des îles pour aller fonder la capitale d'un empire, très loin à l'est de cet Éden. Mais on racontait tant de choses... Quel être raisonnable pouvait croire qu'une capitale d'empire se construit en un jour ? En revanche, n'importe quel imbécile savait que tous les chemins du continent menaient à Alligator, les îles fortunées qui avaient permis à leurs riches habitants de construire leur prospérité sur la misère du monde.

La noblesse d'Alligator restait attentive à la pureté du lignage. C'est pourquoi la loi autorisait le recours à des génitrices étrangères sélectionnées à grands frais dans le Gotha mondial. Une transaction au montant tenu secret, effectuée par un avocat d'affaires international aux honoraires notoirement prohibitifs.

Ces « mariages de pureté » étaient bénis par une cérémonie religieuse. Beaucoup considéraient en effet que le sang aristocratique, oxygéné par la bâtardise, nécessitait de temps à autre une piqûre de rappel d'endogamie pour rester bien bleu. L'enfant né de cette union devenait alors l'héritier principal car il s'agissait d'un investissement productif.

Cas inusité, la mère de Nyse était la fille d'un banquier genevois qui avait fauté dans la touffeur d'un été avec Jaimelor alors que ce dernier, petit courtier à Wall Street à l'époque, était de passage dans les îles pour ouvrir des comptes ultrasecrets outre-Atlantique. Il était beau et pauvre, quoique déjà plus très jeune, de taille médiocre et violent.

Rentrée chez elle en Suisse, la jeune femme se préparait à avorter quand éclata la bulle spéculative qui propulsa Jaimelor au rang de première fortune d'Alligator. Ravie de transmettre les gènes d'un génie, la fille du banquier helvète garda l'enfant jusqu'à l'accouchement qui eut lieu à sept mois car elle était pressée. Puis l'expédia chez Jaimelor pour ne pas avoir une bouche à nourrir. Elle suivait en cela le précepte de tous les milliardaires du monde : « Il n'y a pas de petites économies ».

Devenu magnat à Alligator dont l'ambiance d'intrigues financières lui plaisait, Jaimelor avait acquis aux yeux de l'élite indigène une séduction exotique qui lui valait quelques passe-droits. Nyse fut ainsi reconnu par son père. Et comme il était l'heureux symbole d'une spéculation de haut vol parfaitement réussie, il ferait des études d'économie Universelle pour devenir un économiste distingué, un expert. Ces études seraient dispensées par le révérend Euyères recruté sur Facebook où il affichait plusieurs millions d'amis achetés à grands frais (d'où l'expression en vogue « mes chers amis » pour désigner des relations mondaines).

Ayant établi dès le berceau du rejeton son plan de carrière, le magnat Jaimelor s'empressa de l'oublier pour passer aux affaires suivantes.

L'été de ses dix-huit ans vit Nyse tomber amoureux fou d'Acalcuta, une fille des îles Alligator dont le père avait fait fortune sur le marché du travail.

Ce conseiller des princes achetait et vendait du travail pour le compte des entrepreneurs, le travail étant naturellement une marchandise comme une autre. Les gens sans emploi venaient lui donner de l'argent pour qu'il leur fournisse un travail. C'était en effet aux demandeurs de payer pour qu'on leur trouve un emploi, selon la logique des mots et la loi de l'offre et de la demande.

En fonction des fluctuations du marché, ce travail leur était facturé une somme plus moins importante car tout ce qui est rare est cher. Les salariés ne cessaient ainsi de se plaindre de l'augmentation du coût du travail. Ils devaient en effet s'endetter sur plusieurs années pour rembourser leur emprunt de recherche d'emploi. Les employeurs, eux, avaient intérêt (dans tous les sens du terme) à maintenir un coût du travail élevé, ce qui leur faisait une sorte de rente. Finalement, disait le conseiller, tout le monde y gagne : les uns un emploi, les autres de l'argent, car on ne peut pas avoir les deux à la fois. De toute façon, aimait-il plaisanter en société, pour avoir vraiment de l'argent à dépenser un salaire ne sert à rien. On ne fait pas fortune en travaillant mais en faisant travailler les autres, cela s'appelle créer des emplois.

Mais le plus rentable, confiait-il, c'est d'avoir beaucoup d'argent de façon à ce qu'il travaille pour vous. En toute discrétion. Détenteur d'actions de sociétés que vous ne verrez jamais et que vous garderez peu de temps, personne ne connaît votre visage, et vous ne verrez qu'à la télévision la tête que font des salariés que vous ne connaissez pas à l'annonce qu'ils sont socialement plantés (c'est-à-dire objets d'un plan social). Vous pouvez donc profiter tranquillement des avantages de la modernité, le Pouvoir, la Beauté - liftings, liposuccion, implants divers-, et de tous les plaisirs qui s'achètent quand on a du temps pour s'y adonner. Car l'argent, en fin de compte, c'est du temps. Il n'y a que les gagne-petit et les sots pour croire l'inverse.

Ce conseiller très écouté (il avait été mis sur table d'écoutes par les services de contre-espionnage qui le soupçonnaient de trafic d'influences avec des groupes combattants aussi dangereux qu'argentés, ce conseiller, donc, avait cinq garçons mais une fille unique, la prunelle de ses yeux, la dame de ses pensées, l'or de ses reins. Acalcuta avait les yeux noirs de la mélancolie, la taille épaissie par l'abus de milk-shakes mais surtout la croupe généreuse qu'évoquaient les sonorités de son nom.

Son père l'avait désignée comme son héritière principale car elle était le résultat d'un « mariage de pureté ». Sa naissance avait tué sa mère car, face à l'hémorragie, la famille du conseiller s'était opposée à toute transfusion sanguine au motif que la pureté de l'enfant risquait d'être perdue. Déjà l'opération financière lui avait coûté très cher et elle refusait que le produit fini soit entaché de soupçon. Le nouveau-né avait été mis en nourrice et élevé au château. Quand elle eut quinze ans, lors d'une cérémonie très émouvante devant deux cents invités représentant les grandes familles d'Alligator, Acalcuta, les joues très pâles et vêtue de lin blanc, reçut de son père une bague de fiançailles.

Par ce geste il devenait le seul homme de sa vie et lui ordonnait de rester vierge jusqu'à son mariage, quand et avec qui il le déciderait. Un illuminé qui avait alors crié à l'inceste symbolique avait été exécuté sur l'heure par strangulation. On ne badine pas avec l'amour. Le criminel venait de France. Un pays de mécréants et de fainéants où l'on crachait à intervalle régulier sur les valeurs d'Alligator : financières, boursières, monétaires, actionnariales. Émus à la pensée de leur rôle messianique, les Crocodiles (c'est ainsi que le reste du monde appelait les habitants d'Alligator) avaient écrasé une larme. Le supplice du mécréant avait tiré Nyse de sa léthargie habituelle.

Désireux d'en voir la cause, il s'était faufilé au premier rang, sous l'estrade. Apercevant Acalcuta en contre-plongée, ses énormes fesses cachant le haut de son corps, Nyse avait senti monter en lui un émoi délicieusement incontrôlable. Immergé dans un océan de désir, il s'était collé à ses voisins pour cacher la tache humide qui s'étalait sur son pantalon jonquille. Depuis, Nyse regardait Acalcuta d'un air qu'elle avait très bien compris sans jamais avoir eu besoin de ne rien lui demander.

Cette idylle secrète durant deux ans. Le révérend Euyères était souvent invité au château du conseiller. À titre d'intellectuel à la mode car il sévissait à la télévision insulaire dans toutes les émissions traitant d'économie et de finances.

Un jour dans une pièce au fond d'un couloir, Acalcuta vit le meilleur économiste d'Alligator de dos, en veste de costume et en chaussettes, s'agiter devant une table, deux jambes gainées de noir tressautant sur ses épaules. Une longue chevelure blond cendré ondulant jusqu'à terre comme un serpent lui fit reconnaître la servante Gisquette. Une petite délurée à peine plus âgée qu'elle, qui savait des choses qu'Acalcuta brûlait de connaître mais qu'elle n'aurait jamais osé demander à personne. Remuée par cette scène au plus profond de ses entrailles, Acalcuta pensa que si le révérend Euyères, un homme de foi, un pur, agissait ainsi, c'est qu'il était en train d'enseigner une particularité économique. Peut-être les Droits de tirage spéciaux (DTS), un nom entendu par hasard dans le bureau de son père, qui avait frappé son imagination. Et puisque Nyse était l'élève d'Euyères, sans doute avait-il déjà appris cette chose qui secouait tant.

Quelque temps plus tard, alors qu'il passait comme chaque jour devant le château de sa belle dans l'espoir de la rencontrer, Nyse eut la surprise de la voir, de loin, lui faire un signe de la main. Par gestes, elle lui désigna une limousine noire aux vitres fumées garée sous un chêne. Nyse s'engouffra à l'intérieur. Elle l'y rejoignit bien vite. Leurs mains s'enlacèrent, leurs bouches se cherchèrent, sous ses longues jupes Acalcuta allait nue à cause de la chaleur, elle les releva...

C'est à l'instant décisif que la main invisible du Marché s'abattit sur le couple qui explorait la voie du libre-échange.

Le conseiller, qui venait prendre sa voiture pour se rendre à la Bourse, dispensa quelques gifles magistrales sur les joues déjà rouges des deux jeunes gens. Acalcuta rabattit ses jupes et courut en sanglotant se réfugier dans les bras de sa nourrice, qui, ayant compris l'objet du scandale, lui claqua par deux fois ses joues cramoisies pour avoir déshonoré son éducation. Attiré par les cris, le révérend Euyères en profita pour appliquer une bonne claque sur le postérieur d'Acalcuta et pour lui pincer les seins au passage. Échevelée, à bout de souffle, Acalcuta fut conduite dans le bureau de son père par son inflexible préceptrice anglaise pour être fessée à vif, comme il se doit.

Pendant ce temps, le conseiller, criant à l'outrage voire à l'adultère, ramena Nyse chez son père par la peau du cou et exigea une sanction exemplaire. L'exil. À Babylone. C'est-à-dire à Londres.

II. LA VIE RISQUÉE DE NYSE DANS LA FINANCE BRITANNIQUE

Chassé des îles fortunées comme un vulgaire immigré clandestin, Nyse débarqua à Canary Wharf, l'élégant quartier d'affaires, avec chapeau melon, bottes de cuir et attaché-case noir afin de passer inaperçu.

Il avait suivi les conseils du révérend Euyères qui lui avait tenu un discours très pédagogique :

— C'est à Canary Wharf et dans la City de Londres que bat le cœur du monde libre. Mais Canary Wharf est à la City ce que le luxe est au prêt-à-porter, vous vous y sentirez plus à l'aise. Pour le reste, à l'image du Marché, la Bourse est une Et hors de la Bourse, point de salut. Monsieur votre père lui doit sa fortune, preuve qu'il est béni de Dieu, et vous-même vous lui devez la vie. La bourse, Nyse, c'est la vie ! Voici la mienne avec quelques livres et surtout quelques obligations grecques, espagnoles et italiennes. C'est peu de choses, à vrai dire, mais elles vous permettront de tenir jusqu'au prochain plan de sauvetage européen. Et si une opportunité se présente, saisissez-la, le Marché ne sonne jamais deux fois.

À peine descendu du taxi, Nyse, à cause de son air hésitant, fut repéré par un rabatteur qui œuvrait pour la banque Léman Sisters. Un établissement syldavien réputé qui avait installé son siège à Londres pour optimiser son potentiel fiscal. En langage vulgaire : pour payer le moins d'impôts possible le plus légalement du monde grâce à l'exception financière britannique. Un racolage sur la voie publique qui profitait à l'économie du pays sinon à ses habitants, et qui faisait bien des jaloux sur le vieux continent.

Voyant sur l'étiquette d'embarquement de son attaché-case que Nyse arrivait des îles Alligator, le rabatteur sentit la paume de sa main droite le démanger, signe qu'il allait gagner beaucoup d'argent.

— Ce jeune imbécile me semble une bonne recrue, tâchons de le séduire avant de l'abandonner s'il devient trop intelligent.

Nyse louchait à la dérobée sur un énorme cheeseburger qu'un obèse en chemise rose et salopette verte, visiblement un touriste égaré sur le trottoir d'en face, engloutissait en tanguant d'un pied sur l'autre. Le rabatteur qui aimait la boxe visa Nyse à l'estomac :

— Mon jeune ami, vous m'êtes particulièrement sympathique. C'est l'heure du déjeuner et j'ai horreur de manger seul. Me ferez-vous le plaisir de manger avec moi ?

— Certes, répondit Nyse, mais c'est seulement un accord de principe. J'ai le regret de vous faire observer que notre échange est impossible car il serait inéquitable : je n'ai pas d'argent pour payer mon repas.

— Vous serez mon invité. Considérez ce geste comme un cadeau de bienvenue, un « golden hello » si j'ose dire, car cette formule réservée aux patrons des grandes sociétés internationales atteint des sommes que je ne peux vous révéler, ça vous couperait l'appétit.

Appliquant les conseils du révérend Euyères sur les opportunités à saisir, Nyse se retrouva attablé dans un restaurant panoramique situé au trentième étage d'un gratte-ciel, avec vue plongeante sur la Tamise. Dans le lointain, il reconnaissait la Tour de Londres.

— Je vous suggère de prendre la panse de brebis farcie, c'est leur spécialité, c'est délicieux et ça tient au corps. Mais vous la mangerez seul car je dois retourner au boulot dans dix minutes, ici, le temps c'est de l'argent. Pour commencer, dites-moi si vous aimez les émotions fortes !

— J'ai de très fortes émotions quand je vois mademoiselle Acalcuta...

— Bon, mais ne ressentez-vous pas des montées d'adrénaline quand vous écoutez les cours de la Bourse ?

— Point du tout. J'ai longuement étudié leurs fluctuations mais je ne les ai jamais écoutés de ma vie.

— Alors votre séjour à Londres sera votre baptême du feu. Et un baptême, ça s'arrose. Garçon, une pinte !

— Pour vous montrer que j'ai de la religion, j'accepte bien volontiers ce baptême, bien que l'eau fût plus appropriée...

— Ne vous inquiétez pas, ça se boit sans soif !

Le rabatteur avait un visage de fouine et une haleine de chacal. Mais après quelques gorgées de Guinness, Nyse, qui n'avait jamais bu de bière de sa vie, trouva qu'il était aussi sympathique que Jack Lemon et lui raconta sa vie. À la demi-pinte, il ressemblait à Tony Curtis et Nyse lui confia sa passion pour Acalcuta. La pinte finie, Nyse bégayait qu'il était le sosie de Marlon Brando et qu'il lui prêterait sa belle pour poser sur une affiche de cinéma. Le rabatteur jubilait qu'en matière de « binge drinking », une invention locale, cette Guinness-là pulvérisait tous les records.

La panse de brebis farcie emportée dans un « doggy bag » parce qu'elle était payée, le rabatteur emmena Nyse au dernier étage du siège de la Léman Sisters. Là, il le laissa ronfler dans un bureau dont le précédent occupant, un trader, venait d'être viré pour faute professionnelle c'est-à-dire pour insuffisance de bénéfices. Épuisé par le voyage, les émotions et l'alcool, Nyse dormit jusqu'à l'aube. À son réveil, on lui dit que la fortune appartient à ceux qui se lèvent tôt. Comme il était sympathique, qu'il venait des îles Alligator et qu'il avait étudié l'économie Universelle, il pouvait maintenant commencer sa vie d'homme.

Bien sûr, s'il déclinait cette proposition honnête, Nyse se retrouverait au chômage non indemnisé. Obligé de dormir sous les ponts (fort peu nombreux à Londres), de se nourrir dans les poubelles, de faire ses besoins dans la rue, et de dire adieu à la belle Acalcuta qui ne serait jamais amoureuse d'une telle limace. S'il acceptait, en revanche, le conseiller, son père, verrait d'un très bon œil la fulgurante carrière chez Léman Sisters de celui qui ne pouvait alors manquer de devenir son gendre. Soumis alternativement à la peur et à la tentation, Nyse céda au troisième chant du coq venu de l'autre côté du fleuve. Il était huit heures du matin, la Bourse, qui ne dormait jamais, se mettait à l'heure du continent.

Recruté par la Léman Sisters pour servir de négociant en produits financiers (en abrégé : trader), Nyse apprit à faire fonctionner l'arsenal sophistiqué du système financier mondial.

Grâce à la « titrisation », il assista, émerveillé, à la métamorphose d'une dette. On prêtait de l'argent avec intérêts, on mélangeait cette créance à d'autres, puis on revendait le paquet avec des intérêts supplémentaires. Cette alchimie le fascinait. Le système avait atteint là un degré inédit - pour ne pas dire ultime - de sophistication. Finies les dettes qui plombaient une comptabilité : on changeait le plomb en or. Une transmutation des métaux non pas physique mais abstraite, qui s'accompagnait bien sûr d'un changement de nom : la dette (connotation négative) devenait « produit financier » (connotation positive), l'ardoise, prélude à la tuile, se transformait en brillante carrière. Le « dû » se muait en « avoir ». Et pouvait, honorablement vêtu, réintégrer les comptabilités des banques, des entreprises, des organismes divers, et même des États. Bref, le mal d'autrefois devenait un « bien » au sens « possession » du terme. Emporté par l'enthousiasme, Nyse vit dans la titrisation une sorte d'anoblissement.

Mais le plus étonnant, à ses yeux, c'étaient les CDS, les « credit default swaps ».

On lui dit d'abord que c'était une assurance concernant la dette des États. Il s'agissait pour les créanciers de se protéger contre le non-remboursement éventuel d'une dette d'État. Nyse, qui avait toujours appris qu'un État ne pouvait pas faire faillite, en resta sans voix. Sa bouche s'arrondit encore quand on lui précisa qu'il n'était pas nécessaire de détenir la dette d'un État pour acheter une assurance contre le risque que cet État ne l'honore pas. De surcroît, les CDS, qui n'avaient plus d'assurance que le nom, pouvaient être vendus et revendus, toujours avec des intérêts croissants. Ces constatations successives le plongèrent dans un abîme de perplexité.

Il s'aperçut qu'en effet, les CDS étaient utilisés non pour se protéger contre un risque, mais pour spéculer sur le risque. Comme d'ailleurs tous les autres produits financiers. La Bourse était un repaire de chasseurs de primes. Il s'agissait de dégainer (de réaliser des gains) plus vite que son ombre, d'acheter et de vendre le plus rapidement possible. Le profit dépendait de la célérité de la transaction, souvent de l'ordre de la nanoseconde et effectuée par des machines. Il n'était même plus question de financer des entreprises - une activité archaïque dont les banquiers se gaussaient entre eux quand ils arrosaient leurs dividendes au plus fort d'une récession économique - mais de gagner très vite un maximum d'argent. Toute l'organisation du système était conçue dans ce but.

Nyse savait que la banque, historiquement, se fondait sur le fait que l'argent « fait des petits » comme disait le révérend Euyères avec une intonation lubrique : l'argent rapporte de l'argent. Mais la finance allait plus loin : même les dettes et les assurances, autrement dit de l'argent inexistant, une idée d'argent, engendrait de l'argent. Une telle production ininterrompue faisait tourner la tête. Cela s'appelle l'ivresse du vide.

Progressant dans l'économie Universelle appliquée, Nyse se rendit compte qu'Euyères était passé un peu vite sur certains chapitres. Notamment sur le bon usage des paradis fiscaux dans la comptabilité des banques, des entreprises et des particuliers qui avaient accès aux entrelacs financiers menant à ces territoires dépourvus de tout contrôle.

Selon Euyères, ils représentaient un léger égarement du système auquel la main invisible du Marché, toujours elle, ne pouvait manquer de mettre bon ordre. Mais chez Léman Sisters, Nyse se rendait compte que ces paradis fiscaux constituaient de véritables trous noirs qui aspiraient toutes les transactions du monde, y compris l'argent des trafics (drogue, trafics d'êtres humains, armements illégaux, réseaux terroristes...) sur la planète finance, véritable centrale atomique de l'économie mondiale, ils représentaient le cœur du réacteur. C'était de là que repartaient les flux financiers alimentant - ou vampirisant - l'économie réelle.

L'opacité du système, et surtout la puissance des lobbies financiers, industriels et militaires, mettaient ces lieux connus de tous à l'abri de la main invisible du Marché qui ne pouvait s'y immiscer. Même dans le gant de velours des accords bilatéraux. Un marché qui échappe à toutes les lois du marché, ça s'appelle un marché noir, avait conclu Nyse encore novice. Mais l'un de ses formateurs à qui il avait fait cette remarque l'avait corrigé d'un air scandalisé.

— Pas d'insultes chez Léman Sisters, monsieur Nyse. Tout est parfaitement légal. Les banques, les particuliers, les États, tout le monde peut confier son argent à un paradis fiscal à condition de bien le choisir. Certains sont plus abrités que d'autres, s'était emporté le spécialiste. Par souci pédagogique il avait poursuivi sa démonstration :

— Entre les places financières recherchées, les hommes d'affaires internationaux, les instances internationales et les

États, il existe une intrication de réseaux qui protège plus efficacement qu'un bouclier antiatomique. Jeune homme, on ne vous a pas appris l'importance des réseaux ?

Nyse, qui venait de découvrir une nouvelle définition du mot « réseau », comprit qu'il devait se garder de révéler son ignorance. Ignorer l'existence de l'ignorance en matière économique était en effet l'un des commandements clés de l'économie Universelle.

Lors de sa formation, Nyse avait manifesté des dons pour l'abstraction et pour la logique financière dont l'irrationalité le passionnait. Enfant, il avait adoré Lewis Carroll. Dans la salle des marchés de Léman Sisters où il officiait comme trader, il se sentait comme Alice au Pays des merveilles. Tout y était complètement inversé. La dette fonctionnait comme une créance, l'assurance coûtait la vie, le paradis fiscal cachait un enfer du jeu, la banque ne prêtait pas, elle achetait, on pouvait même vendre ce qu'on ne possédait pas, ça s'appelait une « vente à découvert ». La découverte de la vente à découvert fut pour Nyse un grand moment d'émotion poétique.

Très vite, il devint l'un des meilleurs traders de l'établissement.

Sa réputation s'étendait jusque dans la City où un mythe commençait à grandir. On chuchotait que les îles Alligator avaient envoyé chez Léman Sisters un petit prodige. Le grand patron en personne était venu lui serrer la main, ce que Nyse avait à peine remarqué. Il ne quittait jamais son petit bureau, mangeant et dormant assis à son poste de travail, comme la plupart de ses collègues. La Bourse agissait comme une drogue. Épuisé par le défilement constant des données sur les écrans, et malgré l'excitation suscitée par l'énormité des sommes mises en jeu, Nyse était de plus en plus souvent dans un état second. Il se voyait parfois minuscule, perdu dans l'éther financier qui entourait la Terre. Parfois, au contraire, il se sentait investi de pouvoirs supranormaux, une sorte de Titan portant le monde sur ses épaules.

Une nuit, en proie au démon de minuit (la fièvre acheteuse des traders), il acheta sur les Bourses asiatiques pour cent millions de livres de créances sur une obscure société de « safe-prostitution » sur Internet (tout se passait par webcam) dont la cote avait crevé le plafond. Dans la foulée, il acquit la moitié d'une société de forage pétrolier en Arctique, puis les deux-tiers d'un conglomérat créé pour la construction d'un barrage géant en Amazonie. Le tout figurant aussi dans un certain nombre de portefeuilles agglomérant une foule de titres divers sous le nom abscons de « produits dérivés» que Nyse, sous l'emprise d'une étrange euphorie, avait achetés au passage pour faire bonne mesure.

À l'aube, les cours s'étaient effondrés pour d'excellentes raisons invoquées après coup par les experts. Nyse avait fait sauter la banque. Son ardoise atteignait plusieurs milliards de livres. Écrasée par sa montagne de dettes, la Léman Sisters mit la clé sous la porte et Nyse sous les verrous. Le grand patron qui avait serré la main de Nyse sauta du centième étage avec son parachute doré qui l'emporta dans un paradis fiscal. La panique atteignit la banque d'Angleterre. Pour stopper la propagation du virus de la défiance (celui des intrications financières étant, lui, hors d'atteinte), la reine en personne vint à la télévision assurer à ses sujets que la situation était sous contrôle. Et donner sa parole que le coupable serait puni.

III. COMMENT NYSE DÉCOUVRIT LES MYSTÈRES DE LONDRES

Soupçonné d'avoir voulu ruiner la banque d'Angleterre, Nyse fut condamné à 200 ans de prison. Le verdict avait été rendu en quelques minutes car il avait plaidé coupable. Pour qu'il puisse être interrogé par les services secrets qui subodoraient un complot contre la finance anglo-saxonne voire la Couronne britannique, il fut transféré dans une prison secrète à la Tour de Londres. Mais une fois seul dans sa cellule, appelée « la chambre jaune » car elle était peinte en jaune soleil pour compenser son absence de fenêtre, Nyse eut un éblouissement. Il venait de comprendre qu'il finirait sa vie sur la paille humide du cachot.

Épuisé par des mois de surmenage et d'absence d'activité physique, son cœur cessa de battre.

C'est à ce moment précis que le gardien de nuit qui faisait sa ronde remarqua par le judas la position étrange du détenu sur le sol : le corps faisait un angle droit comme s'il avait été enfoncé par un objet contondant. C'était en fait la position assise, qu'il ne quittait plus depuis des mois. La cellule fut, en vain, passée au peigne fin, et le cadavre transporté à l'infirmerie - dans l'ancienne morgue - pour y attendre le médecin légiste. Les gardiens de l'époque s'interrogent encore sur « le mystère de la chambre jaune ».

À l'ancienne morgue, située près de l'entrée de la Tour pour rendre plus discret l'accès des corbillards, Nyse reprenait ses esprits. Son cœur avait flanché mais il avait tenu bon. Le gamin n'avait que vingt ans, la Mort avait ricané de toutes ses dents quand son fantôme s'était présenté devant elle.

— Tu penses peut-être que je les prends au berceau maintenant ? lui avait-elle lancé en rectifiant coquettement les plis de son suaire. J'ai bien assez à faire avec les vieux qui refusent de venir à mon rendez-vous ! Alors le morveux, ouste, du balai, et que je ne t'y reprenne pas de si tôt !

Nyse avait ouvert les yeux et s'était mis à suffoquer comme au jour de sa venue au monde. De fait, ce retour à la vie fut pour lui comme une nouvelle naissance. Retrouvant l'instinct des premiers âges, il sut qu'il devait impérativement faire une seule chose : partir vite, aller loin, et ne jamais revenir dans un endroit aussi désagréable. Il traversa la cour sans rencontrer âme qui vive, comme si la Mort veillait sur lui. En moins de deux minutes il se retrouva dans la rue. Une vague rumeur de foule sur sa gauche lui fit prendre la direction opposée. Avec ses milliers de vitres incendiées par le soleil levant, au loin, la City flambait.

À l'aube, à l'heure où les gardiens de nuit vont boire, ceux des administrations, des gares et des aéroports avaient prévu de longue date de se mettre en grève. La société privée Vaderetro qui les employait leur avait annoncé que leurs effectifs seraient bientôt réduits de moitié car elle avait besoin d'argent pour acheter - puis liquider - un concurrent en Italie. Conformément à la législation britannique, chaque salarié avait reçu chez lui le bulletin de vote pour ou contre la grève envoyé par son syndicat cinq semaines auparavant. Les syndicats avaient achevé de dépouiller le scrutin dans la nuit. Attendue avec impatience, et même une certaine rage, la grève se tenait donc au jour et à l'heure indiqués sur les bulletins de vote.

L'assassin revient toujours sur les lieux de son crime. Enfilant les rues au hasard, Nyse se dirigeait vers Canary Wharf. Après avoir longtemps marché comme dans un songe - son cerveau, non irrigué pendant quelques secondes fonctionnait au ralenti - Nyse retrouva sa pleine conscience dans le district de Tower Hamlets qui abrite le très chic quartier d'affaires, mais surtout l'East End, le quartier pauvre de Londres.

Il crut d'abord que la ville avait été mise à sac par des envahisseurs. La rue où il se trouvait comptait autant d'immeubles abandonnés (et remplis de squatters) qu'une rue du tiers-monde. Devant les façades lépreuses, les poubelles débordaient sur le trottoir. La chaussée était défoncée par endroits. Une voiture passa à vive allure, ses passagers braillant comme s'ils étaient coursés par Jack l'éventreur : ils hurlaient leur soutien à l'équipe de football de Whitechapel qui avait gagné la veille au soir.

C'était la fin de la matinée, un pub venait de relever son rideau de fer. Attiré par la perspective de boire un thé, Nyse se résolut à entrer. À droite du comptoir, un immense écran de télévision accroché au mur retransmettait une compétition olympique dont Nyse n'avait jamais entendu parler, mais dont il comprit qu'elle se déroulait à quelques centaines de mètres de là. Les deux seuls clients s'engueulaient copieusement. L'un tenait que les Jeux olympiques de Londres allaient permettre au pays de créer des emplois en attirant les investisseurs internationaux. C'était un sacré coup de pub dont on avait bien besoin, et puis on était déjà les meilleurs puisqu'on avait décroché l'honneur de les organiser. L'autre clamait qu'avec les sept milliards de livres qu'il allait falloir trouver pour ces jeux du cirque, c'était encore et toujours les mêmes qui allaient payer. Il n'y avait qu'à voir les Grecs ruinés par leurs Jeux commémoratifs, et les Chinois expropriés par leurs Jeux pharaoniques. La dispute prenait un tour violent et le patron les mit à la porte. Sur le trottoir, ils faillirent en venir aux mains.

— Auriez-vous l'amabilité de me servir un thé ? Et de me dire ce que sont ces Jeux olympiques qui déchaînent tant de passion ? demanda Nyse au patron qui essuyait les verres derrière son comptoir.

— D'où vous sortez ? Vous ne savez pas ? »

— Je travaillais à la Bourse, à Canary Wharf, auparavant je vivais sur les îles Alligator, expliqua Nyse en rougissant.

— Ah, golden boy, hein ? Et ça rapporte, la Bourse ?

— Moi elle ne m'a rapporté que des ennuis, soupira Nyse, mais ces Jeux olympiques... Le sourire menaçant du patron l'effraya.

— Dis-donc toi, t'as pas l'air très net. Si ça se trouve, t'as même pas de fric ! Montre un peu pour voir ! Le temps que le patron contourne son zinc, Nyse avait franchi la porte et pris ses jambes à son cou.

— Cet homme respecte sûrement la loi de l'offre et de la demande, se disait-il en courant à perdre haleine, il ne devait plus avoir de thé ». Bien des rues plus loin, à bout de souffle, il fut tiré de ses pensées par des explosions suivies de cris. Un groupe d'hommes en uniforme de gardiens de nuit couraient les coudes au corps, poursuivis par d'énormes chevaux montés par d'autres hommes en uniforme de policiers. Plaqué contre un mur, Nyse laissa passer la horde.

Arrivé sur une large rue bordée de maisons en briques, il se crut enfin à l'abri de ce déchaînement de violence.

Il se reposait sur un banc quand une brume irritante le fit éternuer et lui piqua les yeux. Entre ses larmes, il distingua au loin des silhouettes noires aux casques luisants qui reculaient en lançant des engins fumants, tandis qu'une foule compacte avançait en brandissant ce qui avait été une forêt de pancartes. Mais la plupart des écriteaux ayant été perdus - et les slogans avec - les pancartes s'étaient transformées en dangereuses piques. Depuis une rue transversale, deux jeunes garçons qui en emportaient un troisième, blessé, lui crièrent de fuir car l'émeute venait d'éclater sans demander d'autorisation à personne.

Aveuglé par les gaz lacrymogènes, Nyse s'enfuit par une ruelle dérobée qui s'embranchait sur la grande avenue. À nouveau, les immeubles lépreux et les trottoirs aux pavés inégaux le mirent mal à l'aise. Sous un tas de cartons, quelque chose bougeait. Une tête hirsute ravagée de barbe noire émergea de son abri de fortune.

— Eh, toi, t'as pas une livre ? Une cigarette ? Un ticket-restaurant ? J'ai faim ! cria la créature en se relevant, un gros rat blanc lové au creux de son bras. Nyse battit en retraite en serrant sur son cœur le portefeuille d'Euyères avec ses obligations grecques, espagnoles et italiennes qui ne devaient plus rien valoir depuis le temps que leurs cours s'effondraient. En se retournant, il vit que l'homme au rat s'était étalé de tout son long. Sur le trottoir, l'animal se dressait sur ses pattes de derrière pour défendre son maître.

Nyse traversa ensuite une charmante avenue bordée de maisons en pierres de taille aux perrons majestueux, se perdit dans un quartier populaire où flottaient des odeurs de curry, son teint pâle et sa jeunesse faisant sourire des femmes en sari qui lui adressaient de gentils signes de la main. Dans une ruelle aux enseignes au néon éteintes, des filles outrageusement maquillées lui lancèrent des propos qu'il ne comprit pas mais qui lui firent peur.

Malgré sa fatigue et sa faim, il continua sa fuite dans Babylone, comme disait le père d'Acalcuta, le conseiller des princes. Acalcuta ! Comme il aurait aimé être près d'elle à cette heure, sentir son parfum, effleurer sa joue... Affalé sur un banc, Nyse se réveilla en chassant de ses lèvres la mouche qui s'y était posée.

D'autres mouches bourdonnaient autour de lui. Elles étaient attirées par une charogne de chat ou de rat crevé dans le caniveau. Nyse se leva d'un bond et reprit son chemin de croix.

Ce fut dans un état comateux, les pieds en sang, les jambes raides, qu'il déboucha sur le port à la tombée de la nuit. Dans un ultime sursaut d'énergie, il parvint à monter à bord d'un bateau qui lui parut imposant et à se cacher au fond d'un canot de sauvetage. L'estomac vide, il s'endormit dans sa chaloupe, rêvant qu'il rejoignait les îles Alligator et la belle Acalcuta qui l'accablait de caresses.

Vers quatre heures du matin, à marée montante, le bateau leva l'ancre pour le continent.

IV. OÙ NYSE ET EUYÈRES SE VIRENT OBLIGÉS D'ALLER À LA SOUPE

— Mais puisque je vous dit que j'ai payé mon billet ! Il m'est simplement impossible de remettre la main dessus...

— À votre âge, c'est honteux de resquiller ! Je vous colle une amende de quarante livres si vous payez tout de suite, le double si je dois faire un PV !

— Je ne vais pas payer deux fois ! Pourquoi refusez-vous de me croire ?

— Bon, d'accord, je vais chercher le capitaine. Réveillé par les éclats de voix, Nyse se terrait au fond de son canot. Il faisait un jour gris, avec une brise aigre chargée d'embruns. Risquant un œil de dessous sa bâche, Nyse distingua en contre-jour une silhouette qui lui rappela quelqu'un.

— Cette fille du diable m'a piqué mon billet pour le donner à son chéri, grommelait une voix familière. Je suis le dindon de la farce...

— Euyères ! S'exclama Nyse en sautant de son canot.

— Mon cher précepteur ! Que faites-vous ici ?

— Ah, c'est une bien triste histoire... soupira le révérend Euyères en entraînant Nyse à l'autre bout du bateau.

— Je vous la conterai par le menu, mais d'abord il nous faut éviter le contrôleur. Car je vois bien que vous non plus vous n'avez pas de titre de transport.

— Je n'ai pas encore eu le temps de vendre le portefeuille de titres que vous m'avez confié... commença Nyse.

— Oubliez-les, ça ne vaut plus un clou. Ces pays ne pourront pas payer, leurs dettes seront annulées. Mais gardez quand même ces obligations. Elles ont une valeur collector qui grimpera avec le temps, vous verrez, comme les emprunts russes après la Révolution bolchevique !

Le révérend Euyères conduisit Nyse au bar du bateau, où ils furent rapidement entourés d'une foule de jeunes gens trempés comme des soupes et qui s'ébrouaient en riant. Une pluie diluvienne martelait les hublots. L'irruption d'un énorme chien de berger dégoulinant, suivi d'un vol de perruches qui allèrent se poser sur les porte-manteaux, fut accueillie par des hourras.

— Par ici, les mascottes ! Bienvenue dans l'arche de Noé ! Le bar était plein à craquer et sentait le whisky et le chien mouillé. Serrés sur une étroite banquette sous un porte-manteau, Nyse et Euyères se faisaient le plus petit possible. Quand le volume sonore atteignit un certain seuil, le révérend Euyères chuchota à l'oreille de Nyse :

— Le capitaine ne viendra plus. On est tranquilles pour un moment. Je vais pouvoir vous conter ce qui s'est passé depuis votre départ des îles Alligator.

Ce fut donc de bouche à oreille que Nyse apprit les horribles événements survenus dans le doux paradis de son enfance.

— Acalcuta est morte.

Frappé au cœur, qu'il avait désormais fragile, Nyse sentit sa tête tourner. Quand le vertige fut passé, il but machinalement le fond d'un verre d'eau qui se trouvait à portée de sa main... et se mit à tousser follement.

— Calmez-vous, lui cria dans l'oreille le révérend Euyères. Vous avez bu de la vodka, ça va passer. Taisez-vous et écoutez-moi.

— Morte. Acalcuta, morte, balbutiait Nyse. Serait-ce de chagrin de m'avoir vu chassé ? Non, dit le révérend Euyères. Elle a été victime d'un attentat terroriste qui a fait deux cents morts.

— Mais c'est impossible... impossible... protesta Nyse. Jamais les terroristes ne s'en sont pris aux îles Alligator... Selon les classiques de l'économie Universelle, on ne détruit pas son coffre-fort... Le révérend Euyères hocha la tête :

— Il s'agit de terroristes sans culture économique et complètement illogiques, eux-mêmes se disent fous : ils s'appellent les Fous de Dieu. Mais laissez-moi vous donner quelques détails.

Monsieur le conseiller avait voulu renouveler la cérémonie des vœux de chasteté de sa fille pour faire taire les ragots. Il avait loué pour cela le dernier étage de la Tour des Jumelles, la plus haute de la ville, vous vous souvenez ? Celle qui abrite deux télescopes géants, enfin ce n'est plus le cas mais passons. Cette folie des grandeurs lui a été fatale. Des parachutistes-kamikazes des Fous de Dieu se sont fait larguer en torches vivantes au-dessus de la Tour. Le feu a ravagé l'immeuble en passant par les conduits de vide-ordures. Les habitants ont réussi à se sauver mais, de M. le conseiller et de ses invités, on n'a retrouvé aucun survivant.

— Mais pourquoi ? Pourquoi ? sanglotait Nyse que la vodka rendait expansif. Le conseiller des princes n'avait-il pas toujours été gentil avec ces Fous de Dieu ? Il avait convaincu les princes d'accepter leurs fonds sur des comptes secrets.

— Il faut croire que la reconnaissance des dettes n'est plus ce qu'elle était, grinça le révérend Euyères. Et que l'avenir appartient à ceux qui se lèvent tard. Car c'est parce que j'étais épuisé par la correction de la petite Gisquette - je parle bien sûr des devoirs à la maison que je lui donne gracieusement - que je n'avais pu assister à la cérémonie. Ce que voyant, Gisquette, effrayée que ma survie ne me désigne comme le commanditaire de cet effroyable attentat - d'autant plus que mon amitié pour vous était connue - me poussa à prendre le large avec elle en emportant toutes mes économies.

— Donc le temps de rassembler mes cartes de crédit, nous étions en route pour Londres, accompagnés d'un jeune palefrenier qui s'est révélé être une petite frappe. L'énergumène avait débauché la petite Gisquette qui me vola mon billet de traversée pour le donner à ce bougre car j'avais refusé de payer son passage pour le continent.

— Comment ? Nous ne faisons pas route vers Alligator ? s'exclama Nyse, au bord d'un nouvel étourdissement.

— Pas du tout, nous allons à Rotterdam, en Hollande. C'était le premier départ du jour, nous aurions pu tomber plus mal.

Arrivés à Rotterdam, Nyse et le révérend Euyères serrèrent la main du contrôleur qui tenait à se faire pardonner sa méprise. Grâce aux perruches qui jouaient à glisser leur bec dans les vestes suspendues aux porte-manteaux, le révérend Euyères était entré en possession de plusieurs billets de traversée dont il n'avait, par honnêteté, dérobé que deux, pour Nyse et pour lui-même.

C'est donc en hommes libres qu'ils débarquèrent dans le plus grand port européen.

Une fois franchi le portique à scanner qui mettait à nu tous les passagers (on entendait d'ailleurs des exclamations et des rires étouffés venant des postes de contrôle), Nyse et le révérend Euyères croisèrent une étrange procession. Des gardes en uniforme bleu marine encadraient un groupe d'hommes en haillons, au teint sombre et aux cheveux noirs, d'une maigreur squelettique, qui baissaient la tête comme des condamnés à mort.

— Ce sont sans doute des ascètes indiens, ils parcourent les routes en mendiant et en jeûnant. Mais j'ignorais qu'ils venaient jusqu'ici » commenta Euyères qui avait beaucoup lu.

Quelques mètres plus loin, le chef de la police de Rotterdam donnait une interview à une équipe de télévision. Nyse et le révérend Euyères s'arrêtèrent pour écouter.

— Nous venons d'intercepter des passagers clandestins venus du sud de l'Inde, se félicitait le chef de la police. Ils se cachaient dans des conteneurs de bananes où il fait assez chaud et où ils peuvent se nourrir.

— Sont-ils tous arrêtés ? demanda le jeune journaliste dont c'était visiblement la première sortie.

— J'aurais préféré que vous me demandiez combien nous en avions coffré : il y en a huit, lui répondit-on avec un certain agacement.

— Ils étaient donc davantage, en déduisit le jeune journaliste .

— Combien au total ? La question suscita une indifférence étonnée.

— Vous savez, nous, ce sont les vivants qui nous posent problème, pas les morts. Une autre question ? Le jeune journaliste bondit :

— Vous avez découvert des cadavres ? Le chef de la police commençait à s'énerver :

— Sachez qu'en temps normal, 80% de ces individus meurent avant d'arriver chez nous. Faites le calcul. Et avant que vous ne me demandiez ce que j'en pense, je vous rappelle que ce que je pense n'a aucun intérêt. En plus, ces gens-là sont habitués à la mort : en Inde, il y a toujours des cadavres dans la rue !

Le jeune journaliste changea de sujet pour faire baisser la tension :

— Je suppose que tous les conteneurs ont été fouillés... Ce manque de professionnalisme exaspéra le chef de la police.

— Vous plaisantez, j'espère ? Vous savez bien que l'importance de ce port nous empêche de contrôler plus de 5% des conteneurs ! C'est complètement idiot de me poser la question ! s'exclama-t-il en levant les yeux au ciel pour qu'Il lui accorde sa Sainte patience.

— Alors comment pouvez-vous réprimer les trafics ? interrogea le jeune journaliste emporté par son élan.

— On ne les réprime pas, c'est ce que vous voulez me faire dire ? fulmina le chef de la police. Éh bien je ne vous ferai pas ce plaisir ! Les immigrés clandestins qu'on attrape, on les expulse et on fait un rapport. Les marchandises, on les confisque ou on les détruit et on fait un rapport. Tous les rapports sont centralisés au niveau européen. Et puis ça suffit, l'interview est terminée, si vous la diffusez je vous colle un procès ! Et le chef de la police s'éloigna sans saluer en claquant des talons sur le bitume.

— Vous voyez, commenta le révérend Euyères, il est impossible d'endiguer la circulation des marchandises : la toute-puissance du Marché est totale !

— Mais, objecta Nyse, s'il s'agit de marchandises illicites...

— Peu importe, mon jeune ami. Rappelez-vous mes cours : s'il y a offre, c'est que la demande existe. Supprimez la demande, l'offre disparaît naturellement. L'argument perturbait Nyse sans qu'il sache trop pourquoi :

— Naturellement... Mais comment supprimer la demande de tabac ou de drogue... ? Le révérend Euyères écarta les bras en signe d'évidence :

— Par l'éducation, bien sûr ! Par l'éducation ! Une fois les sept milliards d'êtres humains avertis des méfaits du tabac et de la drogue, je vous fiche mon billet qu'il n'y a plus un seul trafiquant sur toute la surface du globe.

— C'est tout à fait logique, reconnut Nyse. Mais quand même, songea-t-il, ça risque de prendre un certain temps.

Sortis du port, Nyse et le révérend Euyères, déçus par la froideur de la ville et à moitié assommés par un orage de grêle, décidèrent de partir à l'aventure vers des cieux plus cléments.

Dans une gare routière, ils montèrent à bord d'un autocar dont la compagnie acceptait le paiement en livres à défaut d'euros. Ce qui n'était pas le cas des cafés et autres fast-foods, ils durent prendre la route à jeun. L'autocar allait à Bruxelles.

— C'est parfait, parfait, mon jeune ami, articula péniblement le révérend à Nyse pour leur donner du cœur au ventre. Je cesse de parler car je meurs de soif. Mais rappelez-vous qu'au-delà d'être la capitale de la Belgique, Bruxelles, autrement dit l'Europe, est une merveilleuse construction économique sur laquelle souffle l'esprit de l'OMC, l'Ordre du marché conquérant. C'est le moment de vérifier ce que je vous ai appris. Tâchez de dormir et réveillez-moi quand nous serons arrivés ». Abandonné à ses songes, Nyse revint sur Alligator où la belle Acalcuta, couronnée de menthe fraîche et vêtue de soie vert d'eau, lui présentait des fruits juteux qui se dérobaient quand il croyait les saisir.

À Bruxelles, Nyse et le révérend Euyères retrouvèrent, en pire, les mêmes difficultés qu'à Rotterdam : impossible de faire accepter leurs derniers pennies, même les bureaux de change n'en voulaient pas, ils ne prenaient que les livres. Assoiffés, ils tentèrent de détourner avec un tuyau le jet du Manneken-Pis qui les narguait derrière ses barreaux et durent s'enfuir pour échapper aux foudres des passants.

Ils coururent jusque dans les faubourgs de la ville, où une longue file d'hommes et de femmes habillés de sombre malgré la chaleur serpentait dans le lointain.

Leur arrivée ne surprit personne.

— Poussez pas, y en aura pour tout le monde, grommela une femme au visage couperosé qui arborait un superbe camélia en tissu sur son opulente poitrine.

— Auriez-vous l'obligeance de nous dire ce que vous attendez, si ce n'est pas indiscret ? articula le révérend Euyères.

— Éh ben dis-donc, t'es poli, toi ! répondit la dame en venant le renifler sous le nez. Non, t'as pas bu, c'est suspect, ça. T'es jamais venu à la soupe populaire ? Par ici elle est bonne, c'est pour ça qu'il y a autant de peuple.

Nyse tira le révérend Euyères par la manche.

— C'était pas... la Crise de 29... ? chuchota-t-il en avalant la moitié des mots car ses lèvres crevassées lui faisaient mal. Le révérend Euyères haussa un sourcil :

— Attention, mon jeune ami, vous vous relâchez !

— Et puis zut : j'ai faim, j'ai soif, je suis épuisé et je veux revoir Alligator et mademoiselle Acalcuta ! explosa Nyse qui se mit à pleurer de douleur et de fatigue.

— Votre petit, là, faut le nourrir, il passerait entre deux affiches sans les décoller, s'exclama la grosse dame. Tenez, il me reste un quignon.

— Rien ne justifie qu'on parle mal », bougonna le révérend

Euyères en louchant sur le bout de pain que Nyse engloutit en deux coups de mâchoire. Ce qui eut pour effet d'attendrir davantage la dame au camélia qui lui décocha une œillade :

— Quelle vitalité, mon joli ! Et ça te fait quel âge ? Le révérend Euyères jugea bon d'intervenir :

— Il est mineur, madame. Et puis il a prononcé des vœux. Quel gaspillage, soupira la matrone en avançant de quelques pas avec la file d'attente. Embrasser la religion si jeune, c'est pas Dieu permis ! Pour la bagatelle, encore un qui ne saura plus où il habite.

Le bon monsieur Ytain, de son prénom Samar, distribuait la soupe comme tous les jeudis aux pauvres du quartier. Ils étaient de plus en plus nombreux depuis la dernière réforme du marché du travail qui permettait de licencier sur l'heure. Et comme les créations d'emplois ne concernaient que les secteurs de pointe, un chômeur standard se savait chômeur à vie. Au point que de mauvais esprits collaient régulièrement sur la porte des bureaux de recherche d'emploi une banderole avertissant :

— Vous qui entrez ici, abandonnez toute espérance.

Samar Ytain, qui faisait commerce dans l'épicerie fine, ne souffrait pas de la crise. Jamais les produits de luxe ne s'étaient aussi bien vendus. Il s'était même mis à vendre de la truffe et à importer du caviar tant la demande était forte. Mais en bon humaniste, il considérait qu'en contrepartie de sa fortune croissante il devait s'occuper de son prochain. Chaque jeudi midi, il laissait sa boutique à ses trois commis et venait dans ce faubourg « servir la soupe au populaire. Ce jour-là, il trouva que la file d'attente était particulièrement longue. Il allait peut-être falloir rationner.

— Merci, monsieur, je vous sais gré de vos bontés, Dieu vous le rendra. Peu habitué à une telle emphase, Samar Ytain leva les yeux de sa marmite et rencontra la tonsure du révérend Euyères penché sur le bol qui tremblait entre ses mains.

— Excusez-moi, votre accent... Vous ne seriez pas anglais, par hasard ? demanda-t-il en culpabilisant aussitôt. C'est quoi, cette question ? C'est pas mes oignons, d'où il vient. Mais le révérend Euyères ne se formalisa pas, tout heureux qu'on s'intéresse à lui :

— Pas exactement. Mon élève et moi avons beaucoup voyagé, nous venons des îles Alligator. Nyse, ému de ce premier contact humain depuis son exil, en oublia sa faim. Ce qui n'était pas le cas du reste de la file qui murmurait sourdement. Samar Ytain reprit son service après avoir fait signe au révérend Euyères d'aller l'attendre au coin de la rue. Ce fut assis sur un bord de trottoir dans un faubourg de Bruxelles que Nyse et le révérend Euyères dévorèrent leur premier déjeuner continental grâce à l'aide humanitaire.

— Mangez, mes braves, mais allez-y mollo, vous allez vous étouffer ! Attablés devant d'énormes assiettées de couscous débordant de légumes et de viandes fumantes, Nyse et le révérend Euyères bataillaient ferme de la fourchette et du couteau. Ayant appris qu'ils voyageaient depuis trois jours sans manger et presque sans boire, le bon monsieur Ytain les avait invités chez lui, à la bonne franquette. Sa mère, d'origine algérienne, leur avait aussitôt apporté le couscous. Prudent, Samar avait évité de proposer du vin, sachant qu'un estomac affamé est fragile. Mais l'eau était à volonté et madame Ytain ne cessait de remplir les verres, effrayée d'une soif aussi inextinguible.

— On dirait que vous venez de traverser le Sahara ! se permit-elle quand elle les jugea enfin repus.

— De fait, si nous n'avons jamais quitté la civilisation, nous n'avons rencontré que des sauvages, soupira le révérend Euyères, jusqu'à vous, cela va sans dire. Quant à la soif, sachez qu'hormis les fontaines publiques, qui ne sont pas accessibles partout, il est tout aussi impossible de trouver de l'eau potable dans la rue que dans le plus aride des déserts. Pour boire, comme pour manger, il faut payer. Et nous n'avions pas la monnaie qui convenait.

Voila un aspect de l'économie Universelle que mon maître a omis de m'enseigner, se dit Nyse.

— Dans un pays aussi riche que la Belgique, comment se fait-il qu'une partie de la population soit obligée de se nourrir grâce à la charité publique ? demanda-t-il, car cela le travaillait.

— Vous n'avez pas ça chez vous ? C'est pareil dans tous les pays européens et il n'y a pas que la soupe populaire, expliqua le bon monsieur Ytain qui voyageait souvent. Certains pays ont carrément des restaurants où l'on mange gratis, et des magasins où l'on achète son alimentation au tiers du prix ou même moins !

— Mais c'est une hérésie ! s'indigna le révérend Euyères. Un déséquilibre complet des termes de l'échange, la négation de la loi du Marché, la ruine du petit commerce... ! Samar Ytain hocha la tête d'un air entendu.

— Je ne comprends pas tout ce que vous dites mais je vois bien que cela vous choque. Et il y a de quoi ! Moi, je ne me plains pas.

Mais quand je vois tous ces malheureux qui logent hôtel des courants d'air, je me dis qu'on vit une drôle d'époque ».

Nyse, la digestion aidant, somnolait en rêvant à Acalcuta. Il n'arrivait pas croire qu'elle ait péri carbonisée dans l'attentat de la Tour des Jumelles. Il allait la retrouver et l'épouser, sinon ce serait trop injuste. Dans un demi-sommeil, il entendit Samar Ytain proposer au révérend Euyères et à lui-même de l'accompagner en voyage d'affaires. L'expert en économie Universelle pourrait gagner un peu d'argent en participant à certaines transactions. Alors qu'il se jetait tout habillé sur le lit de la chambre d'ami, Nyse saisit quelques mots du bon monsieur Ytain, ravi d'avoir des compagnons de route :

—... et à Marseille nous prendrons le bateau car j'y ai un important rendez-vous d'affaires.

Il était écrit sur le parchemin de la malchance que la mer serait néfaste aux deux exilés d'Alligator. Après avoir effectué sans encombre le trajet Bruxelles–Marseille en avion, Nyse, le révérend Euyères et le bon monsieur Ytain embarquèrent à bord d'un cargo panaméen qui acheminait des voitures allemandes de luxe en Afrique du Nord. Samar Ytain et le révérend Euyères s'isolèrent aussitôt avec le capitaine dans la cabine de ce dernier pour mettre au point un important contrat d'huile d'olive vierge non trafiquée qui devait, si les intermédiaires étaient honnêtes, échapper à la douane.

Ils avaient quitté Marseille sous un soleil radieux. Mais à la hauteur du Cap Corse, le cargo rencontra un grain qui barrait l'horizon d'un énorme trait noir. Passée la Sardaigne, le GPS donna des signes de faiblesse puis rendit l'âme. Les instruments de navigation traditionnels qui auraient dû pallier cette défaillance avaient été laissés à terre car ils n'avaient pas servi depuis longtemps. Pris entre les vagues et les rafales de pluie, naviguant entre deux eaux, le cargo embrassa fougueusement un récif au large de la Sicile et coula avec lui des jours heureux jusqu'à la fin des temps.

Cramponnés à une planche à voile - le hobby du capitaine qui ne s'en séparait jamais - Nyse et le révérend Euyères crurent leur dernière heure arrivée.

L'instinct de conservation les faisait toutefois lutter contre la houle côtière qui les rapprochait des rochers où ils auraient été déchiquetés. Alors qu'ils s'éloignaient vers le large, une vague plus haute que les autres les déposa comme une main invisible devant une barque dont les rameurs souquaient ferme pour éviter le naufrage. Ils crièrent mais on ne les entendit pas. Le révérend Euyères allait sombrer dans le découragement quand Nyse, avec l'énergie de la jeunesse et du désespoir, parvint à agripper une rame et à la remonter jusqu'au rameur. Il découvrit alors que la barque était remplie de passagers terrifiés. Qui n'étaient pas les rescapés d'un bateau de croisière, vu leur maigreur et leur état d'épuisement.

Devant cette arrivée inattendue, ni les passagers ni les rameurs ne manifestèrent une émotion quelconque. La situation, il est vrai, n'était pas propice à d'autres sentiments que la volonté de vivre. Le révérend Euyères suivit le sillage de Nyse et pointa sa tête au flanc du canot. Ce que voyant, celui qui semblait être le chef fit aux rameurs le geste de dégager. Nus jusqu'à la ceinture, trois gaillards aux muscles luisants basculèrent deux personnes par-dessus bord, un homme et une femme. À leurs gestes désarticulés, il s'agissait de cadavres. Ils en empoignaient un troisième quand le chef les arrêta. Nyse et le révérend Euyères furent hissés à l'intérieur du canot.

Coincé entre deux corps dont il ne distinguait pas les traits, Nyse remarqua que leurs têtes ballottaient et cognaient contre le bois. Il fit signe au chef des rameurs qu'il y avait d'autres cadavres à jeter à la mer mais celui-ci ne le regardait plus. Résigné, Nyse se tassa au fond de la barque. Puis la nuit recouvrit tout.

JMJ

V. OÙ L'ON APPREND QU'EUYÈRES FUT LYNCHÉ ET NYSE LAPIDÉ

Sentant quelque chose d'humide sous ses lèvres, Nyse sourit en pensant que la voluptueuse Acalcuta venait lui donner un baiser. Des vociférations le ramenèrent sur terre, ou plutôt sur le sable. Il était allongé sur une plage, les corps de ses compagnons d'infortune gisaient sur l'estran de distance en distance. Cherchant des yeux le révérend Euyères, Nyse aperçut une masse de gens qui approchait en criant et en agitant les bras de façon menaçante.

Remis brutalement debout par deux énormes mains à la forte odeur de varech, Nyse fut contraint de marcher, ce qui accéléra le retour sanguin et lui permit de reprendre complètement conscience. Il vit alors qu'il était entouré d'hommes et de femmes de tous âges qui le regardaient de travers et manifestaient bruyamment leur intention d'en finir avec lui une bonne fois pour toutes. Ce qui ne laissa pas de l'étonner puisqu'il ne les connaissait pas. Les autres naufragés étaient accompagnés de la même façon.

Arrivés dans un village, ils furent accueillis par une foule de vieillards silencieux et graves, et d'enfants qui leur crièrent des injures d'une voix aiguë avant que les hommes ne les dispersent à coups de taloches. On les conduisit sur la place publique. Là, un orateur, monté sur une table, fit un discours en parlant dans un micro. Un villageois traduisait ses propos en anglais tandis que la plupart des gens filmaient la scène avec leur téléphone portable.

Nyse apprit que « sa » barque était la trente-deuxième embarcation de clandestins qui s'échouait - ou accostait - près du village en moins de six mois. Et que les autorités du pays, ainsi que les instances européennes, avaient déclaré aux habitants qu'ils devaient se débrouiller avec les moyens du bord car il y avait des urgences plus prioritaires.

Avant d'être expulsés aux frontières du canton, les naufragés posèrent avec le maire pour la photo qui serait versée au dossier attestant de l'afflux incontrôlé de populations. Mais pour marquer les esprits dans la vidéo qui circulerait sur Internet, les villageois amenèrent sous un arbre d'où pendait une corde un homme d'un certain âge qui se débattait.

— Je ne suis pas un clandestin, je suis sujet des îles Alligator ! hurlait le condamné. C'est une erreur judiciaire ! Je veux un avocat ! Spontanément, Nyse quitta le groupe des rescapés pour se porter au secours de son ancien précepteur. Repoussé par les hommes, il tomba dans les griffes des femmes qui lui lacérèrent le visage et le corps à travers ses vêtements. Il réussit à s'enfuir, poursuivi par une meute d'enfants qui riaient en lui jetant des pierres de toutes dimensions.

Hélas, se lamentait Nyse en s'engouffrant dans une forêt pour semer ses poursuivants, hélas, hélas ! Est-ce là la liberté que promet le Marché ? Passe encore que j'aie été enfermé à la Tour de Londres et voué à la Question pour avoir réalisé de mauvaises actions boursières, mais vous avoir vu pendre, ô mon cher révérend Euyères, le plus grand économiste du monde ! Et mon bon monsieur Ytain, la perle de la bonté, certainement noyé au large de ce rivage infernal ! Et mademoiselle Acalcuta, si douce et si belle, carbonisée par des torches en folie ! Comment l'économie Universelle explique-t-elle un tel chaos ? Car il y a forcément une explication.

Il courait ainsi se soutenant à peine, chassé, noyé, filmé et banni, quand un fantôme lui barra le passage et lui ordonna :

— Bel ami, reprenez votre souffle et suivez-moi. Les jambes coupées par la frayeur, Nyse se laissa tomber sur le sol et resta un moment accroupi la tête dans ses mains. Quand il sentit que son cœur cessait de vouloir s'échapper de sa poitrine, il se releva et suivit la forme au long voile brun qui l'attendait plus loin assise sur une souche d'arbre.

Après avoir traversé la forêt puis une vaste plaine dorée par les blés, ils entrèrent dans une ville dont Nyse, aveuglé de fatigue, ne distingua que les pavés qui lui tordaient les pieds.

Sous un porche imposant, une porte dans la porte cochère. Un escalier étroit, une porte donnant sur une cuisine, une enfilade de pièces, puis, dans la dernière, un lit. À l'orée du sommeil, Nyse entendit la femme invisible marmonner en lui déployant une couverture sur le corps :

— Encore un qui a de la chance. C'est pas donné à tout le monde d'avoir un carnet d'adresses. Il glissa dans l'inconscience en se demandant de qui elle pouvait bien parler.

Quand il ouvrit les yeux, Nyse se crut revenu sur les îles Alligator. Meubles d'ébénisterie, tentures Liberty, fauteuil en cuir, voilages aux fenêtres. Les draps du lit sentaient le propre et la lavande. Il rougit en constatant qu'on l'avait déshabillé pour le vêtir d'un pyjama de soie.

À un grondement caverneux de son estomac, il reconnut qu'il avait faim. Comme par magie, le fantôme se matérial sa près du lit, tenant un grand plateau bien garni qu'il posa sur une table.

— Prenez et mangez ! Ça fait trois jours que vous dormez, votre estomac crie famine, on l'entend de loin ! Nyse se jeta sur le rosbif froid aux cornichons, engloutit d'énormes tartines de pain de mie avec du beurre salé et de la confiture d'orange, savoura deux bols de Darjeeling qui lui rappelèrent les goûters qu'il avait rêvé de prendre avec Acalcuta. Cette pensée lui rendit la parole.

— Ma bonne dame, pourriez-vous m'indiquer à qui je dois la vie ? demanda-t-il à la silhouette qui ouvrait les persiennes pour laisser entrer le soleil.

— N'exagérons rien, répliqua la voix d'ombre. La vie, c'est à votre mère que vous la devez. Habillez-vous !

Vêtu de vêtements neufs - les siens étant en loques - Nyse fut conduit dans un petit salon tendu de soie rose, meublé d'une commode laquée de blanc, d'une table en marqueterie entourée de quatre chaises aux pieds fins, et d'un sofa vieux rose très bas et très profond. Inquiet d'abîmer involontairement ce mobilier de poupée, il s'assit d'une fesse sur le sofa. Il s'interrogeait sur la maîtrise du risque en période de crise quand la porte s'ouvrit sur une apparition.

Vêtue d'un tailleur noir et d'un corsage blanc, la sylphide avait la taille souple et la jambe bien galbée. Elle avait surtout une croupe bien ronde et le regard de ses yeux noirs qu'elle posait sur Nyse était celui de la mélancolie. D'un geste élégant, elle ôta sa grande capeline et déposa sur la table son épingle à chapeau. Acalcuta, car c'était elle, s'amusa un instant de la surprise de Nyse, avant de se précipiter pour le recevoir dans ses bras, évanoui. Quand il revint à lui, il ne put articuler un mot. Acalcuta alors parla pour deux.

— Je comprends votre surprise en me voyant. Non, je ne suis pas morte dans l'attentat de la Tour des Jumelles. J'étais dans le sous-sol des parkings quand les Incendiaires se sont jetés sur le toit de l'immeuble. Mon père m'y avait envoyée chercher la bague en diamants qu'il devait m'offrir et qu'il avait confondue avec sa copie parfaitement imitée. Cette mission de confiance, il ne pouvait la confier à personne d'autre, mais peut-être pressentait-il les flammes de l'enfer, commenta-t-elle en essuyant une larme.

Toujours est-il que dans ce parking désert, une bande de voyous en quête de voitures à forcer ont tenté d'abuser de moi. J'allais succomber quand un coup de feu les a fait détaler comme des lapins. Un beau jeune homme était venu à mon secours. Je perdis connaissance dans ses bras.

Quand je suis revenue à moi, j'étais dans un lit très vaste avec un grand miroir au-dessus, les fenêtres closes de lourds rideaux, et j'ai tout de suite senti qu'il me manquait quelque chose. Mon sauveur m'a confessé que ma beauté l'avait rendu fou. Il avait profité de mon inconscience pour... vous devinez la suite, murmura Alcacuta, en détournant son visage rougissant. Mais, poursuivit-elle, il m'a proposé un marché. Il me conduirait au Luxembourg où ses parents avaient du bien à l'ombre. Nous nous marierions si un enfant naissait. Dans le cas contraire, je serai libre d'aller où bon me semblerait. Le choc m'avait fait oublier la Cérémonie des vœux, ma famille et tout le reste. Ainsi cette proposition me parut décente, il n'y avait qu'un mois à attendre.

C'est en sortant de l'hôtel et en voyant la poussière blanche qui avait envahi le quartier que j'ai compris que ma vie avait basculé. Des passants m'ont dit en pleurant que la Tour des Jumelles s'était effondrée et qu'on n'avait retrouvé aucun corps. Mon pauvre père n'aura pas eu la douleur de perdre sa fille une seconde fois... éclata Acalcuta, secouée par les sanglots.

Quant à mon voyage au Luxembourg, il s'arrêta à Londres. Afin d'améliorer ma présentation pour impressionner favorablement sa famille, mon sauveur me mit au régime et à la musculation. En trois mois, je perdis quinze kilos et acquis une taille de guêpe.

Les meilleurs tailleurs français, italiens et indiens me confectionnèrent une garde-robe de princesse. Je fus même invitée aux réceptions dans Mayfair pour étudier le maintien dans le monde.

— Mais ce... personnage, interrompit Nyse un peu jaloux, éprouviez-vous un sentiment pour lui ?

— Je le considérais plutôt comme mon précepteur. Voyez-vous, toutes les nuits, il m'enseignait de nouvelles choses... sur l'art de plaire à un homme dans l'intimité. Je dois dire que ces activités m'ont ouvert des horizons insoupçonnés.

Je découvris bien vite que je ne pouvais pas être enceinte : mon sauveur me confia sur l'oreiller avoir utilisé un préservatif car la virginité n'est pas une garantie universelle. Il paraît en effet qu'on peut attraper la mort en oubliant de se couvrir, ce dont personne, même pas monsieur le curé, ne m'avait jamais parlé.

Mon éducation ayant ignoré le fonctionnement de mon corps, j'étais totalement vierge dans ce domaine. C'est pourquoi j'acceptai volontiers de me perfectionner dans un secteur où la croissance ne manquait pas. Vous me direz : pourquoi une héritière se mêle-t-elle de vouloir travailler ? Je vous répondrai que je n'avais pas à réfléchir. Je savais que mon héritage était contesté par une branche cadette désargentée, qui d'ailleurs n'assistait pas à ma Cérémonie des vœux. Ma famille étant décimée, je ne me voyais pas me défendre en justice seule contre tous. Il fallait donc que j'apprenne un métier pour subvenir à mes besoins. À Londres, on me dit que celui qu'on me proposait avait une ancienneté qui valait tous les quartiers de noblesse.

Au bout de trois mois, jugeant ma formation achevée, mon précepteur me présenta à une société de transports sexuels à la demande. Une agence haut de gamme, très bien cotée au plan international, qui loue des dames d'accompagnement aux hommes d'affaires importants et aux fonctionnaires internationaux. Cet accompagnement sert à alléger des réunions de travail indigestes. Les experts qui parlent de guerre économique, et j'en fréquente beaucoup, appellent cela en plaisantant la « politique de détente ». Il s'agit d'une prestation payée sur des fonds venus de paradis fiscaux, ce qui garantit leur confidentialité ainsi que l'absence de scrupules puisqu'il n'y a pas de péché au paradis.

Au départ, j'ai quand même eu du mal à entrer dans la vie active. Ce monde inconnu me faisait un peu peur. Et puis je n'avais guère envie d'abandonner mes classes, jugeant que j'avais encore des zones d'ombre à explorer.

Mon employeur m'indiqua que tout temps passé avec le client devait être facturé. Que le client était roi et que je devais m'impliquer corps et âme pour satisfaire tous ses désirs de mon mieux par la recherche et l'innovation. Que selon le niveau de ma cote, je recevrai de l'agence une gratification plus ou moins grande, et parfois même un bonus. Je dois dire que, depuis ma période de stage, ma cote d'amour n'a cessé de grimper et que je suis aussi louée que la Vierge Marie de mon enfance par les paroissiens d'Alligator.

C'est en surfant sur Internet que j'ai visionné une vidéo sur un village d'Italie où les habitants lynchaient un immigré clandestin et en lapidait un autre. Dans ce dernier je vous ai reconnu. Comme j'accompagne un client pour un sommet économique à Naples, j'ai envoyé ma camériste vous chercher. Et vous voilà !

Poussée par un doux sentiment, Acalcuta couvrait Nyse de baisers et ses mains fébriles s'égaraient sur son corps à demi nu quand la porte s'ouvrit à grand fracas.

Il signore Guido della Ruina, haut fonctionnaire du Bloc européen, venait enfin tâter de son accompagnement qu'il avait commandé épicé. Il avait passé douze heures à discuter les possibilités d'appréciation par les marchés du XVe Plan de rigueur espagnol et l'énervement lui procurait des sensations érotiques.

Dès le seuil, il analysa la situation :

— Voleur ! hurla-t-il. Et il se jeta sur Nyse pour l'étrangler.

Nyse, levé d'un bond, faillit renverser la table du déjeuner. Sa main rencontra l'épingle à chapeau, s'en saisit, et la planta directement dans la veine jugulaire du signore della Ruina comme s'il avait trucidé des agresseurs toute sa vie. Épouvanté, il l'arracha aussitôt mais trop tard, le haut fonctionnaire s'écroula dans un sinistre gargouillis.

C'est alors qu'un second visiteur s'encadra dans la porte restée grand ouverte. C'était Mort van Debout, haut fonctionnaire de l'Ordre du marché conquérant (OMC), que le signore della Ruina avait stratégiquement associé à sa politique de détente.

Il venait de passer une semaine en conclave pour mettre au point un trentième plan de rigueur pour ce qu'il restait de la Grèce une fois décomptées les possessions chinoises. Manquant de sommeil et de soleil, il bandait comme un cerf et avait besoin de s'épancher. Enivré par la vue du sang, il se jeta les dents en avant sur Nyse qui se protégea le visage de ses bras en serrant toujours l'épingle à chapeau. Mort van Debout s'y embrocha par l'œil droit. La fine tige pénétra jusqu'au cerveau, il tomba raide mort.

Attiré par les cris, le fantôme fit irruption sur les lieux du carnage et manifesta un extraordinaire sang-froid.

— Si vous tenez à la vie, les amoureux, le véritable courage c'est la fuite. Il y a une Fiat dans le garage. Nyse, une fois habillé peut la conduire. Madame emportera son coffret à bijoux car ses cartes de crédit seront vite désactivées. Nous irons à Rome par les petites routes, quoique la station assise me soit fort pénible. Des jeunes de tous les pays s'y rassemblent pour aller au Brésil préparer l'arrivée du pape. Nous avons quelque chance de passer inaperçus.

Tandis qu'ils fuyaient à vitesse prudente par monts et par vaux, la milice populaire de la ville, prévenue par les voisins, envahissait l'hôtel particulier. Mobilier, tentures, rideaux, linge, vaisselle, tout fut pillé avec le plus grand soin. Le cadavre de Guido della Ruina fut rapatrié dans sa paroisse pour y être inhumé en grandes pompes, et celui de Mort van Debout fut jeté aux requins.

VI. LE PRINTEMPS ARABE DE BELLE OU COMMENT VIVRE DANGEREUSEMENT

Quelques heures plus tard, Nyse, Acalcuta et l'ombre qui marche étaient attablés dans une pizzeria de la banlieue de Rome et échangeaient leurs impressions.

— Sans cartes de crédit, comment paierons-nous notre voyage ? s'inquiétait Acalcuta. Les bijoux vont attirer l'attention, on va vite se faire repérer.

— Il suffit de trouver des recéleurs, expliqua l'ombre. Ils pullulent depuis l'avènement de l'austérité. Avec l'économie souterraine et le marché noir, c'est ainsi que les pauvres survivent. Je connais, j'ai pratiqué.

— La pauvreté ne justifie pas la délinquance ! protesta Nyse. Selon les enseignements de l'économie Universelle, l'austérité n'est qu'une étape douloureuse sur la route du progrès ! Je refuse de me mettre hors la loi.

— J'ai faim, s'impatienta Acalcuta pour couper court à toute discussion politique. Si on prenait une pizza pour goûter la spécialité locale ?

— Je vous conseille la végétarienne, répondit la voix. À moins que vous n'aimiez la viande chimique, c'est ce qu'on trouve à peu près partout, surtout quand c'est pas cher.

Acalcuta fit la grimace et Nyse accusa le coup. Sur Alligator, où les poules couraient en liberté pour échapper à la cuisinière, il n'avait jamais fait le rapprochement entre ce qu'il avait dans son assiette et le commerce mondial. Ses connaissances économiques restaient purement théoriques donc vraies, au sens platonicien du terme (qui associe le Beau, le Bien et le Vrai). Des réalités de la vie, il n'avait strictement aucune idée. Grâce au révérend Euyères, il avait appris que la viande de consommation courante était produite dans des usines à viande, avec des bêtes à la croissance forcée, et à qui on injectait des médicaments pour prévenir les maladies dues à leur entassement carcéral. C'était la seule façon de procéder pour que cette marchandise circule en permanence sur le marché mondial.

— Grâce à ce mouvement perpétuel, le Marché fonctionne bien, ce qui est essentiel en économie Universelle, expliquait le révérend Euyères. Bien sûr, cela tue la production locale qui sera toujours plus chère que celle des Grandes compagnies. Mais l'économie Universelle n'a que faire des canards boiteux. Que voulez-vous, de nos jours, il n'y a pas de petits profits. J'entends par là que plus le profit est gros, plus l'entreprise a de chances de survivre : désormais, le commerce c'est la volonté de puissance. Comme disait je ne sais plus qui, plus c'est gros, plus ça marche.

Tandis que les pizzas arrivaient sur la table, le fantôme ôta son voile. Apparut alors une belle jeune femme au teint mat, aux longs cheveux noirs et aux yeux en amande, qui sourit de voir Nyse rester bouche bée. Laissant Acalcuta dévorer sa pizza à belles dents, la ravissante créature se mit à conter une épouvantable histoire.

Je n'ai pas toujours caché ma beauté. Mais j'ai dû le faire durant plusieurs années pour sauver ma vie. Je continue à l'occasion, quand j'estime qu'il vaut mieux dissimuler mes traits, comme c'était le cas à l'arrivée de Nyse et durant notre fuite. Moins on me reconnaît, mieux je me porte. Mais Nyse a gagné ma confiance, et puis on commence à me regarder bizarrement.

Au pays de Sitting Bull, dont, paraît-il, je descends - car je suis sioux par mon père - j'ai été mannequin vedette dans une agence de renommée internationale après avoir été repérée dans un concours de mini-miss.

Ma mère m'a appelée Belle. Enfant, j'étais si jolie que le photographe du quartier affichait ma photo dans sa vitrine pour attirer les passants. Quand j'ai eu huit ans, ma mère, qui avait divorcé après ma naissance, m'a inscrite à un concours de mini-miss et m'a appris à défiler tous les soirs pendant six mois. C'était très dur et si je pleurais, j'étais battue, car il ne fallait pas que j'abîme mes yeux.

J'étais bonne élève à l'école mais ma mère disait que ce n'était pas ça qui me ferait manger ni paierait ma retraite. Mon frère aîné était footballeur professionnel dans un club appartenant à l'émir du Frikistan. Elle me le donnait toujours en exemple. À quinze ans, j'ai commencé une carrière de mannequin. Je voyageais dans le monde entier.

Je venais de fêter mes vingt-quatre ans et songeais à prendre ma retraite quand, lors d'une séance de photos de maillots de bain au Sahara pour le magazine Vog, toute l'équipe a été assassinée et j'ai été capturée. À la télévision, on a dit que j'étais morte. Mais mon sort aurait pu être pire que la mort. Le chef des bandits, jugeant que je valais mon pesant de kalachnikovs, pensait me monnayer auprès d'un autre réseau. Mais il m'a d'abord fait payer l'« impudeur » de ma conduite, c'était ainsi qu'il parlait car il était religieux. Il m'a donc violée. Je n'étais plus vierge ni oie blanche, ce qui loin d'augmenter sa colère, lui a plu.

Ses hommes attendaient pour me violer à leur tour mais il les en a empêchés au prétexte de ne pas abîmer la marchandise. Peut-être avait-il quelque sentiment pour moi. Toujours est-il qu'il me gardait nuit et jour près de lui.

Nous sommes arrivés de l'autre côté de la frontière, au Soudan, où un groupe de rebelles nous attendait. Le chef m'aurait bien gardée encore mais ses hommes sont devenus menaçants. J'ai été échangée contre 50 kalachnikovs et les munitions qui allaient avec. Il semble que j'étais vraiment une bonne affaire.

Les rebelles soudanais, de leur côté, avaient l'intention d'exiger secrètement une rançon de mon gouvernement pour ma libération. Ce qui leur permettrait d'acheter des pick-up avec des lance-roquettes et leurs munitions. Le chef des rebelles ne pensait qu'à la guerre et à l'argent et avait interdit qu'on me touche, mais son adjoint m'a surprise un jour que je m'étais un peu trop éloignée pour faire mes besoins. Il m'a violée et le chef l'a fait décapiter pour avoir violé ses ordres.

Ensuite nous sommes arrivés dans une zone en proie à la guerre civile. J'ai vu des hommes émasculés se vidant de leur sang et des femmes enceintes que l'on avait éventrées pour leur arracher leur fœtus ». Imaginant ces scènes effroyables, Nyse, les yeux exorbités, était incapable d'aucun commentaire. Pour dissiper ces visions d'horreur, Belle reprit le fil de ses aventures.

On m'avait habillée en jeune combattant pour me dissimuler,

et pour rentabiliser ma présence, on me demandait de faire le guet. Lors de la prise d'un village, je me suis retrouvée en embuscade avec Adel. D'origine bambara, il avait quinze ans et combattait depuis deux ans. C'était un enfant-soldat enlevé à sa famille, en Sierra Leone. Il m'a prise en sympathie car, bien que je fusse encore jeune, il disait que je lui rappelais sa mère. C'est lui qui m'a montré en cachette le maniement du pistolet mitrailleur. Quelques semaines plus tard, il m'a proposé de fuir pour en finir avec le sang et les larmes.

Profitant de l'anarchie de la guerre, nous sommes remontés jusqu'en Libye. Passé la frontière, nous avons rencontré des groupes d'insurgés qui se félicitaient d'avoir renversé le dictateur. Nous nous sommes dit que nous allions pouvoir souffler un peu et nous avons suivi les bandes qui se rendaient dans la capitale, Tripoli. Toutefois, Adel commençait à avoir peur. Des hommes venaient menacer de le tuer en l'accusant d'être un mercenaire à la solde du dictateur déchu, ils étaient assoiffés de sang. Le très jeune âge d'Adel ne les étonnait pas, le dictateur avait même utilisé des femmes pour le protéger. Un matin, plusieurs Africains furent retrouvés égorgés à l'entrée d'un village et Adel avait disparu. J'espère qu'il a réussi à retrouver les siens.

Ce que voyant, je décidai de quitter ce pays de barbares et d'aller vers l'Est où, disait-on, le soleil de la liberté brillait à nouveau. C'était une invitation au voyage. En Égypte, le dictateur avait été renversé et la population dansait de joie place Tahrir.

J'ai mis longtemps à y arriver. À pied, les voyages sont longs, surtout quand on tient à éviter les mauvaises rencontres. Je faisais semblant d'être un jeune combattant muet car mon ignorance de la langue m'aurait coûté la vie, ou même pire. Il faut dire que mon déguisement était presque parfait.

Déjà, mon stage de guérilla chez les rebelles m'avait donné un teint foncé, quelques rides verticales et une démarche de sapeur. Mais surtout, quand j'avais six ou sept ans, avant que ma mère ne me mette sur les podiums, mon grand-père sioux m'avait appris à enlaidir mon visage avec de fausses cicatrices et des rictus. Ma mère en était devenue folle de rage. Ce fut mon premier maquillage et ça m'amusait beaucoup. Ce souvenir d'enfance me servit à transformer ma figure en un masque grotesque : on voyait en moi un jeune garçon défiguré par les combats et peut-être la petite vérole. Outre ma laideur, la crainte de la maladie éloignait les hommes en mal d'amour. Je mis donc un certain temps pour arriver au Caire, me fondant dans les groupes qui convergeaient vers la capitale égyptienne, comme autrefois les voyageurs dans les caravanes de marchands.

Quand j'arrivai enfin place Tahrir, je vis des femmes voilées de sombre en petits groupes compacts, mais surtout des hommes. Plus loin, j'entendis des hurlements de femmes. Confiante dans mon déguisement et comme j'étais armée, je fonçai dans la foule. Un groupe d'hommes était en train de violer plusieurs femmes tandis que les gens qui faisaient cercle autour criaient et applaudissaient. Sans réfléchir, j'ai mitraillé très largement les violeurs et la foule. Mon AK-47 a fait le vide autour du lieu du supplice, personne n'en a réchappé. Sauf les victimes, protégées par les cadavres de leurs tortionnaires.

En une fraction de seconde, je m'étais repliée comme j'avais appris à le faire au Soudan et en Libye. Quelques femmes voilées tentèrent bien de me barrer la route mais je leur cassai la figure à coups de crosse. Des Égyptiens protégèrent ma fuite en se mettant sur le chemin de mes poursuivants. Une famille m'ouvrit sa porte. Je pus me nourrir, me laver et changer de vêtements. Vêtue d'un hijab, tenue de camouflage islamique qui ne laisse que le visage à l'air libre, je dis adieu à mes bienfaiteurs qui me promirent de prier pour que j'arrive à bon port.

Ne sachant où diriger mes pas, j'errais quelque temps en Égypte. Je mendiais ma nourriture, toujours muette pour ne pas attirer l'attention, et je commençais à bien comprendre la langue. Beaucoup d'Égyptiens se nourrissaient grâce aux organisations religieuses car le pays était désorganisé. Mais je refusais d'aller à la soupe, me souvenant de mon premier violeur et de la terrible scène de la place Tahrir où les pires horreurs se commettaient au nom de Dieu. Mes pas m'entraînèrent dans le désert du Sinaï où des bédouins acceptèrent de m'emmener avec eux en Jordanie : ils allaient à une réunion de leur clan à Wadi Rum.

Loin des zones agitées par la révolution, nous croisâmes un petit groupe de touristes étrangers que mes hôtes décidèrent de prendre en otage. Ils voulaient ainsi faire libérer certains d'entre eux emprisonnés depuis dix ans en Égypte. Une dizaine d'ouvriers chinois qui travaillaient dans une usine de ciment furent joints aux otages occidentaux au nom de la mondialisation. Craignant l'intervention de l'armée égyptienne, je profitai d'une nuit sans lune pour fausser compagnie à mes hôtes, remerciant mon voile brun de me confondre avec le paysage.

De la Jordanie, je ne vis qu'un désert. Je suivais à bonne distance une caravane de touristes dont je mangeais les rares restes quand ils avaient abandonné leur bivouac. Je suçais des cailloux pour tromper la soif. Une fois, je m'enhardis au milieu de la nuit à m'approcher des dormeurs et je volai plusieurs gourdes d'eau. Je pense aujourd'hui que les guides bédouins connaissaient ma présence mais qu'ils respectaient mon isolement. Plusieurs fois d'ailleurs je découvris un paquet contenant de la nourriture qui avait pu tomber d'un chameau. Une telle maladresse était un cadeau de la Providence, autre nom de la solidarité du désert. Je cheminai ainsi durant des jours et des jours mais j'étais à bout de forces. Je ne savais plus comment j'arrivais à marcher, ni pourquoi je m'obstinais à avancer.

Quand je me retrouvai à la frontière syrienne, j'y vis un signe. Puisque le soleil se lève à l'est, c'est à l'est que je devais aller.

Je passai la frontière par des sentiers perdus avec un groupe de jeunes combattants venus du Maghreb. J'étais toujours bien sûr voilée jusqu'aux yeux. Et muette. On me croyait un peu folle mais on m'acceptait en me laissant tranquille car la folie inspire le respect et la peur. En Syrie, je marchais de village en village comme une mendiante qui va son chemin. Souvent, on me proposait un coin pour dormir, ou même de rester quelques jours ou quelques semaines. J'aidais alors les femmes à faire la cuisine. On me dit qu'un dictateur était sur le point de tomber. Cette pensée me fit fuir. Car j'avais par deux fois constaté qu'une telle chute libère d'abord la vermine avant de permettre l'éclosion de bourgeons.

La dernière famille qui m'avait accueillie était chiite et avait de la parenté en Irak. On me mit en contact avec une nièce qui vivait dans un bourg près de l'ancienne Babylone, ce qui me fit rêver. J'y trouvais bien des jardins suspendus, en fait des potagers sur les toits en terrasse. Ou plutôt leurs vestiges. On m'indiqua qu'ils nourrissaient des familles entières jusqu'à ce qu'ils soient remplacés par de vieux pneus à cause des bombardements. Certains habitants se préparaient à se défendre contre les Fous de Dieu qui déclencheraient une guerre civile après le départ des armées occidentales. Cette annonce me découragea. J'avais traversé le Maghreb et le Proche-Orient, la haine et le meurtre sur mes talons, j'étais fatiguée. J'étais même devenue réellement muette à force de ne pas parler. Je souhaitais ardemment rester près de Babylone, qui aurait pu être le terme de mon errance. Mais le spectre de la guerre civile me poussait à me remettre en route.

Munie de menus cadeaux pour les parents de mes hôtes, je passais donc en Iran où tout semblait calme. Je vivais toujours de l'aide des autres, et dans tous les pays que j'avais traversés des familles m'avaient accueillie et permis de souffler. J'aimais de plus en plus faire la cuisine qui est, avec le ménage et le soin des enfants, la seule activité permise aux femmes de ces contrées.

Je progressais à la fois dans mes pérégrinations et dans la science culinaire tout en gagnant un peu d'argent. Une paysanne d'Ispahan qui s'appelait Afsâné m'apprit une cuisine raffinée qui remontait, disait-elle, à l'époque d'Avicennes. Je serais volontiers resté, chez elle, mais trois mois après mon arrivée, on apprit que des émeutes avaient à nouveau éclaté à Téhéran contre le pouvoir en place. Toujours la violence et la haine me rattrapaient ! À l'est, il y avait l'Afghanistan. Cette perspective ne me plaisait guère mais il m'était encore plus insupportable de revenir sur mes pas. Je devais donc aller vers l'est, c'était écrit.

Avant mon départ, Afsâné me donna les papiers d'identité de sa sœur émigrée clandestinement en Occident après la répression des émeutes qui avaient suivi la réélection du président de la République. Élections ou pas, m'a-t-elle dit car elle voyait que je comprenais, le sort du peuple est d'être l'esclave du pouvoir quel qu'il soit. Nous nous sommes quittées en pleurant.

Grâce à ses voisins qui étaient devenus des amis j'ai rejoint des Iraniens du Khorassan qui avaient de la famille en Afghanistan. Ils se rendaient à un mariage et acceptèrent que je me joigne à eux pour passer la frontière. Ils me suggérèrent même d'adopter le niqab, le voile intégral, qui laisse juste entrevoir les yeux. Car il n'y a pas de femme douanier dans les montagnes perdues d'Afghanistan, et aucun homme ne demande à une femme de relever son voile pour la regarder sous le nez. L'idée était bonne, je passai sans encombre.

Mes compagnons allaient vers Kandahar alors que je remontais vers le nord. Ils me souhaitèrent bonne chance. Je regardais une dernière fois les montagnes âpres avant d'enfiler une burqa achetée au premier bazar. Ce vêtement infâme me sembla une véritable prison par rapport au niqab, à cause du grillage devant les yeux qui brouille la vue. Au début, je tombais très souvent.

Dans une campagne je vis un couple lapidé, ailleurs, c'était une jeune fille à qui on passait un sabre au travers du corps. Le pire fut de découvrir du haut d'une colline tout un village faisant cercle autour de deux hommes en train de flageller une femme dont les jupes avaient été relevées sur son fin pantalon blanc. La violence de cette perversité était insoutenable. Impatiente de quitter au plus tôt ce pays de barbares, je coupai à travers les champs de coton pour passer la frontière. Des convoyeurs d'opium m'ouvrirent le chemin des montagnes.

L'arrivée au Pakistan fut un soulagement.

Je jetais la burqa et enfilais le niqab avec un réel plaisir. Derrière mes voiles noirs, j'étais une ombre parmi les ombres. J'allais où je voulais, à condition de ne pas dire un mot mais je n'en avais plus envie. Sensation étrange pour une fugitive, je me sentais libre. Aux abords des villages, des enfants qui cueillaient le coton me rappelèrent les esclaves noirs dans les champs de Virginie ou de Caroline du Sud.

— L'esclavage a été aboli ! s'exclama Nyse, le feu aux joues. Déjà l'histoire d'Adel est inadmissible ! Les enfants ne doivent ni travailler ni faire la guerre ! Il faut dénoncer ces agissements aux instances internationales ! Acalcuta qui avait côtoyé les élites mondiales lui assura que les instances en question étaient au courant depuis longtemps. Belle fut touchée de tant de naïveté :

— Moi aussi je pense souvent à Adel, l'enfant-soldat, en souhaitant très fort qu'il soit libre et en bonne santé, murmura-t-elle. Toutefois, je dois dire que l'esclavage existe aussi dans les pays riches, mais je n'en parlerai pas car ça nous entraînerait trop loin et mon histoire est presque finie.

Depuis mon enlèvement au Sahara, je n'avais rencontré que banditisme, révolutions ou violences tribales alimentées par la pauvreté et le désespoir. Le Pakistan n'échappait pas à la règle, mais j'avais appris à me protéger. Au lieu de m'aventurer sur les routes, je me déplaçais d'une famille à l'autre sur recommandation, comme cuisinière itinérante. C'est ainsi que j'arrivai chez un riche marchand de laine à qui l'on avait vanté mes talents. Je veillais bien sûr à rester toujours voilée devant les hommes, ma beauté ayant souvent failli causer ma perte. De moi, le marchand ne vit donc que le travail de mes mains. Et il l'apprécia.

Un jour, il m'emmena avec lui en voyage d'affaires à Londres.

Il tenait à composer un menu oriental pour un client gourmet qu'il voulait régaler afin de décrocher un juteux contrat. Le client de son côté lui avait réservé la compagnie d'une jolie personne douée, souligna-t-il, pour la recherche et l'innovation. Quand j'ai vu Acalcuta, je suis tombée sous le charme. C'était moi quelques années plus tôt. Nous avons sympathisé en silence. Le lendemain, mon marchand a été rappelé d'urgence dans son pays car sa maison avait été détruite par un attentat. Accablé, il partit sur l'heure, me laissant aux bons soins d'Acalcuta qui me prit comme femme de chambre.

Je laissais alors tomber le niqab en ayant l'impression de me mettre toute nue. Mais très vite je me rendis compte que je bougeais plus à l'aise. La parole me revint par la même occasion. Acalcuta fut très étonnée de voir que j'étais belle et que je ne me taisais pas. Nous devînmes amies. De mes années de voyage, je garde une calvitie sur le haut du front, à cause du frottement du voile, et l'impossibilité physique de rester assise trop longtemps, ça me donne des palpitations. Je sais aussi me taire, mais une fois lancée mon bavardage ne s'arrête plus, comme vous venez de le constater depuis le temps que je parle.

VII. OÙ NYSE DÉCOUVRIT L'AMÉRIQUE

Pendant le récit de Belle, un client de la pizzeria n'arrêtait pas de la dévisager.

Ayant vu qu'elle cessait de parler, il se leva et l'aborda en mettant sa main droite sur son cœur.

— Je vous prie d'excuser mon intrusion mais ne seriez-vous pas parente d'un mannequin américain qui faisait ces photos pour Vog il y a quelques années ?

— C'est ma sœur, répondit Belle avec prudence. À qui ai-je l'honneur ?

— Liliom Bevilacqua. J'ai longtemps été secrétaire de rédaction à Vog et j'adorais votre sœur. Elle avait un regard... En fait, votre sœur ne me connaît pas, elle ne m'a même jamais regardé. Ah comme j'aurais aimé être à place du photographe !

— Au fait, monsieur Bevilacqua, savez-vous comment on fait pour participer aux Journées miraculeuses de la jeunesse au Brésil ? intervint Acalcuta toujours pratique.

— Mais on me demande, Madame ! C'est moi qui suis chargé des listes d'embarquement pour cette manifestation sur les vols Rome-Rio. Depuis un an, je suis responsable de la coordination pour les JMJ au Vatican.

Liliom Bevilacqua fit bien les choses. Nyse, Acalcuta et Belle n'eurent rien à débourser, le passage de certains jeunes désargentés étant pris en charge par la Banque du Vatican. Acalcuta, prudente, réussit à vendre quelques bijoux à un bijoutier du Trastevere qui les paya le quart de leur valeur mais accepta de le faire en liquide. Le nez collé au hublot, Nyse se dit que c'était la première fois qu'il regardait la mer ou l'océan de si haut, et que ça changeait complètement la façon de voir le monde.

Arrivés à Rio, le trio fut logé chez l'habitant. Tandis qu'Acalcuta et Belle par respect pour leurs hôtes participaient à la préparation des JMJ, Nyse visitait la ville.

— Le révérend Euyères me citait toujours le Brésil comme un modèle de développement, cela se voit, s'émerveillait-il en arpentant à grands pas les larges avenues bordées de palmiers où paradaient de belles Italiennes : Ferrari, Lamborghini, Alfa Romeo... Les magasins de mode n'avaient rien à envier à ceux du vieux continent, les jeunes étaient très beaux, les vieux semblaient très riches, et tout le monde avait l'air heureux. En fin d'après-midi, la plage se peuplait de jeunes dieux qui venaient faire admirer leurs formes et leur bronzage en disputant des tournois de beach-volley.

— Voilà enfin la preuve que l'économie Universelle est le système économique le plus efficace du monde, soupirait Nyse en contemplant avec ravissement deux paires de fesses couleur de miel moulées dans des shorts ultra-courts qui se trémoussaient devant lui. Fasciné, il les suivit un moment. Les filles se retournèrent en pouffant, puis se mirent à courir pour attraper un bus. Nyse courut aussi. De jeunes Brésiliens l'aidèrent à se hisser dans le bus qui put enfin rouler la porte fermée. Coincé par la foule, Nyse avait perdu ses promeneuses. Après avoir en vain tenté de voir qui descendait, il se résolut à poursuivre son chemin jusqu'au terminus de façon à visiter les faubourgs et à reprendre la même ligne en sens inverse. Mais le trajet était très long. Arrivé au terminus, le chauffeur annonça à Nyse qu'il n'y avait plus de bus jusqu'au lendemain matin. Il devrait passer la nuit dans la favela.

Pendant ce temps, Acalcuta et Belle, cornaquées par Liliom Bevilacqua, buvaient un café au Palace, l'établissement le plus chic de la plage.

— Vous êtes sûr qu'on n'a plus besoin de nous pour préparer l'accueil du Saint Père ? interrogeait Acalcuta. Nous sommes parties bien vite...

— C'est moi qui vous ai conduites ici, vous êtes un peu mes hôtes, répliqua Liliom Bevilaqua, qui semblait chercher quelqu'un du regard. Ce qui n'échappa pas à Belle toujours sur le qui-vive.

— Vous avez peut-être rendez-vous, nous allons vous laisser, lâcha-t-elle en se levant.

— Pas du tout, asseyez-vous, je vous en prie, murmura Liliom Bevilaqua soudain mal à l'aise. Je viens souvent ici et j'avais cru reconnaître un ami. Tiens, le voilà, justement.

L'ami en question était un colosse blond qui se présenta comme l'héritier du consortium gazo-pétrolier de la taïga d'Oïmiakon, en Sibérie orientale. Igor Derivaski avait l'assurance de ceux qui n'attendent plus rien de la vie puisqu'ils en ont tout reçu. Sa morgue n'était pas mépris mais simplicité. Il était puissant, le savait, et en jouissait ingénument. Son père ayant intrigué pour accaparer les débris de l'ex-Union soviétique, le fils s'employait désormais à dilapider un héritage qui s'était vite révélé ingérable. Entouré de parasites qui récupéraient des miettes de plus en plus grosses, Igor Derivaski avait tous les vices, le jeu, l'alcool et les femmes, et une seule qualité qui les rendait sympathiques : il était généreux avec tous.

Les patrons de casino, les palaces et ses innombrables conquêtes se disputaient sa présence vécue comme une rente. Liliom Bevilacqua faisait partie de ses fournisseurs attitrés. Cette fois, mieux que de grands crus ou des fans de poker, il lui avait apporté deux belles plantes. Dont l'une, celle qui avait les yeux noirs de la mélancolie, avait fait vibrer son âme tsigane [du côté de sa mère]. Car les tsiganes, c'est bien connu, pleurent en chantant « Les yeux noirs ». Il proposa donc à Acalcuta de boire un verre de jus de goyave, ce qu'elle accepta bien volontiers. Enhardi ,il lui présenta son verre de cachaça, et elle condescendit à y tremper le bout de ses lèvres. Mais la moue qu'elle fit à cette occasion l'émoustilla à tel point qu'il lui suggéra de façon pressante de venir se détendre - et s'étendre - dans sa suite du cinquantième étage. Soucieuse d'éviter l'escalade, Acalcuta lui demanda de l'excuser un moment, elle devait s'entretenir avec son amie.

— Vous avez affaire à un homme dangereux, lui chuchota Belle tandis qu'elles se dirigeaient vers les boutiques de mode. Si vous acceptez, vous risquez de déchaîner une passion qui vous privera de votre liberté. Votre prison sera en or, vous aurez de l'argent et des bijoux, mais cela vous coûtera la peau des fesses, croyez-en mon expérience.

— C'est aussi ce que j'ai constaté, reconnut Acalcuta.

— Et si vous refusez, vous ne sortirez pas libre de cet établissement dont tout le monde est sans doute à la botte de votre Cosaque ».

— Alors il ne reste plus qu'à gagner du temps, conclut Acalcuta en s'arrêtant pour faire demi-tour.

— Vous avez tout compris : on s'incruste et on boit de l'eau, répondit Belle, tandis qu'Igor Derivaski leur adressait de loin un sourire carnassier.

Jouant la montre, Acalcuta et Belle se lancèrent dans un bavardage inconsidéré dont l'unique but était de faire oublier la boisson en conservant leurs verres pleins. Igor Dérivaski, lui, buvait sec. Il n'avait d'yeux que pour Acalcuta et ne voyait pas le manège. Et Liliom Bevilacqua, qui voyait tout, n'avait aucune envie de s'en mêler.

Soudain, la télévision interrompit un reportage sur les futures Journées miraculeuses de la jeunesse pour diffuser un flash d'information. Il concernait les assassinats du haut fonctionnaire du Bloc européen et du haut fonctionnaire international dans le sud de l'Italie qu'on avait découverts quelques jours auparavant. La télévision annonçait qu'après avoir relâché tous les suspects, Interpol venait d'émettre un mandat d'arrêt international contre le meurtrier qu'on appelait déjà « le tueur à l'épingle à chapeau. Selon les dernières conclusions de l'enquête, il pourrait s'agir d'un crime populiste, ces deux hauts fonctionnaires étant justement en train de préparer des mesures impopulaires pour un certain nombre de pays.

C'est le moment que choisit Nyse pour faire irruption dans la salle. Sous prétexte d'aller saluer une amie des JMJ, Belle se précipita vers lui.

— Fuyez, lui lança-t-elle à voix basse en le dépassant, fuyez, vous allez être arrêté par Interpol. Atterré de voir Acalcuta à nouveau en compagnie de deux hommes, Nyse allait lui dire deux mots quand il se sentit pris par le bras et reconduit à la porte.

— Si tu veux te suicider, il y a des moyens plus rapides, lui glissa à l'oreille un jeune Indien en le poussant devant lui discrètement mais fermement.

Cet homme venait pour la seconde fois de lui sauver la vie. Dans la favela, Nyse avait en effet rencontré un jeune Indien kayapo qui l'avait raccompagné dans la ville basse. Car, lui avait-il expliqué, pour un étranger, il est impossible de passer la nuit dans la favela.

— Pourquoi, il n'y a pas d'hôtel ? s'était étonné Nyse, et Nirao avait éclaté de rire :

— Ici, en quelques heures, tu es mort !

— Mais j'ai de quoi payer...

— C'est bien pour ça que tu es mort ! Ton fric, ta montre, tes fringues, tes chaussures, tout appartient à la favela.

— Ce n'est pas juste, je les ai achetés, se défendit Nyse.

— Ce qui n'est pas juste, c'est que tu aies pu les acheter, répliqua Nirao. Dans la favela on manque de tout. Nyse s'indigna :

— Que fait la police ?

— La police ne peut pas entrer ici. L'an dernier, le gouvernement a envoyé l'armée. Mais les gangs sont revenus quand l'armée est partie. C'est comme ça ! Nyse découvrit alors que la ville riche était encerclée par une ville pauvre dont les deux millions d'habitants bénéficiaient d'une vue imprenable sur la magnifique baie de Rio.

Il apprit surtout que, dans les bidonvilles, les gangs étaient comme des poissons dans l'eau. Les jeunes s'y procuraient sous le manteau un calendrier avec les portraits de caïds célèbres qui faisait un tabac. Mais il y avait mieux encore, lui avait expliqué l'Indien : dans certains pays d'Amérique latine, des barons de la drogue finançaient des dispensaires et des écoles. Le phénomène s'était accéléré depuis la grande crise de 2008. Il n'avait pas précisé si c'était le cas à Rio mais Nyse était trop abasourdi pour l'interroger sur ce détail. D'autant qu'une question autrement plus importante le taraudait.

— Comment est-ce possible ? s'étrangla-t-il. Il est scientifiquement établi que l'économie Universelle progresse par crises mais c'est pour créer un monde libre, sûr et heureux !

— Moi ce que je vois, c'est que personne n'est ni libre ni heureux, ça c'est sûr, répliqua Nirao.

— Quel mystère est-ce là ? se demandait Nyse. Le révérend Euyères aurait sans doute une explication. Pourquoi a-t-il fallu qu'il soit lynché comme immigré clandestin sur la côte italienne ? Pourquoi Acalcuta, la plus belle fille d'Alligator, est-elle obligée de subir les galanteries de richissimes butors ? Et pourquoi dois-je faire le tour du monde pour avoir tenté d'explorer avec elle les voies du libre-échange ?

Ils étaient redescendus à moto, et Nyse se demandait encore comment ils avaient survécu à tous ces virages pris en quatrième vitesse pour se donner des frissons. Pour le remettre de ses émotions, le jeune Kayapo lui avait proposé d'aller prendre un verre au Palace de Copacabana, si Nyse, bien sûr, avait de quoi payer. À peine avaient-ils pénétré dans la salle qu'était tombé le mandat d'Interpol.

Après l'intervention de Belle, Nyse recommença à se lamenter tout haut sur le trottoir de la plage :

— Acalcuta mon adorée, pourquoi faut-il toujours que je vous abandonne dans les pires moments ?

— Il y a bien pire que boire un verre dans un bar, railla Nirao. Et les dames abandonnées semblent de taille à se défendre ce qui n'est pas ton cas. Allez, on s'en va !

— Mais où allons-nous ? Et comment retrouver ensuite Acalcuta ? gémit Nyse.

— La vie est une énigme, répondit l'Indien. Pas la peine de réfléchir, laisse-toi porter ! Je t'emmène sur des sommets de 7 000 m, de là on tutoie les anges : c'est le Pérou et il faut avoir le cœur bien accroché.

— C'est bien ça mon problème ! éclata Nyse. J'ai le cœur fragile !

— Avec quelques feuilles de coca, ça passera » dit Nirao. Résigné, Nyse suivit l'Indien jusqu'à la gare routière en se demandant pourquoi il devait être soit mort soit drogué pour avoir la vie sauve.

Dans l'autocar qui les conduisait vers la frontière bolivienne, Nirao lui raconta son histoire.

— Tu vois cette eau qui brille au loin ? C'est l'Amazone. Parfois, le fleuve est si large qu'on dirait la mer comme à Rio. Il y a d'autres grands fleuves qui se jettent dans l'Amazone. Ma tribu vit sur l'un d'eux. Depuis un demi-siècle, des hommes blancs veulent construire sur notre fleuve une énorme montagne pour produire de l'électricité, on appelle ça un barrage. Toutes nos terres disparaîtront sous les eaux.

Nyse avait expliqué que l'électricité était vitale pour l'économie du pays, selon les principes absolus de l'économie Universelle. Nirao lui avait répondu que leurs terres étaient vitales pour les Indiens qui se fichaient complètement de l'économie Universelle. Nyse avait invoqué le progrès, Nirao le droit des peuples à disposer d'eux-mêmes. La discussion avait tourné court. Mais l'Indien se sentait responsable d'avoir entraîné un étranger dans une aventure dont ce dernier ignorait les dangers.

De son côté, Nyse se disait que, n'ayant pas bénéficié des leçons du révérend Euyères, Nirao n'était pas coupable de penser de façon aussi fausse. Les décisions économiques doivent être laissées entre les mains des experts, on sait cela depuis Platon dont « La République » est un chef d'œuvre de rationalité et d'harmonie. À la première halte, ils tombèrent dans les bras l'un de l'autre. Ce qui leur permit d'échapper aux balles d'un cartel de la drogue venu liquider des membres d'un cartel concurrent. Ils réussirent à prendre le large avant l'arrivée de la police et des secours pour continuer leur voyage.

À pied, à cheval, en voiture, en camion, plus rarement en autocar (jugé dangereux), Nyse et Nirao remontèrent tranquillement le cours de l'Amazone puis du Rio Madeira, son formidable affluent.

Par économie autant que par sécurité, ils ne prenaient pas leurs repas dans les auberges. Lors de leurs déjeuners sur l'herbe, Nirao avait conseillé à Nyse d'éviter le poisson.

— À deux pas d'un si beau fleuve ! Mais pourquoi donc ?

— Parce que ce poisson est un poison : il est bourré de mercure.

— Il y a eu un accident industriel ?

— Pas du tout : quand on a inondé les terres pour remplir les barrages, le mercure naturel contenu dans le sol s'est répandu dans le fleuve. C'est aussi dans le fleuve que se retrouve la terre lavée au mercure par les clandestins qui cherchent de l'or ».

— Je pensais qu'il n'y avait plus d'or à trouver ! s'exclama Nyse, surpris.

— Tu es bien le seul. Quand on est pauvre, on a toujours l'espoir de trouver un filon. Ils viennent d'un peu partout sur la planète : ton Progrès a déclenché une nouvelle ruée vers l'or.

Après avoir passé la frontière bolivienne par des chemins connus des seuls Indiens, Nirao déclara qu'il serait plus avisé et aussi plus court de rester sur cet itinéraire, loin des routes de la drogue qui traversent l'Amérique latine.

Ils furent hébergés par des cocaleros, des planteurs de coca, qui se plaignaient de la menace que les trafiquants faisaient peser sur leur culture ancestrale. La première fois Nyse voulut s'enfuir, pensant que leur hôte était un bandit qui allait lui tirer dessus. Mais après avoir couru quelques mètres, il fut pris de nausée et de vertige. Pour combattre le mal de l'altitude, Nirao lui mit dans la bouche une feuille végétale qu'il lui ordonna de mâcher. Très vite son malaise se dissipa, il sentit sa bouche et ses gencives s'anesthésier tandis qu'une énergie nouvelle se répandait dans tout son corps. Ayant appris qu'il mastiquait une feuille de coca, Nyse décida qu'il ne s'agissait pas de drogue mais de médicament, et qu'il n'y avait aucun mal à se faire du bien. Et quand Nirao lui expliqua que c'était grâce à la coca que les paysans pouvaient travailler en altitude, Nyse répondit qu'il comprenait. Cette fois, l'Indien sut qu'il ne s'agissait pas d'une formule de politesse.

Sans la coca, d'ailleurs, Nyse n'aurait jamais réussi à suivre Nirao par les chemins de crête qui dansaient avec le ciel.

Cette vie sauvage finit par lasser le fils du magnat Jaimelor. Invoquant la nécessité de se procurer de l'argent en vendant un bijou qu'Acalcuta lui avait laissé, il convainquit l'Indien de descendre dans la capitale, Lima. Où, une fois l'affaire faite, il s'empressa de retenir une chambre double et de se jeter sur le lit mœlleux avec un plaisir que seule la pensée de la peau de sa bien-aimée lui procurait d'ordinaire. D'accord, se disait-il, le bijoutier me l'a sans doute payé bien moins que sa valeur, mais cela me suffit pour louer cette chambre le temps que je veux et pour manger et boire à mon aise. Quoi d'autre ? Son soupir de satisfaction fut si voluptueux que Nirao qui s'ébrouait sous la douche en fut tout gêné. Quand on frappa à la porte, Nyse pensa que c'était le déjeuner qu'il avait commandé. Mais l'homme qui pénétra dans la chambre n'avait rien d'un garçon d'étage et aucun chariot à pousser.

Vêtu d'un costume anthracite qui soulignait une musculature impressionnante, il demanda à Nyse de bien vouloir le suivre. Un personnage important désirait lui parler. Pour le rassurer, l'émissaire accepta que Nirao vienne aussi, mais surtout il exhiba la photo de la personne en question publiée dans le quotidien national. On y voyait un homme d'environ trente ans en costume sombre serrer la main du pape.

— Un homme qui serre la main de Sa Sainteté ne saurait être un malfaiteur » estima Nyse. Il suivit donc l'émissaire anthracite dans une limousine aux vitres fumées, Nirao sur ses talons.

— Où avez-vous volé ce bijou ? tonna l'homme jeune au costume sombre quand Nyse suivi de Nirao fut introduit dans son bureau. Il tripotait nerveusement le bracelet en or blanc et saphirs que Nyse venait de vendre au bijoutier.

La pièce, très haute de plafond et uniformément peinte en

blanc cassé, était meublée d'un immense bureau couleur béton ciré vert où trônaient plusieurs écrans plasma noirs avec leurs claviers assortis. Un vaste canapé en cuir rouge était disposé en face du bureau monumental. Nyse s'y assit de saisissement.

— Où avez-vous pris ce bijou ? répéta l'homme sombre en regardant Nyse de haut en bas.

— Il s'agit d'un cadeau… commença Nyse.

— Ce cadeau, c'est moi qui l'ait fait à ma sœur unique pour ses treize ans. Comment est-il en votre possession ?

— Votre sœur… Serait-ce mademoiselle Acalcuta, fille du conseiller des princes sur les îles Alligator ?

— Comment savez-vous ça ? L'auriez-vous tuée par hasard ? ou plutôt non, le hasard n'a rien à faire là : l'auriez-vous assassinée ? Parlez, vite ! Je suis son frère et je la cherche depuis des années.

Attablés devant un plantureux repas dans une suite du meilleur hôtel de la capitale, Nyse et Nirao écoutaient le frère d'Acalcuta leur raconter ses aventures, tout en faisant un sort à la panse de brebis farcie venue spécialement d'Angleterre par avion.

— Quand mon père a demandé à ma sœur d'aller chercher sa bague de fiançailles, je l'ai suivie à distance car j'avais un mauvais pressentiment. J'ai vu la bande de voyous l'entourer et j'ai voulu intervenir, mais une poche de ma veste s'est accrochée au pare-chocs de la voiture derrière laquelle je m'étais caché. Le temps que je me dégage, j'ai entendu un coup de feu. J'ai vu un homme porter ma sœur évanouie dans une voiture puis démarrer en trombe. Je les ai poursuivis hors du parking et c'est après avoir couru une centaine de mètres dans la rue que j'ai entendu des cris puis senti une horrible odeur de brûlé. Quand je me suis retourné, j'ai vu le sommet de la Tour des Jumelles qui flambait. Une heure plus tard, tout l'immeuble était par terre. De terreur, je perdis la mémoire. Les services sanitaires étaient débordés par le drame. Tout le monde me croyait mort. Je n'avais aucun papier d'identité sur moi, je devins inconnu.

On me plaça en hôpital psychiatrique. Et pour m'occuper, on me fit suivre des cours de finance internationale. Le côté désincarné des chiffres m'apaisait, j'éprouvais même une jouissance extraordinaire à prévoir l'évolution des indices boursiers, à inventer des produits dérivés et à analyser leur comportement sur le marché comme des êtres vivants. Grâce à cet exercice, mon cerveau se mit à fonctionner en vitesse accélérée. La mémoire me revint. Croyant ma famille anéantie, hormis ma sœur, et sachant que je n'étais pas héritier, je demandais à récupérer mes papiers d'identité dans la plus grande discrétion. Mes formateurs s'entremirent de bonne grâce car la discrétion était justement leur point fort. Me voyant doué pour la chose financière, on me fit entrer dans une agence de notation. Très vite je m'identifiais à cette structure de pouvoir où je finis par jouer un rôle capital. Je passais mes jours et une partie de mes nuits à analyser les bilans comptables des entreprises internationales et des États, avec une préférence pour ces derniers. Car les conséquences de ces évaluations étaient alors incommensurables. Pensez donc : des pays entiers soumis au verdict de l'agence, autant dire au mien ! Je devenais une force de la nature, je me sentais Dieu.

Je dois reconnaître qu'en cela j'étais bien aidé par mes collègues des marchés financiers, nous travaillions main dans la main. Quand grâce à moi, ils obtenaient des taux d'emprunt élevés, ils me gratifiaient d'une récompense. Dire que j'étais au pourcentage serait exagéré mais c'était un peu ça. Les représentants des États faisaient la queue dans mon antichambre pour me supplier de maintenir leur note, certains me laissaient négligemment un petit cadeau. Cela s'est su. Le scandale a été étouffé mais j'ai dû changer de métier.

Grâce à mon carnet d'adresses, je suis devenu avocat d'affaires international. Et comme je déployais dans ce domaine une énergie débordante, on m'a surnommé l'Avocat d'Affaire Ambitieux, en abrégé Triple A, ce qui me rappelle mon ancien métier, c'est amusant, non ? Ainsi, je suis ici officiellement pour acheter une forêt au Pérou et secrètement pour une transaction concernant l'Amazonie. Tout de suite je me suis senti bien dans cette vie que je n'avais jamais imaginée. Ma famille était partie en fumée, ma sœur... Ici, la voix de Triple A se brisa. Ma sœur... je faisais tout pour la retrouver mais cet espoir s'amenuisait de jour en jour. J'étais sur le point d'en faire le deuil quand vous avez surgi avec ce bijou de famille. Dites-moi maintenant où elle est, ce qu'elle fait, si elle va bien...

— Elle allait bien quand nous nous sommes quittés à Rio, expliqua Nyse. Ce qu'elle m'a raconté de sa vie montre qu'elle a du courage et de la volonté. Sachez, monsieur le Conseiller junior, que par amour pour elle je suis devenu trader à Londres, que j'ai fait sauter la banque Léman Sisters, raison pour laquelle on m'a emprisonné à la Tour de Londres et laissé pour mort. Que j'ai connu un climat insurrectionnel à Londres, fait naufrage en Italie où j'ai été lapidé comme immigré clandestin. Que méprisant l'infortune et n'écoutant que mon courage, j'ai arraché votre sœur à une fort mauvaise compagnie. Nous sommes partis ensemble à Rio préparer les Journées miraculeuses de la jeunesse. C'est là que votre sœur m'a confié l'un de ses bijoux après avoir converti les autres en billets de banque.

— Ce geste est une grande preuve de confiance, opina Triple A d'un air attendri. L'argent est le nerf de la guerre mais il est aussi une preuve de confiance.

— Une preuve d'amour, corrigea Nyse. Votre sœur et moi, nous nous aimons et j'ai l'intention de l'épouser quand nous aurons pu aborder cette question.

— Quelle question ? Mais il n'en est pas question ! éructa Triple A. Épouser ma sœur, la fille légitime du conseiller des princes, comment un bâtard du magnat Jaimelor pourrait-il même en rêver ?

— Je ne suis pas un bâtard, j'ai été reconnu, s'offusqua Nyse. Et puis j'ai tiré votre sœur d'une situation où elle était à la merci du premier ploutocrate venu. C'est dit, je l'épouserai. C'est une question de principe.

— Mais je vais le tuer, ce bâtard d'étranger qui ose parler de ma sœur ! hurla Triple A qui fonça sur Nyse la tête la première pour lui défoncer la cage thoracique. Instinctivement, Nyse saisit la carafe en cristal et la brisa sur la nuque de Triple A qui s'écroula avec un air ahuri.

Devant le corps inerte allongé sur la moquette blanche qui commençait à rougir, Nyse se mit à pleurer.

— Seigneur, gémissait-il, j'ai tué le frère d'Acalcuta, mon futur beau-frère, un baron de l'économie Universelle ! C'est une malédiction... Nirao, qui explorait la garde-robe de Triple A en sortit un costume sombre, une chemise claire et sa cravate assortie, ainsi que les souliers disposés sous le costume.

— Enfilez ce déguisement et prenez son attaché-case, cria-t-il à Nyse. Nous allons sortir par l'entrée de service. Changé en un clin d'œil, Nyse suivit l'Indien qui glissait dans le corridor comme un serpent d'eau le long de l'Amazone. Nirao emportait, roulés en boule, les vêtements de Nyse pour les faire disparaître à la première occasion.

Serrant l'attaché-case sur son cœur pour en assourdir les battements, Nyse se retrouva dans l'artère principale de la capitale péruvienne où Nirao héla un taxi. Les oreilles bourdonnantes, il n'entendit pas l'adresse que son ange gardien indiquait au chauffeur. Celle de la gare la plus proche.

VIII. ELDORADO OU LES AVENTURIERS DU RÊVE PERDU

Le petit train filait à flanc de ravin, traversait des ponts qu'on aurait dit suspendus entre ciel et eau, mais Nyse ne voyait rien de toutes ces splendeurs. Frappé par ce dernier coup du sort, il se disait que sa vie était désormais fichue, qu'il n'épouserait jamais Acalcuta, et que mieux valait chercher un moyen d'abréger ses souffrances une bonne fois pour toutes. À l'occasion d'un arrêt, il prétexta un besoin urgent pour s'éloigner, bien décidé à en finir à coup sûr.

Un peu plus loin, la voie ferrée longeait un précipice donnant sur un mince ruban d'eau, jadis un torrent asséché par le réchauffement climatique. Déçu, Nyse estima que la chute serait trop dure et qu'il n'y avait pas assez d'eau pour se noyer. Il se reprochait son mauvais calcul quand des bruits sinistres lui firent dresser les cheveux sur la tête. Derrière un gros rocher, un homme s'acharnait sur une femme qui gisait à terre.

Allongé sur sa proie, l'individu haletait comme s'il avait le diable à ses trousses tandis que la femme poussait de petits cris en se contorsionnant. Sa tête roulait de droite et de gauche, ses mains serraient la taille de l'homme comme si elle voulait le couper en deux. Devant cet effroyable spectacle, Nyse sentit son visage devenir rouge comme un coquelicot. Saisissant une grosse pierre, il en frappa la tête de l'homme au moment où ce dernier poussait un cri de victoire.

Écrasée sous le poids du corps inerte la femme se mit à hurler, un son bien différent des cris qu'elle poussait quelques minutes auparavant. Il allait l'aider à se dégager quand il fut brutalement tiré en arrière.

— Ne la touche pas, tu viens peut-être de tuer son mari ou son amant ! cria Nirao qui l'avait suivi. Vite, fuyons !

— Comment est-ce possible ? Cette bestialité, cette douleur, cela ne peut être de l'amour ! reniflait Nyse en trébuchant sur les cailloux. Pour ne pas ralentir la fuite de cette âme innocente, l'Indien jugea prudent de garder ses commentaires pour lui.

Après une course folle vers le fond de la vallée, Nyse et Nirao se reposèrent dans une grotte que les basses eaux du torrent avaient dégagée.

Nirao, qui avait sympathisé avec un groupe de voyageurs, avait été invité à partager leurs boulettes de maïs farcies à la viande enveloppées dans une feuille de bananier. Peu convaincu par l'excuse de Nyse pour sortir du train, il l'avait suivi en emportant son déjeuner. C'est ainsi que Nyse et Nirao partagèrent eux aussi l'humble repas fourni par l'hospitalité andine. Malgré la frugalité de la chère, ils s'endormirent bien vite, Nyse fatigué par la course et les émotions, Nirao par précaution, car il ignorait quand il pourrait retrouver un moment de calme avec une catastrophe comme Nyse pour compagnon de route.

Un bruit de pas les réveilla en sursaut. Un Indien, puis un autre, firent irruption dans la grotte qui ne disposait que d'une issue.

Ils furent tirés à l'extérieur, mis sur des ânes comme des ballots de marchandises, et conduits par des sentiers escarpés dans un village où les vieillards, les femmes et les enfants, les regardaient en silence d'un air menaçant. On les amena au pied d'une pyramide au flanc de laquelle était creusé un escalier de pierre aux marches élevées. À son sommet, une silhouette noire auréolée de plumes, les bras levés, se détachait sur le ciel bleu roi car le soleil était déjà couché.

— Nous allons être sacrifiés, chuchota Nirao à l'oreille de Nyse, qui se mit à trembler de tout son corps.

Toutefois l'Indien demanda la parole, ce que le chef du village lui accorda après un temps de réflexion.

— Ils nous prennent pour des représentants de la Grande compagnie qui veut couper leurs arbres pour en faire des cabanes au Canada, expliqua Nirao à Nyse après quelques échanges. Je leur ai dit que tu avais tué son représentant, le fameux Triple A, et que tu avais pris ses vêtements pour cacher ta fuite. Donne-leur l'attaché-case pour leur montrer que je dis la vérité. Nyse donna au chef l'attaché-case qu'il n'avait même pas ouvert. Avec son poignard d'obsidienne le chef découpa le cuir et sortit des documents à en-tête de la Grande compagnie, qu'il brandit comme Judith la tête d'Holopherne. C'était le contrat d'achat de la forêt qui devait être signé par le gouvernement.

Alors ce fut une explosion de joie. Les ex-prisonniers, devenus des héros, furent libérés de leurs liens et conviés à un grand banquet, auquel participa aussi le Grand prêtre qui avait failli leur arracher le cœur.

— Quel danger d'avoir un cœur, songeait Nyse. Et quelle étrangeté que la vente d'une forêt des Andes soit successivement la cause de ma condamnation à mort et celle de ma libération. Serait-ce encore un effet de la mondialisation ? Mais la mondialisation ne peut avoir que des effets positifs sur ces populations arriérées. Pourquoi ce peuple veut-il tuer ceux qui la pratiquent alors qu'elle leur apporte la richesse, la paix et le progrès ? Il en était là de ses réflexions quand son regard croisa celui du Grand prêtre qui le détaillait comme un scanner.

Mal à l'aise, Nyse se sentit déshabillé jusqu'à ses croyances les plus intimes. Puis sa vue se brouilla. Comme à la lueur d'un éclair, il vit le révérend Euyères, le magnat Jaimelor, le conseiller des princes et Triple A se découper en ombres chinoises au sommet de la pyramide, offrant des restes humains à un monstrueux soleil d'or. Quand il reprit une conscience normale, le Grand prêtre avait disparu et Nyse ne se souvenait plus de son hallucination.

Enchantés d'être débarrassés du contrat qui pesait sur leur forêt, les Indiens accompagnèrent Nyse et Nirao jusqu'aux limites de leur territoire, leur donnèrent des chevaux, des cordes et des provisions, et leur souhaitèrent bonne chance pour leurs nouvelles aventures.

— En matière d'aventure, je propose qu'on s'arrête là, décréta Nyse à la halte du soir. Enfin, pas ici concrètement, mais j'en ai assez de cette marche sans fin, je veux m'arrêter, me reposer. Et surtout retrouver Acalcuta.

— Ce serait dommage de renoncer si près du but, plaida l'Indien. En plus, je suis sûr que ça va t'intéresser. Je veux découvrir avec toi ce que les Espagnols ont cherché en vain dans ces montagnes car ils étaient aveuglés par la fièvre de l'or. Ils n'ont rien vu, rien entendu, rien compris. Mais toi, tu as un cœur généreux et sensible. C'est le sésame qui permet d'entrer au pays d'Eldorado.

Nyse se fit encore tirer l'oreille mais la curiosité l'emporta, d'autant plus qu'ils étaient aux portes de la terre promise, insistait l'Indien. Quand leur nourriture fut épuisée, Nirao se mit à chasser. Nyse apprit à faire du feu en frottant deux bouts de bois et il trouva que le perroquet à la broche, une fois plumé, était une viande délicieuse. Pour protéger leur retour, Nirao suggéra de placer leurs papiers d'identité dans des sachets en plastique coincés sous une bande de tissu enroulée autour de leur taille. Nyse trouva l'idée un peu compliquée mais l'accepta en se rappelant le sort tragique de son précepteur pendu pour avoir débarqué sans papiers en Italie.

Arrivés devant un pont de singe jeté sur un gouffre, ils abandonnèrent leurs chevaux pour le franchir, Nyse, encordé à Nirao, fermant les yeux pour ne pas céder à l'appel du vide. Quand le fleuve qu'ils suivaient se fit torrent, puis rivière, Nirao déclara qu'il fallait construire un radeau en utilisant le bois flotté et les lianes qui abondaient sur la rive. Sur leur embarcation de fortune, ils glissèrent le long de berges plantées de fougères arborescentes, puis s'engagèrent dans un chenal entre d'impressionnantes murailles de pierre. Le soleil ne descendait jamais dans cette gorge dont les eaux noires clapotaient sur les roches avec un bruit lugubre. La navigation dura longtemps.

Nyse somnolait quand un tourbillon faillit faire chavirer le radeau. Il crut sa dernière heure arrivée. L'Indien lui cria de s'arrimer quelque part avec une corde car le courant devenait plus fort. Une heure plus tard, un bruit de cataracte alerta Nirao qui cria : « Des rapides ! Incapables de maîtriser le radeau qui fonçait à sa perte, Nyse et Nirao, accrochés au plus épais des troncs, prièrent que la chute soit brève et que le destin, toujours lui, ne les sépare pas.

Revenus à la surface après une chute d'une vingtaine de mètres, ils se laissèrent dériver pour reprendre leurs forces. Une branche qui passait leur servit de bouée de sauvetage. Au bout d'un temps qui leur parut très long, il leur sembla que la rivière s'élargissait et qu'ils faisaient quasiment du surplace. Ils purent sans encombre regagner la rive. Épuisés, ils s'endormirent au soleil.

Le claquement d'ailes d'un condor qui voletait autour d'eux d'un air intrigué réveilla les naufragés. Nyse n'eut pas le temps d'avoir peur que Nirao bondissant sur ses pieds chassait le charognard qui s'éloigna avec des cris plaintifs.

— Bienvenue en Eldorado ! lança l'Indien joyeusement.Le nez en l'air, Nirao fit remarquer que le soleil était déjà haut sur l'horizon. Ils avaient dû dormir toute une nuit. Il fallait maintenant s'enfoncer dans les terres pour retrouver la civilisation perdue.

La situation était grave mais pas désespérée. Ils traversèrent un sous-bois, puis une sorte de prairie. Dans l'après-midi, Nirao remarqua un troupeau de lamas qui ne s'enfuyaient pas à leur passage, preuve qu'ils étaient habitués à la présence humaine. Au-delà d'un bois se dressait une colline cultivée en terrasses. Au loin, de hautes montagnes couvertes de forêts, dont les sommets étaient couronnés de neiges éternelles.Une route pavée passait à proximité. Nirao s'y aventura tandis que Nyse, inquiet de voir surgir des chasseurs d'immigrés clandestins, le suivait de loin.

Ils croisèrent une carriole tirée par un lama dont les occupants leur firent bonjour de la main. À l'entrée d'un village, ces enfants cessèrent un moment leur jeu pour leur adresser un charmant sourire. Nyse, qui cherchait l'église pour se repérer, n'en trouva pas. Pas plus que de temple, de pagode, ou de quoi que ce fût qui ressemblât à un lieu de culte. Il fut aussi frappé de constater que les hommes, les femmes, les enfants, les vieillards, tout le monde était beau. Pas comme sur Alligator, où l'on remarquait surtout les vêtements à condition qu'ils fussent riches, ni comme à Rio où l'on admirait surtout les corps, à condition qu'ils fussent jeunes. En Eldorado, la beauté était singulière et se traduisait par le port de tête, la noblesse des gestes, une démarche gracieuse On ne voyait ni squelettes ambulants ni obèses, signe qu'il n'y avait pas de pauvreté et que la nourriture était saine. En se mêlant à la population, Nirao découvrit qu'il comprenait la langue du pays, très proche de la sienne. Il dit à Nyse qu'il lui servirait d'interprète, à condition de participer à la conversation.

Nyse allait lui objecter qu'il ne pourrait pas lui rendre la pareille et qu'il ne pouvait donc accepter au nom de l'équilibre des échanges, quand un homme lui tapa légèrement sur l'épaule. Nirao qui avait reconnu la coiffure de l'Inca fit signe à son compagnon qu'il s'agissait du chef. Ce dernier déclara qu'il avait été averti de leur présence et qu'il les invitait à venir se restaurer chez lui car ils devaient avoir faim. Nirao accepta avec un grand sourire et l'émotion empêcha Nyse de parler.

De la demeure du chef, ils virent essentiellement une table de bois garnie de mets inconnus mais à l'odeur délicieuse et bien chauds qu'ils dévorèrent allègrement. Nyse crut reconnaître du veau, du porc et divers légumes, en bien plus goûteux et cuisinés d'étrange façon.

Quand il les vit rassasiés, le chef leur proposa de leur faire visiter le village en répondant à toutes les questions qu'ils auraient envie de poser. Nyse, gêné, lui dit qu'ils n'avaient pas rendez-vous et qu'il avait peut-être des choses importantes à faire. Le chef se mit à rire en répondant qu'il n'y avait rien de plus important que d'accueillir l'étranger, c'était un événement si rare.

Comme ils déambulaient dans les rues bordées de maisons basses où flottaient des odeurs de poivron grillé et de feu de bois, le chef leur précisa que son titre était purement honorifique : il n'avait aucun pouvoir, c'était le Grand rassemblement qui gérait les affaires du pays. Et comme il y avait très peu de nouveautés ou de litiges, ses membres, désignés pour dix ans à tour de rôle par toute la communauté, avaient largement le temps d'exercer leur métier car ils n'étaient pas payés pour ce service. Le chef lui-même était éleveur. Avec d'autres, son troupeau de lamas fournissait le lait, la laine et le seul moyen de transport entre les villages de la vallée.

— Nous cultivons la terre et élevons du bétail, expliqua le chef, et il n'y a chez nous ni riches ni pauvres. Non parce que nous n'aimons pas les riches, mais parce que le système qui produit la richesse produit aussi la pauvreté. Richesse et pauvreté sont comme les deux faces d'une même médaille. - Mais enfin, devenir riche est le désir de tout être humain, s'exclama Nyse. Et puis il y a de la place pour tout le monde !

— Je vais à mon tour vous poser une question, répondit le chef. Comment considérez-vous la pauvreté dans votre pays ?

— Comme un fléau qu'il faut combattre, s'exclama Nyse. Nous nous y employons de toutes nos forces, et depuis fort longtemps.

— Et vous y réussissez ?

— Bien sûr que non, s'insurgea Nirao, ça empire.

— La vérité, s'énerva Nyse, c'est que, honnêtement... ça dépend. Et puis il y a toujours eu des riches et des pauvres, c'est quelque chose de naturel... Nirao éclata :

— Dans la nature, les singes ou les chevaux ne sont ni pauvres ni riches ! Et mon peuple n'était pas pauvre avant d'être asservi à l'argent des blancs !

Pour éviter la dispute, Nyse demanda ce qu'on faisait des voleurs et des assassins.

Le chef répliqua que ces comportements étaient rarissimes, et que la société traitait alors ces personnes avec beaucoup de compassion car elles avaient perdu le contact avec la réalité. Il n'était évidemment pas question de les enfermer, ce qui les aurait rendues enragées. Dans les cas les plus graves, le chamane plongeait la personne violente dans une transe qui avait pour but d'évacuer sa folie. Certaines pouvaient alors retrouver une vie normale, mais d'autres devaient rester sous la surveillance du chamane dont elles devenaient l'assistant après avoir suivi une initiation.

Comme ils longeaient la rivière, ils virent des peintres qui remballaient leurs toiles car un vent fort se levait.

— Nos peintres ont trouvé un nouveau sujet d'étude, expliqua le chef : ils s'efforcent de reproduire l'irisation des poussières d'or dans l'eau. Elles sont fugaces, et leurs reflets changent avec les courants et la lumière du jour. Ils appellent ça l'impressionnisme.

Nyse s'enquit alors des fameuses mines d'or qui faisaient la réputation d'Eldorado.

Le chef haussa les épaules d'un air excédé :

— Toujours cette légende ! Depuis que nos ancêtres les Incas ont été anéantis à cause de l'or, nous avons décidé de l'oublier. Les cartes des mines ont été détruites. Le fleuve continue de charrier des pépites mais cela nous procure seulement un sentiment de beauté.

— Ne me dites pas que jamais personne ne tente de retrouver ces mines d'or ! s'exclama Nyse.

— Qu'en ferait-il ? s'étonna le chef. Ici, l'or ne sert à rien. Surtout pas à confectionner des bijoux, car si nous les égarons, leur découverte risque d'attirer sur nous les convoitises, comme ce fut le cas pour nos malheureux aïeux. Il y a bien quelques originaux qui décorent leurs fenêtres avec, et d'autres qui boivent de la poudre d'or diluée dans un verre d'eau pour se donner du tonus. Mais franchement, que voulez-vous qu'on en fasse ?

Nyse osa une question qui lui brûlait la langue :

— Votre société est immobile depuis des siècles. Est-ce que

ce n'est pas étouffant, à la longue ?

— Nous disposons de toutes les techniques indispensables à notre bien-être, répondit le chef. - Vous n'avez vraiment pas envie d'avoir la télévision, le cinéma, la voiture, de prendre l'avion, d'aller voir ce qui se passe ailleurs ? » insista Nyse.

— J'ignore ce que vos mots désignent mais je vais vous répondre sur ce désir d'ailleurs qui vous semble si important : nous n'avons aucune envie de quitter notre vallée heureuse. Car c'est un voyage sans retour. Personne n'est jamais revenu pour nous dire si ailleurs est mieux que chez nous. De plus, les faibles rumeurs qui nous parviennent d'au-delà des monts sont celles d'un monde dont certains tentent de diverses façons de s'évader.

— Vous n'aimeriez pas posséder des maisons plus hautes, des vêtements plus beaux, boire du soda en mangeant des frites et du steak haché, connaître les bienfaits de l'économie Universelle ? s'exclama Nyse, éberlué. Le chef eut un sourire indulgent :

— Il me semble que vous me demandez toujours la même chose : non, nous n'avons pas ce genre de désir. Pouvez-vous me préciser toutefois ce que vous entendez par économie Universelle.

Nyse réfléchit un moment :

— C'est le système économique le plus efficace du monde, le triomphe de la Liberté et de la Raison, l'apogée de la civilisation, un horizon indépassable... À sa grande confusion, il s'empêtra dans une succession de lieux communs et sa tentative d'explication tourna court.

Le chef reprit patiemment :

— Cela signifie donc que tout le monde est heureux, vit en paix et mange à sa faim.

— Je dois reconnaître que certains sont plus heureux que d'autres et qu'il y a des gens qui ne sont pas heureux du tout, admit Nyse qui se rappela les clandestins indiens de Rotterdam, les manifestants de Londres et les naufragés africains jetés sur la côte italienne, ainsi que les mésaventures racontées par Belle et Acalcuta. Il y a des gens qui se battent et d'autres qui ont faim mais ce ne sont que des accidents de l'Histoire. L'important, c'est qu'il y en ait de moins en moins.

— Tu dis vraiment n'importe quoi ! explosa Nirao. Il y a de plus en plus de gens très riches mais aussi de plus en plus de pauvres. Et de plus en plus de violence. Voilà la vérité ! J'ai dit.

— À vous entendre, je comprends que dans votre monde de l'économie Universelle il existe en fait des mondes différents, commenta le chef en hochant la tête. Et que cela est la source de cette violence qui vous préoccupe.

On logea Nyse et Nirao dans une petite maison tenue par un cordonnier qui vivait avec ses deux fils. Le patriarche cultivait un potager où il allait chercher les fruits et les légumes nécessaires à sa cuisine du jour. Nirao demanda si le pays avait une religion. On le regarda sans comprendre. En visite chez des voisins, ils apprirent que les habitants d'Eldorado, traumatisés par les exactions des Espagnols très catholiques, avaient aussi rompu avec leurs croyances ancestrales qui ne les avaient pas protégés.

— Quand ceux que nous appelons les Pères fondateurs se sont éloignés des grandes pyramides, ils se sont sentis libérés, leur expliqua un bûcheron. Nous apprenons ça à l'école. Sitôt arrivés ici, les servants de la divinité ont voulu construire de nouvelles pyramides mais des gens s'y sont opposés en disant que la population avait d'abord besoin de maisons et de routes. Les servants ont agité la menace d'une vengeance divine, alors certains ont eu peur et ont voulu se soumettre. Mais nos chefs soutenus par la majorité de la population ont imposé la Grande rupture. Les servants et leurs fidèles ont été chassés.

— Le bruit court que leurs descendants font régner aujourd'hui une forme de terreur en sacrifiant des victimes dans le monde que nous avons quitté, intervint une femme aux cheveux blancs.

Nyse revit soudain la Tour des Jumelles s'effondrant en flammes sur Alligator

— Comment pouvez-vous savoir une chose pareille ? interrogea-t-il. La femme esquissa un sourire :

— Nous ne « savons » pas, au sens où vous l'entendez habituellement. Certains d'entre nous ont développé une sensibilité aux ondes portées par la rivière et par la lune : dans des circonstances très particulières, ils « voient » ce qui se passe de l'autre côté. Ce sont nos « mass media ». C'est à travers eux que des échos de votre monde nous parviennent. Et je dois dire que cela nous renforce dans notre désir de préserver notre façon de vivre.

Après une bonne nuit de repos, Nyse et Nirao, habillés de vêtements amples et colorés à la mode locale, furent emportés dans un tourbillon d'invitations et de réjouissances.

La vallée comptait une douzaine de villages où on les accueillit comme s'ils étaient les ambassadeurs d'une puissance alliée. On leur montra les maisons troglodytes, creusées dans la montagne, chaudes en hiver, fraîches en été, dotées de glacières naturelles qui permettaient la conservation des aliments. On organisa pour eux des visites chez les paysans, les artisans, les commerçants et les artistes. Au fil des semaines, Nyse, qui avait fini par apprendre la langue, ne se lassait pas de poser des questions auxquelles on répondait de bonne grâce mais toujours avec un certain étonnement.

On les convia un jour à une démonstration d'arts martiaux.

La rencontre avait lieu sur la place du marché. Après de vifs échanges au bâton ou au sabre de bois par des garçons et filles d'une virtuosité étourdissante, deux maîtres d'arme d'un certain âge entrèrent dans le cercle formé par les spectateurs.

— Ce sont de vrais champions, chuchota à Nyse une jeune femme qui venait de désarmer son adversaire. Aucun n'a jamais été vaincu, c'est la première fois qu'ils se défient.

Coiffés d'un chignon serré, vêtus d'amples pantalons et armés de longs sabres, les maîtres d'arme se firent face en tournant lentement pour un round d'observation. Puis ils s'immobilisèrent comme deux fauves aux aguets. La foule retenait son souffle.

Parfois l'un d'eux esquissait un geste, mais de telle sorte qu'on doutait qu'un mouvement se soit produit.

D'autres fois la main qui tenait le sabre semblait le serrer plus fort, les yeux se creusaient. Soudain les adversaires se retrouvaient plus loin ou plus près l'un de l'autre sans qu'on sût comment ils s'étaient déplacés, ni même si un déplacement avait eu lieu. Cette absence d'action était pour Nyse une véritable épreuve. Un jeune guerrier près de lui étouffa un cri.

Nyse regarda et ne vit rien. La même réaction se reproduisit plusieurs fois parmi ses voisins les plus proches sans qu'il pût distinguer un mouvement quelconque. Ses yeux rivés sur le champ de bataille lui faisaient mal. Il commençait à s'énerver quand la foule fut parcourue d'un frisson d'excitation.

— Il l'a presque achevé ! lâcha à mi-voix un homme dont le front était couvert de sueur. Incrédule, Nyse plissa les yeux pour capter chaque détail de ce combat immobile où il ne se passait rien. Nirao, perplexe lui aussi, semblait toutefois captivé.

Insensiblement, les deux combattants se remirent à tourner avec une extrême lenteur. Comme s'ils étaient seuls sur une autre planète, ronchonna Nyse silencieusement car il ne voulait pas manquer de respect à ses hôtes. Mais déjà son esprit s'égarait du côté de Rio, de Copacabana et de son Palace où Acalcuta faisait face à une brute aux yeux bleus qui la menaçait d'un sabre en éclatant d'un rire démoniaque. Soudain, il sursauta car une main chaude venait d'agripper la sienne. Sa propriétaire lui indiqua d'un geste que le combat prenait un tournant décisif. Sur le terrain, les deux sabreurs s'étaient figés dans une immobilité d'oiseau de proie.

La foule était parcourue de vagues d'émotion dont Nyse était incapable de distinguer la cause. Les combattants n'avaient même pas croisé le fer. Nyse regarda les ombres sur le sol : cette absurdité durait depuis deux heures. Furieux, le cou raidi et douloureux, il amorçait une délicate retraite quand un hurlement de la foule le figea sur place. Au centre de l'arène, l'un des sabreurs s'avançait avec déférence vers l'autre, puis lui offrait son sabre de ses deux mains tendues, la tête baissée en signe d'allégeance.

— Je viens de rater le seul assaut d'un combat inexistant, je n'ai vraiment pas de chance, se plaignit Nyse à Nirao qui le rejoignait.

— Tu n'as rien perdu du tout, il n'y a eu aucun assaut, répliqua l'Indien, dont les yeux brillaient d'excitation.

— Comment ? Il me semblait pourtant que l'un avait gagné et l'autre perdu...

— Ils se sont affrontés par leur seule force mentale, ce fut un combat épique, s'enthousiasma Nirao, je n'avais jamais rien vu de pareil !

— Et moi je n'ai rien vu du tout et je dis que c'est idiot. Sans combat, pas de combat !

Nirao, vexé, allait répliquer quand le chef s'avança vers eux.

— Je vous remercie de votre patience, leur dit-il d'un ton chaleureux. Quand on n'a pas l'habitude, ça surprend. J'imagine que vous n'avez pas vu grand-chose mais sachez que cet affrontement est un peu pour nous le combat du siècle. Les deux maîtres de sabre qui se sont défiés devant nous sont des champions. Ils peuvent couper un homme en deux en un seul coup, ou transpercer le cœur de leur adversaire le temps d'un battement de cil.

— Je vous crois mais tant qu'à faire, j'aurais préféré le voir, grogna Nyse qui estimait que, cette fois, on le prenait pour un imbécile. Le chef semblait lire dans ses pensées :

— Non, vous ne me croyez pas et vous pensez que je me moque de vous. Vous êtes habitué au spectaculaire, à l'action. Vous ne sentez pas les circulations d'énergie, la puissance de la concentration, vous ne percevez pas le langage du corps. Vous avez perdu l'instinct. Mais bien sûr, ce n'est pas votre faute. Nyse ne trouva rien à répondre.

Autour d'eux les commentaires allaient bon train.

— Au début, Capaczenji a vraiment pris l'avantage, j'ai bien cru que ça allait être plié en deux minutes, disait une matrone à son mari qui s'épongeait le front.

— Oui, mais ensuite Sapatoji l'a testé sur toutes les coutures, c'était presque insupportable soupirait le quadragénaire ému. Un groupe de jeunes échangeaient des commentaires exaltés.

— Plus tard, je t'écraserai comme ça ! » s'écriait un solide gaillard en levant l'index.

— Et moi je vous aplatirai tous sans même lever le petit doigt rétorquait une adolescente pulpeuse d'un ton définitif. Un garçon plus âgé lui entourait les épaules de son bras d'un geste protecteur :

— Quelle prétention ! Un seul regard de moi et tu iras pleurer chez ta mère. Tous trois éclatèrent de rire puis partirent en courant, se défiant à grands cris comme si leur vie était en jeu.

Une question turlupinait Nirao :

— À quoi sert cette discipline puisque vous n'avez aucun ennemi ? »

Le chef eut un sourire amusé.

— Notre isolement ne nous protège pas de nos dangers intérieurs, expliqua-t-il. Nous savons que l'être humain a en lui une violence animale qui doit s'exprimer. La réprimer, ou pire, la nier, ne ferait que la renforcer en la laissant hors de contrôle. Cette violence est respectable car elle a permis à l'espèce humaine de survivre dans un monde hostile. Elle est la marque de notre humanité. Vivant dans une paix perpétuelle, nous en faisons une énergie vitale au service de notre communauté. Pour cela, nous avons été aidés par des guides venus jadis d'au-delà des monts à la recherche de solitudes inviolées.

— Dans les sociétés modernes, les gens veulent pouvoir acheter un bon pistolet ou un fusil pour se défendre, ou payer des gens pour le faire, interrompit Nyse. Et puis il y a les guerres, qui utilisent des moyens de plus en plus coûteux et aussi des mercenaires. C'est un secteur innovant qui crée beaucoup d'emplois ».

Le chef fit un geste fataliste :

— Ceci est la loi de votre monde, je me garderai bien d'en juger. Je vous fais toutefois remarquer que le recours aux mercenaires a toujours annoncé la fin des empires. Ce fut le cas de Carthage, puis de Rome.

— Comment connaissez-vous si bien l'histoire de l Occident ? s'exclama Nyse, ébahi.

— Par nos chamanes qui sont en contact avec la mémoire du monde, répond t le chef, qui enchaîna aussitôt pour éviter d'autres questions.

— Les séances d'entraînement, qui se déroulent dans des lieux secrets, se rapprochent de ce que vous appelez une « initiation ». Mais ce n'est pas un rite de passage : sauf accident grave, elles se prolongent la vie durant. Car il s'agit de la connaissance de soi-même, une voie dans laquelle il est impossible de progresser par la seule force du raisonnement. Pour nous, la vérité naît de la relation aux autres, qu'elle soit opposition, coopération ou combat. C'est ainsi que l'on forge sa personnalité. Avez-vous remarqué que dans la plupart des croyances anciennes, l'act vité la plus proche du divin est celle du forgeron ?

— Tout cela est bien beau, maugréa Nyse. Mais s'étriper à l'entraînement pour jouer les mannequins de cire en public me semble une curieuse conception du spectacle.

Les yeux du chef eurent un éclair de gaîté :

— Votre iron e révèle que vous ne comprenez pas, commenta-t-il posément. Le Grand combat auquel vous avez assisté n'est qu'un point d'orgue. Il permet à deux adversaires de mesurer leurs valeurs respectives, les progrès qu'il leur reste à accomplir, et offre au peuple un spectacle d'une haute tenue.

— Enfin, pourquoi ces combats sont-ils aussi... immobiles ? s'obstina Nyse, conscient de la grossièreté de son insistance. Mais le chef restait imperturbable :

— Le spectacle du sang n'a rien de spectaculaire. Vous auriez préféré voir un mort, cela vous aurait semblé plus vivant ?

— Peut-être, si vous le sentez comme ça, grommela Nyse.

Nirao vint à son aide :

— Comparé à votre vallée radieuse, nous venons d'une humanité en proie à l'âge des ténèbres. Nous vivons à travers des écrans, voyageons dans des tuyaux souterrains la terre a disparu sous le bitume. Pour nous sentir vivants, nous avons besoin d'images choc, de situations extrêmes. Ca nous permet aussi de nous sentir moins seuls puisque d'autres souffrent plus que nous.

— Je vous plains, soupira le chef, qui les serra dans ses bras pour les réconforter. Nyse se sentit prêt à fondre en larmes et il se demanda pourquoi.

Les mois passèrent et malgré la douceur de vivre d'Eldorado, les voyageurs eurent le mal du pays.

Nyse se reprochait chaque soir d'avoir abandonné Acalcuta en fâcheuse posture, et Nirao rêvait chaque nuit que le barrage géant qu'il combattait avait détruit les villages de son peuple. La vie continuait alors qu'ils se prélassaient dans l'éternité. Ils allèrent donc faire part au chef de leur décision de quitter ce paradis terrestre.

— J'ignore quel animal pervers vous a mis cette idée en tête et je le regrette pour vous, leur dit le chef. Mon pays est petit mais vous y vivrez heureux. Vous pourrez même, avec quelque effort, développer des facultés qui se sont atrophiées chez vous depuis longtemps. Mais je sais que l'un de vos textes sacrés vous interdit d'accéder à cette connaissance et je comprends que cela vous effraie. C'est pourquoi je vous aiderai à retourner vers votre lieu de souffrance, bien que ce soit un voyage long et difficile.

IX. VOYAGE AU CENTRE DE LA TERRE ET DANS L'EMPIRE DU MILIEU

On leur donna trente lamas chargés de provisions, dix lamas porteurs de couvertures, d'étoffes et de divers cadeaux de leurs hôtes et dix lamas chargés de pierres précieuses. Plus tout ce que Nyse pouvait emporter de poudre d'or dans des sachets en fibres de coca dissimulés dans les nombreuses poches et doublures d'une saharienne confectionnée à cette fin. Une poudre d'or que toute la population d'Eldorado s'était ingéniée à récupérer dans les bacs à sable des enfants. Par superstition, l'Indien avait refusé de transporter sur lui ce qu'il appelait la poussière des étoiles.

Lors du banquet d'adieu, Nyse se demanda si, vraiment, il faisait le bon choix. Nirao, lui, ne toucha pas à son assiette. Au petit matin, le chamane se présenta pour les mettre sur la voie. Ils traversèrent une forêt interdite puis une sorte de brousse veinée de larges éboulis basaltiques. Arrivés au pied d'un volcan éteint, le chamane leur recommanda de monter en larges zigzags pour ne pas épuiser les bêtes. Une fois le sommet atteint, il leur faudrait redescendre jusqu'au fond du cratère. Là s'ouvrait une piste oubliée qui les ramènerait chez eux. Il leur suffisait de la découvrir.

Entouré de ses cinquante lamas, Nyse eut un moment de découragement.

Mais Nirao lui fit remarquer qu'ils avaient à boire et à manger pour plusieurs mois, et que ce volcan semblait plus sûr que le car où ils avaient été mitraillés ou la Grande pyramide qui avait failli les assassiner. Galvanisé par ces souvenirs épiques, Nyse déclara qu'il affronterait le volcan comme Ulysse avait défié le Cyclope. Qu'une telle référence lui traverse l'esprit aurait dû l'inquiéter.

Ils mirent trois jours à atteindre le sommet du volcan.

La descente fut un véritable calvaire. Contrairement à ses pentes, l'intérieur du volcan était escarpé, lessivé par les pluies. Malgré leur habitude des terrains accidentés, une dizaine de lamas basculèrent dans le vide. La caravane passait la nuit sur d'étroites corniches où l'angoisse de la chute empêchait les hommes de trouver le sommeil. Ayant enfin atteint le fond du cratère, les vulcanologues improvisés décidèrent de s'arrêter quelques jours afin de reprendre des forces.

Ils avaient surtout besoin de savoir où aller.

Jusque-là, Nyse et Nirao ne pensaient pas : ils regardaient seulement où ils mettaient les pieds. Mais une fois au fond du trou, la question de savoir que faire se posa dans toute son acuité. Tandis que Nyse réfléchissait à la nature des indices qu'ils pourraient repérer, Nirao explorait à mains nues les roches les plus accessibles. Ayant senti sous ses doigts de légères entailles qui n'avaient rien de naturel, il découvrit une longue série de dessins gravés dans la pierre. Les pétroglyphes montraient des silhouettes d'hommes se poursuivant ou processionnant entre deux traits que Nirao affirma représenter une piste ou quelque chose d'approchant. Il y avait aussi, à intervalle régulier, des volées de flèches toujours dans le même sens qui pouvaient symboliser une chasse, un combat, aussi bien qu'une direction à prendre.

Bondissant de joie, Nirao eut toutes les peines du monde à convaincre Nyse que ces inscriptions leur indiquaient le chemin de la liberté et non un guet-apens. La conscience des richesses qu'il transportait, avait déclenché chez ce dernier une crise de paranoïa. Il avait l'impression d'être suivi par des voleurs qui en voulaient à son or. Nirao dut menacer de le planter là avec sa fortune pour qu'il accepte de se remettre en route.

Les gravures rupestres s'interrompirent brutalement à l'endroit où la pierre avait rencontré une gigantesque coulée de basalte.

La caravane arriva ainsi devant un buisson d'épineux dont les petites fleurs rouges flamboyaient dans un dernier rayon de soleil. Rassurés d'avoir trouvé leur avenir gravé dans la pierre, ils s'endormirent au pied du buisson ardent, tranquilles pour la première fois depuis leur départ d'Eldorado.

À leur réveil, les lamas avaient dévoré toutes les fleurs du buisson derrière lequel on devinait une cavité d'où sortait une fraîcheur de cave.

Nirao s'empressa d'arracher l'énorme plante, aidé de Nyse qui lui passait les outils. Ils découvrirent un orifice dans lequel ils auraient pu passer mais à condition d'abandonner les lamas. Ce qui était impensable pour Nirao qui avait pitié des pauvres bêtes, et pour Nyse qui tenait à devenir riche pour clouer le bec à la famille d'Acalcuta, même si ce n'était que la branche cadette. Il fallut donc agrandir l'ouverture.

À leur stupéfaction, après avoir déblayé quelques mètres de roches friables, ils tombèrent sur un large boyau. Nirao proposa alors de partir en reconnaissance. Quand il revint trois jours plus tard, Nyse était persuadé qu'il était mort. Il n'avait même pas le temps de pleurer car il se demandait jour et nuit comment il ferait, seul avec quarante lamas, pour remonter la pente. En fait, expliqua le revenant, il s'agissait d'un souterrain haut et large dont il était impossible de voir la fin. Le mieux était de s'y engager avec les bêtes en se munissant de torches car il y faisait noir comme dans un four.

On attacha donc les lamas les uns aux autres et malgré leurs cris désespérés, on les entraîna dans les ténèbres. Les hommes, eux, ignoraient qu'ils n'étaient pas prêts de voir le bout du tunnel.

Ce voyage offrit vite les caractéristiques d'un interminable cauchemar. Le souterrain, étayé comme une galerie de mine, reliait entre elles d'immenses cavernes où des cristallisations luminescentes donnaient une étrange clarté. Souvent le passage était coupé par des éboulements qu'il fallait déblayer pour passer. Nyse et Nirao constatèrent que des stocks de bois semblaient avoir été disposés par endroits, signe d'une intention humaine pour encourager à aller de l'avant. Mais c'était visiblement dans un passé lointain, ce qui raviva leur inquiétude. Il arrivait en effet que le bois, dérangé par des animaux, ait été dispersé sur une longue distance. Parfois les branches rongées par les termites tombaient en poussière. Ou encore des infiltrations d'eau les avaient décomposées, donnant naissance à des champignons géants. Par chance ils trouvèrent en chemin des branches bien sèches et des racines arrachées qui donnaient un feu rassurant et fournissaient des torches pour la suite du voyage ainsi que des provisions de bois pour le prochain feu.

Dans des grottes sculptées de stalactites qui renvoyaient les échos de leur caravane, ils longèrent des lacs aux eaux noires, comme mortes. Nirao y pêcha des serpents blancs et des crevettes translucides qu'il rejeta aussitôt avec dégoût.

La découverte d'un gros sac de poudre de coca dans leurs réserves de vivres étonna Nirao. À quoi une plante contre le mal des sommets pouvait-elle servir sous terre ? À tout hasard il en mélangea chaque jour une infime quantité à leur nourriture en se disant, qu'au pire, il n'y aurait aucun effet.

Sans repère solaire, ils s'enfoncèrent dans un éternel présent.

Se rappelant l'organisation des longues saisons de chasse, l'Indien pensait que la distance entre deux stocks de bois devait correspondre à une journée de marche. Mais ils sentirent que pour ne pas céder à la panique ils devaient éviter de réfléchir. Se concentrer sur l'instant, et ne pas s'épuiser à chercher d'issue cachée dans les parois puisque le trajet, de toute évidence conçu par la main de l'homme, aboutissait forcément quelque part.

Cette épreuve évoquait pour le Kayapo son initiation de chasseur. Il retrouvait certains réflexes, comme découvrir des sources en suivant le bruit de l'eau, sentir si un lama était en difficulté, ou encore repérer le déplacement furtif d'une petite bête des cavernes. De curieuses taupes, salamandres, chauves-souris et quelques petits serpents multicolores capturés dans les eaux vives améliorèrent ainsi leur ordinaire, une fois que Nyse eût accepté d'en manger la viande bien cuite sans avoir assisté au dépeçage.

Les lamas en revanche vivaient très mal leur incarcération. La maigre végétation souterraine ne pouvait remplacer l'herbe grasse des hauts plateaux. Habitués aux grands espaces et à la lumière, les malheureux devinrent aveugles. Puis, l'un après l'autre, ils se laissèrent mourir.

Au grand dam de Nyse, Nirao abandonna les cadeaux puis l'essentiel des pierres précieuses pour sauver leurs provisions, en lui représentant que mieux valait être un pauvre vivant qu'un riche mort. Et puis n'avait-il pas une grande quantité de poudre d'or cachée dans les poches et les ourlets de sa veste ? Nyse se demanda pourquoi il était maintenant obligé de choisir entre la bourse et la vie. Il en conclut que les voies de l'économie Universelle étaient parfois impénétrables. À cette marche inouïe dans les entrailles de la terre, deux lamas survécurent. Les seuls qui avaient réussi à se nourrir de mousses et de racines.

Les provisions d'Eldorado semblaient inépuisables, mais l'enfermement et le manque de lumière sapaient les énergies. Les hommes se traînaient dans un état comateux, la luminescence de certaines parois alternant avec l'obscurité la plus totale : on n'allumait plus de torches car il faisait de plus en plus chaud. Nirao lui-même, qui avait pris l'habitude de chanter pour passer le temps, avait fini par se taire. Un « Hohoooo ! » poussé de temps à autre leur permettait de vérifier qu'ils étaient encore en vie. Les deux repas quotidiens et la halte pour dormir structuraient l'espace et le temps. Nirao forçait Nyse à manger, et se forçait lui-même malgré une nausée de plus en plus pénible.

Un beau jour, ou plutôt une nuit, alors que la température devenait supportable depuis quelque temps, une vague lueur trembla au loin et ne cessa de croître. Ils comprirent que c'était celle du monde des vivants et poussèrent des hurlements de joie. Leur progression leur parut dès lors un supplice de Tantale, une marche vers un horizon que l'on n'atteint jamais. Mais c'était bel et bien la fin du voyage.

Quand ils sortirent enfin à l'air libre, la lune brillait par son absence mais le scintillement des étoiles leur faisait mal aux yeux. Ils durent les protéger par des bandages. Les lamas eurent aussi les yeux bandés, une nouvelle torture qui leur fit, de colère, cracher de longs jets de salive plusieurs jours durant. Hélas, ils restèrent aveugles.

Les rescapés décidèrent de camper à proximité afin de se réhabituer au grand air et au soleil, de se couper les cheveux et la barbe, bref de reprendre figure humaine pour ne pas effrayer les gens du coin. Ils constatèrent que leurs cheveux avaient conservé leur couleur, qui avait même foncé en l'absence de soleil : ceux de Nirao étaient d'un noir de jais et Nyse arborait une crinière blond vénitien. L'Indien pensa que les doses infimes mais quotidiennes de poudre de coca y étaient pour quelque chose, mais c'était bien sûr impossible à vérifier.

Ils restèrent sur place plusieurs semaines. Nirao chassait et pêchait, Nyse évaluait ses richesses, ce qui leur permit, chacun à sa manière, de se refaire une santé. L'aventure se présenta un jour au coin d'un bois où Nyse ramassait des branches mortes tandis que Nirao traquait ce qui ressemblait à un lièvre. Ils virent arriver un Asiatique à la carrure impressionnante, à qui il manquait une main et dont le cou était tordu d'une drôle de façon. Avec des gestes ponctués d'exclamations de surprise, l'inconnu leur fit comprendre qu'ils étaient arrivés en Chine.

Ravi de conter ses malheurs à des étrangers qui semblaient s'y intéresser, le pauvre homme se lança dans un bavardage gesticulé que Nyse et Nirao, à leur grand étonnement, n'eurent guère de mal à comprendre.

Il leur expliqua qu'il poussait les chariots dans une mine. Avec d'autres mineurs, il avait demandé à son patron un jour de congé par semaine. Pour leur apprendre à respecter la main qui les nourrissait, ce dernier les avait condamnés au supplice de la cangue. La tête emprisonnée dans cette « porte chinoise », ils avaient dû mendier leur nourriture dans les rues de la ville trois jours durant. Quant à sa main droite, l'homme indiqua qu'il l'avait perdue plusieurs années auparavant chez un précédent patron, en volant une boulette de riz dans la gamelle des chihuahuas de Madame. La religion de la région imposait de couper la main des voleurs.

L'histoire du mineur révolta Nyse.

— On n'a pas le droit de traiter ainsi un être humain ! cria-t-il, scandalisé. L'homme, effrayé, s'enfuit en courant comme un crabe à cause de son cou de travers.

— Décidément tu ne comprends rien, éclata l'Indien. En Chine, on expulse les paysans de leurs terres pour y planter des immeubles ou des barrages, ils sont obligés de travailler pour un patron qui les traite comme des esclaves. Tu peux dire que c'est le progrès, moi j'affirme que c'est la mort !

Mais Nyse tenait au progrès de la civilisation :

— Ça ne veut pas dire qu'ils sont esclaves ! s'obstina-t-il.

Nirao avait horreur de ces disputes. Il prit un ton conciliant.

— Écoute Mon père a rencontré des Chinois au Sommet de la Terre à Rio, en 1992. C'était trois ans après le massacre de la place Tienanmen, ils voulaient établir des contacts à l'étranger. Nous avons suivi la lutte des paysans chinois contre le barrage des Trois-Gorges, ce qui nous a servi quand notre gouvernement a voulu faire le même chez nous. Malheureusement c'était le premier barrage géant jamais construit, la mobilisation internationale était inexistante et le monstre a finalement vu le jour. Mais quand le barrage des Trois-Gorges frémira, le monde tremblera !

— C'est une idée abominable ! s'exclama Nyse, scandalisé.

— Plus le monstre est gros, plus le danger est grand.

— Comment un ignorant comme toi a-t-il le culot de critiquer ? Rentre dans ton village et laisse faire les experts ! C'est par eux que le monde sera sauvé ! Vexé, l'Indien lui tourna le dos et accéléra le pas.

— La Chine est l'avenir de l'économie Universelle ! s'écria Nyse par provocation tandis que Nirao disparaissait à un tournant de la route.

Entre compagnons d'aventure, les disputes ne durent pas. Surtout quand les gens que vous croisez vous regardent comme des bêtes curieuses. Leur étrange convoi ne passait pas naperçu, il fallait aviser.

Nyse ne voulait pas se séparer de ses lamas aveugles, persuadé que sa fortune en dépendait puisqu'ils la transportaient depuis si longtemps. La mort dans l'âme car il s'était attaché aux pauvres bêtes, Nirao réussit à le convaincre de les céder à un marchand de bestiaux qui se convertissait dans le tourisme de luxe. Les montures exotiques promèneraient désormais les enfants des riches propriétaires de mines de charbon.

En échange, on leur donna une petite somme d'argent et deux bourricots au caractère de cochon que l'Indien arriva à mater.

Sortis de terre au pays des Ouïgours, les voyageurs s'enfoncèrent dans l'Empire du Milieu avec une seule idée en tête : atteindre un port international, Shanghaï. Nyse pour s'embarquer avec ses bêtes de somme, Nirao pour s'envoler vers le Brésil, expédier Acalcuta sur le vieux continent et s'occuper enfin de ses propres affaires délaissées depuis trop longtemps.

Très vite ils s'aperçurent que le meilleur chemin pour arriver à bon port n'est pas forcément le plus court. Ils durent rester à l'écart des grandes routes où d'énormes camions et des voitures puissantes roulaient à tombeau ouvert, leurs conducteurs semblant pressés d'arriver en avance au cimetière. Ils contournèrent aussi les grandes agglomérations pour ne pas se perdre dans le dédale des chantiers qui faisaient des cités chinoises de gigantesques halls d'exposition de matériel de travaux publics.

De temps à autre, aux abords de certaines villes, Nirao disparaissait quelques jours pour aller convertir un peu de poudre d'or en yuans, jiaos et autres fens mieux adaptés à l'achat de plats de nouilles ou de viandes grillées. Il avait convaincu Nyse de changer l'or en petites quantités de façon à ne pas attirer l'attention. Mais la vérité était que Nirao avait pris goût à la découverte des quartiers interlopes des cités marchandes. Dans les bras de fragiles ou plantureuses Chinoises, l'Indien se remettait d'une vie d'ascète qui ne pouvait convenir qu'à son angélique compagnon.

Sur les chemins de campagne, ils croisèrent des Chinoises drapées de grands voiles colorés qui leur donnaient une allure biblique, des vieillards en bleus de travail avec casquette et cols Mao qui marchaient en groupe comme on va à une manifestation, des jeunes très maigres se déplaçant à vélo et d'autres très gras mangeant des hamburgers dans des chaînes internationales de fast-food. Ils virent des paysans courbés sur de minuscules jardins, des camions-bennes ramenant des contingents d'ouvriers et d'ouvrières à leurs dortoirs, et des « mingöngs » (immigrés de l'intérieur) qui rentraient chez eux à pied parce qu'ils n'avaient plus de travail. Toute une humanité entraînée dans le tourbillon d'une économie géante, ou qui se déplaçait sans cesse parce qu'elle ne savait plus où aller.

Plusieurs fois ils durent faire un détour à cause d'une manifestation, même dans les zones rurales : à Londres, Nyse avait appris à reconnaître l'odeur des gaz lacrymogènes, autre signe de la mondialisation.

Il ne cessait d'ailleurs de s'étonner que le pays soit si pauvre et dans une telle ébullition car ce n'était pas l'image véhiculée par les médias internationaux. Nirao avait beau lui faire remarquer que c'était la même chose avec le Brésil dont la face sombre était pudiquement ignorée, il se disait que le miracle économique chinois profitait forcément à l'ensemble de la population. Les fameux nouveaux riches ne sauraient être le cèdre qui cache la forêt de bambous.

Il n'y a pas de fumée sans feu, se répétait-il. Et puisque l'économie Universelle était considérée comme le seul système économique efficace, il devait y avoir d'excellentes raisons.

La marche développe le sens de l'observation et les capacités de contact. Sans compter l'adaptation aux coutumes locales.

D'abord farouchement opposés à la chose, Nyse et Nirao se familiarisèrent avec les WC collectifs qui sont aussi en Asie le dernier salon où l'on cause. D'une manière très détendue, ce qui facilite l'évacuation. Le fils du magnat Jaimelor y perdit un peu de sa dignité et gagna beaucoup en ouverture d'esprit. Sorti de son monde abstrait, il devenait de plus en plus humain. Déjà aminci et musclé par l'activité physique, sa longue marche à travers la

Chine le transformait maintenant de l'intérieur.

Outre son épaisse chevelure blond vénitien, Nyse acquerait en s'ouvrant au monde une grâce dans le comportement et une harmonie des traits qui lui donnaient un charme prenant. Au point que Nirao lui déclara un jour qu'il le trouvait très beau, ce qui, de la part d'un Indien kayapo, ne pouvait pas passer pour une déclaration d'amour même si c'était un cri du cœur.

Dans son visage un peu creusé, bronzé par le soleil, ses yeux clairs avaient perdu leur éclat de porcelaine. Ils avaient désormais la profondeur de la mer qui avait failli le noyer par deux fois. De jeunes Chinoises se retournaient sur son passage, certaines osaient même le frôler. Il dut très souvent évoquer le visage de madone d'Acalcuta et les éclairs jaloux (c'est ce qu'il imaginait) de ses yeux noirs pour résister à la tentation d'une aventure fatalement sans lendemain.

Shanghaï. Ses gratte-ciel, ses avenues interminables, sa foule cosmopolite, ses néons publicitaires en caractères chinois et en anglais, et sa Bourse qui éveilla chez Nyse un souvenir ému. N'était-ce pas à cause d'une Bourse, à l'autre bout du monde, que son destin avait basculé ? La chute de Léman Sisters, pour traumatisante qu'elle fût, l'avait expédié d'un grand coup de pied au cul dans le monde réel. Un douloureux mais salutaire réveil.

Resté sur Alligator, jamais le bâtard qu'il était n'aurait pu épouser la fille légitime du conseiller des princes. Un flirt un peu poussé et un attentat-suicide avaient rebattu les cartes, lui attribuant cette fois quelques atouts. Comme disait Nirao, la vie c'est le mouvement. Et aujourd'hui Nyse, littéralement cousu d'or, allait embarquer deux ânes chargés de reliques d'Eldorado sur un cargo à destination de l'Ancien Monde. Le continent américain lui était en effet interdit, puisqu'il y avait commis son dernier meurtre, et l'avis de recherche d'Interpol l'obligeait à éviter les aéroports. Mais ce désagrément avait un côté positif : il revenait fortune faite. Nirao, lui, était déjà dans l'avion de Rio.

Il était écrit, en tous petits caractères, que le fils de Jaimelor ne prendrait pas la place de son père : Œdipe ne serait jamais roi et Nyse jamais milliardaire. Car s'il avait gardé la foi dans le Libre Marché ainsi que la rigidité inexorable du raisonnement des experts, il utilisait maintenant les ressources de la vie réelle (des lamas, puis des bourricots) et non plus les algorithmes savants d'une salle des marchés. Il était repassé de l'autre côté du miroir. Ce qui donnait un résultat à la fois curieux et cocasse.

Par exemple, il ne lui était pas venu à l'esprit de se débarrasser de ses ânes en mettant son or dans un sac à dos. Une évidence que Nirao en le quittant n'avait pas jugé utile d'énoncer. Mais Nyse, éduqué selon les préceptes du Libre Marché (ne pas modifier un système qui a fait ses preuves) considérait que sa fortune dépendait de ses bourricots, ce qui durant de longs mois avait été le cas. Le contexte avait changé, les bêtes étaient devenues un fardeau, mais l'élève d'Euyères pensait que le contexte avait tort puisque la théorie, elle, avait toujours raison.

Toutefois il se rendait compte qu'embarquer deux ânes bâtés sur le port de Shanghaï était une demande inhabituelle, même de la part d'un original. C'est pourquoi le timide aventurier avait jugé prudent de circonscrire sa recherche à des bateaux qui ne payaient pas de mine. Il lui fallut pour cela éviter le gigantesque port de commerce et son dédale de conteneurs, un large détour par des chemins de traverse qui ne s'improvisait pas. Heureusement, Nyse et sa pittoresque caravane attiraient la sympathie. Guidé par un adolescent qui l'assaillit de questions en chinois truffé d'anglais, d'allemand et d'espagnol, il arriva trois jours plus tard sur un quai vétuste où l'activité était tout aussi frénétique que sur le port international. Les bâtiments amarrés étaient simplement moins énormes et plus hauts en couleur.

Cette succession de coques rongées par la rouille avait de quoi le démoraliser mais il n'avait pas le temps de s'apitoyer sur son sort, il devait embarquer ses deux ânes. Avec le départ de Nirao, il sentait qu'il avait brûlé ses vaisseaux, curieux paradoxe pour un candidat à une traversée de l'océan Pacifique.

Le dernier bateau de ce port de l'angoisse devait être le bon. C'était un cargo battant pavillon panaméen avec un équipage du Suriname, des sous-officiers vietnamiens et un capitaine russe, qui convoyait à Algésiras, en Espagne, des tracteurs sous licence allemande assemblés en Chine.

Par l'un des sous-officiers qui parlait l'anglais, Nyse avait appris que les riches Chinois investissaient à l'étranger dans des terres fertiles que les autochtones n'avaient pas (ou n'avaient plus) les moyens de cultiver. L'Espagne, elle, croulait sous une dette himalayenne payée aux marchés internationaux et achetée, notamment, par des entrepreneurs et des commerçants chinois. Un mécanisme d'horlogerie qui avait procuré à Nyse une émotion esthétique parfaitement gratuite.

Quoi qu'il en soit, les Chinois expédiaient dans le sud de l'Espagne des machines haut de gamme, nécessitant peu de main d'œuvre, pour y cultiver à bas coût des fruits et des légumes qui seraient ensuite vendus dans l'Europe entière à des prix défiant toute concurrence.

Mais de cela, Nyse se fichait royalement. Grâce à ce commerce triangulaire du troisième type, il allait retrouver Acalcuta en Espagne. Un pays où, s'il vaut mieux ne pas construire de châteaux (l'immobilier s'étant d'ailleurs effondré après s'être transformé en bulle, un acte contre nature), rien n'empêche de se battre contre les moulins à vent. Comme le faisaient les Espagnols, qui descendaient dans la rue depuis des années pour crier leur « indignation ». Des images d'actualité qui passaient entre deux pubs sur les écrans de télévision géants accrochés aux façades des buildings de la mégapole chinoise.

Nyse s'était d'abord inquiété de cette agitation, toujours mauvaise pour le négoce, avant de se souvenir d'une discussion avec Nirao. Tout était parti d'un opuscule écrit par un Français né au début du siècle précédent : *Indignez-vous !* Depuis, on s'indignait dans le monde entier mais pour l'élève d'Euyères, il ne pouvait s'agir que d'une agitation intellectuelle. D'un engouement pour le mot. D'une mode lancée par les réseaux sociaux dont on connaît l'effet démultiplicateur mais fugace.

Lui qui s'interrogeait parfois sur les méthodes prônées par son digne précepteur restait persuadé que plus le remède fait mal plus le résultat est bon. Une idée que de mauvais esprits auraient pu qualifier d'obscène mais le fils du magnat Jaimelor, le disciple du révérend Euyère, l'amoureux d'Acalcuta, était incapable d'une telle imagination pornographique. Il voyait bien que les Anglais, les Chinois et les Espagnols avaient très mal car ils criaient très fort, ils seraient donc les premiers sauvés par la main invisible du Marché quand un nouvel équilibre aurait été atteint. Dans quelques décennies. Mais la patience doit être la vertu des peuples qui savent qu'ils ne savent rien : seuls les experts peuvent gouverner le monde car ils connaissent l'essence des choses. Leur temps est d'ailleurs venu. En grec, cela s'appelle « la révélation » : l'apocalypse.

L'absence de Nirao pesait à Nyse. Il se sentait orphelin. Pire : en mettant le pied sur le cargo qui devait l'emmener avec toute sa fortune en Espagne, il avait senti de mauvaises vibrations. La mer lui avait toujours été néfaste. Et pour couronner le tout, le capitaine du cargo, un certain Raspoutine, ne lui inspirait aucune confiance. Avec son visage émacié, son nez en bec d'aigle et sa barbe hirsute, il avait quelque chose d'inquiétant. D'autant qu'il terrorisait ses marins du Suriname et ses sous-officiers vietnamiens, lesquels ne s'entendaient pas entre eux car ils ne parlaient pas la même langue. Pour accélérer les manœuvres, Raspoutine éructait des insultes innommables en faisant parler ses poings. Un langage directement compréhensible.

Sentant son cœur s'emballer, Nyse se dit qu'il lui fallait se calmer pour éviter une syncope du plus mauvais effet. Il retourna donc à terre après avoir reçu l'assurance du bosco vietnamien que le bateau ne quitterait pas Shanghaï avant le lendemain matin. Dans une pharmacie, on lui fit avaler une décoction sucrée qui apaisa son tumulte intérieur, en lui conseillant d'éviter les émotions fortes. Mais pris d'inquiétude il revint sur le port. Juste à temps pour voir le navire larguer les amarres. Le cœur au bord des lèvres, Nyse vit s'éloigner le cargo panaméen d'où il croyait entendre des braiements désespérés, échos dérisoires de sa promesse de bonheur.

Quoiqu'ulcéré d'avoir été trompé et ruiné, Nyse ne se voyait guère aller porter plainte auprès des autorités portuaires pour le kidnapping de deux bourricots. Sans parler de la provenance des diamants bruts qu'on l'accuserait d'avoir volés alors que c'était lui la victime !

Débarrassé de ses encombrants quadrupèdes, et au fond soulagé d'échapper à une nouvelle traversée (ce qui pourtant lui coûtait fort cher), il décida de prendre l'avion pour l'Europe.

À l'aéroport, on lui indiqua que la destination la plus demandée cet été là était la France. Nyse réserva son billet sans le payer faute d'argent. Mais quand on lui rappela qu'il devrait à l'embarquement présenter son passeport, il sentit le cœur lui manquer.

Il avait oublié le mandat d'Interpol.

Les petits cris de l'hôtesse derrière son comptoir finirent par attirer son attention. Il y avait toutefois un problème, voulait-elle lui préciser : une grève des aiguilleurs du ciel en Europe venait de bloquer le trafic aérien dans cette région du monde pour une durée indéterminée. Accablé, Nyse se dit qu'une telle accumulation d'obstacles était le signe qu'un grand bonheur lui arriverait un jour. Une idée tout à fait irrationnelle, et même absurde, mais qui lui procurait à cet instant une réelle consolation.

Chaque chose en son temps, réfléchit-il. Dans les toilettes de l'aéroport, il décousit l'une de ses poches intérieures pour récupérer un sachet de poudre d'or en fibres de coca. Tandis qu'il vérifiait l'état de ses « stocks », il lui vint à l'esprit que la vieille ville serait l'endroit le plus propice pour changer l'or. C'est ainsi qu'il se mit en route à pied en direction de Nanshi, après qu'un étudiant éberlué lui ait dessiné l'itinéraire sur un prospectus publicitaire en le regardant curieusement : aucun étranger ne s'aventurait jamais à traverser la forêt de gratte-ciel de Shanghaï. Nyse, lui, avait peur de se perdre dans le métro. De plus, il s'était accoutumé à la vie au grand air, même si la moiteur polluée de la mégapole donnait la sensation de manquer d'oxygène. Nombre de passants circulaient d'ailleurs avec des masques.

Nanshi était une ville chinoise au cœur d'une cité futuriste sortie d'un album de Druillet. Quittant l'ombre des géants de verre et d'acier, Nyse fut réconforté de voir des maisons à taille humaine, avec des balcons et des toits, même si ces derniers étaient exagérément recourbés vers le ciel. Comme il n'avait pas d'itinéraire précis, il préféra fuir les hordes de touristes occidentaux qui se bousculaient devant les commerces traditionnels. C'est ainsi qu'il se retrouva dans une ruelle pauvre et déserte, où le linge séchait aux fenêtres sur des perches de bambous.

Quand il repéra de loin une enseigne en fer forgé qui représentait un cheval, il y vit un signe du destin.

C'était une imprimerie. Le chinois rudimentaire de Nyse suffit à l'artisan pour comprendre de quoi il retournait. Il lui échangea sa poudre d'or contre des euros - ainsi que quelques yuans et jiaos - sans lui poser de questions. Mais de façon adroite il lui indiqua que s'il avait besoin de papiers pour circuler, il était tombé sur la bonne adresse. Nyse remercia le ciel de l'avoir mis à court d'argent. Pour lui rendre ce petit service, on lui demanda juste d'indiquer sa préférence en matière de nationalité. Un peu d'or supplémentaire lui fournit donc un passeport français au nom de Louis Brador, avec les compliments de l'imprimeur chinois qui venait pour cela de tester sa nouvelle machine allemande haut de gamme.

Nyse resta deux semaines dans la chaleur de Shanghaï. Accablé par la foule dans les rues, l'immensité de la ville et surtout le brouillard, il était retourné à Nanshi où ses pas l'avaient ramené devant la porte de l'imprimeur. Ce dernier, voyant à qui il avait affaire, décida de le protéger de la rapacité des riches commerçants et de la violence des voyous. Plutôt que de lui indiquer un hôtel aux tarifs internationaux, il l'envoya chez ses parents, à deux rues de là. Les vieilles personnes l'accueillirent aimablement car elles adoraient avoir de la compagnie. Elles débarrassèrent une petite terrasse qui devint la chambre d'ami, un privilège qui lui permettait d'échapper à la touffeur du petit appartement. Nyse proposa de payer son séjour, ce qu'on accepta volontiers parce qu'on pourrait ainsi aider un peu plus le petit-fils qui faisait des études d'ingénieur nucléaire à Canton.

La gêne de Nyse devant ce manque d'espace ne dura guère. Il découvrit que monsieur Dong était un excellent joueur d'échecs, et que madame Mei faisait un thé sans égal, même sur Alligator.

Hormis son coup de téléphone quotidien à l'aéroport, qu'il allait passer à la boutique d'en face pour se dégourdir les jambes, Nyse ne sortait pas. La nuit, de son lit à ciel ouvert, il écoutait les mille bruits de la ville immense, la rumeur du dragon, avant de sombrer dans un sommeil sans rêve. Le jour il jouait aux échecs avec monsieur Dong, ou écoutait madame Mei lui raconter des choses qu'il ne comprenait pas mais avec des mimiques qui le faisaient rire aux larmes.

Insensible à la frénésie d'activité qui électrisait la mégapole, l'insolite Marco Polo n'avait aucune envie de mettre le nez dehors. Il avait passé suffisamment de mois sur les routes de Chine pour goûter enfin un repos bien mérité. Hélas, les meilleures choses ont une fin.

Après la longue grève des aiguilleurs du ciel en Europe, l'éruption d'un volcan islandais, une tempête de grêle empêchant toute escale au Canada et une grève surprise des aéroports en France, Nyse apprit un jour qu'il avait un vol le lendemain à 19 H 45. En réalité, nombre d'avions avaient décollé pour Paris depuis tout ce temps. Mais ils étaient remplis d'hommes d'affaires en mission urgente et de touristes pressés d'aller dévaliser les Grands magasins. Un personnage aussi insignifiant que Nyse ne pouvait que passer bon dernier, surtout qu'il n'avait pas encore payé son billet. Et qu'il était très mal habillé.

L'euphorie du départ fut un peu gâtée par la tristesse de ses hôtes, qu'il finit par partager.

Ce fut donc le cœur gros que le jeune Louis Brador embarqua en classe affaire à destination de Paris.

X. RENCONTRE AVEC L'HOMME LE PLUS MALHEUREUX DU MONDE

Une fois installé, la compagnie aérienne lui offrit pour le vol un ordinateur portable avec connexion Internet, à utiliser uniquement en altitude pour des raisons de sécurité. Sevré d'informatique depuis longtemps, il découvrit le foisonnement des forums de discussion qu'il n'avait jamais beaucoup pratiqués. Pour tuer le temps et espérant trouver un compagnon de voyage, il s'inscrivit sur l'un d'eux avec cette simple question :

— Qui peut me prouver, arguments à l'appui, qu'il est l'homme le plus malheureux du monde ? Le gagnant aurait une bonne surprise. Hormis quelques heures de sommeil, la lecture des témoignages lui prit tout son temps. Il fut effaré de constater que ces vies accidentées, souvent brisées, l'étaient surtout pour avoir percuté le mur de l'argent. Non pour avoir été des actionnaires dont les titres avaient chuté en Bourse. Mais parce que la petite entreprise dont ils étaient les salariés ou même le patron avait dû mettre la clef sous la porte. Ou parce que la multinationale qui les employait avait délocalisé son activité pour gagner plus. Ou encore parce que leur salaire ne leur permettait plus de payer leur loyer. Des témoignages dont les paysans étaient exclus faute d'avoir accès aux nouvelles technologies, lui signala le gérant d'une cyber-échoppe de Bobodulargo, sur le fleuve Congo. Ce qui retint l'attention de Nyse pour qui l'Afrique était jusque là un continent sans Histoire. Ce gérant expliquait qu'il avait découvert l'informatique en arrivant au bidonville de Bobodulargo où l'on recyclait les ordinateurs périmés expédiés par l'Occident.

Lui-même était originaire du bush, à des milliers de kilomètres plus au sud. Sa famille et son village avaient fait des sacrifices financiers pour lui payer, ainsi qu'à deux autres jeunes hommes, le passage clandestin vers les Canaries, portes de l'espoir (l'Europe). Mais leur dernier passeur les avait vendus à des trafiquants qui avaient réclamé une rançon à leurs proches. L'un d'eux s'était suicidé de désespoir, le second avait été tué en tentant de fuir.

Quant à lui, il avait réussi à se sauver mais il était coincé à Bobodulargo. Il ne pourrait jamais rembourser sa dette, et maintenant il allait être viré de sa cyber-échoppe. Racheté par des tondus (une secte de fanatiques qui voulaient imposer la pureté au niveau planétaire), le petit commerce faisait désormais partie d'une toile mondiale qui finançait des activités dont il valait mieux ne rien savoir. De plus, le malheureux venait d'apprendre que son village natal avait été emporté par une vague de milliers de réfugiés fuyant un État voisin, il ignorait pourquoi. N'ayant plus ni travail ni foyer, il estimait avoir droit au titre d'« homme le plus malheureux du monde » et à la bonne surprise qui allait avec.

Nyse s'apprêtait à lui demander des renseignements complémentaires quand une brusque déconnexion interrompit la conversation. Malgré ses efforts il ne parvint pas à rétablir le contact avec celui qui était certainement l'homme le plus malheureux du monde puisque le mauvais sort l'empêchait même de recueillir les fruits d'une gloire qu'il méritait.

Toutes ces mésaventures, surtout celle de l'infortuné bushman, poussaient Nyse à douter de ses certitudes une nouvelle fois. Son imagination vagabondait. Sur l'écran de son voisin de droite, les créatures cauchemardesques de « Jurassic Park » se livraient des combats homériques dans un silence assourdissant. Alors, sous les yeux de Nyse, les grandes compagnies qui tenaient le commerce mondial devinrent de terribles lézards qui se dévoraient les uns les autres et semaient sur leur passage la mort et la destruction. Effrayé il se frotta les yeux et héla l'hôtesse pour commander un thé au jasmin qui l'apaiserait en lui rappelant l'appartement des Dong où il avait rêvé le calme de la vieille Chine. Les combats de dinosaures étaient bien sûr terrifiants, mais imaginer ainsi les grandes compagnies, c'était sa première grosse infidélité aux enseignements du révérend Euyères et cela le perturbait beaucoup.

Le réconfortant breuvage le plongea dans un demi-sommeil. Mais dès qu'il fut bien détendu, ses angoisses rappliquèrent au triple galop.

La Sainte-Phynance gouvernait un monde sauvage qui, loin de produire des richesses, se contentait désormais de faire des bulles. De plus en plus de bulles. Des bulles spéculatives. Et quand ces bulles éclataient, c'était comme une explosion de gaz toxique. Nyse venait en effet de découvrir les témoignages de victimes de la bulle immobilière au Japon dans les années 1990, de la bulle Internet en mars 2000, des bulles immobilières aux États-Unis au début de 2006, en Espagne et en Irlande en 2007. Une ultime explosion lui remonta le cœur quasiment dans la gorge. La peur le réveilla. Ce n'était qu'un trou d'air. Rassuré d'être revenu dans la vraie vie, Nyse reprit le cours de ses réflexions.

Contrairement à ce qu'affirmait le révérend Buyères, le système ne tournait pas rond. Il n'y avait là aucun cycle mais des dominos dont l'un provoque la chute de l'autre. Ébranlé par cette constatation, il poursuivit le dépouillement des candidatures au titre de l'homme le plus malheureux du monde. Au milieu de tous ces pleurs et grincements de dents, il finit par dénicher l'oiseau rare. La médaille d'or de l'infortune incarnée. Une illustration de la machine à fabriquer la nouvelle misère du monde.

L'heureux élu par la grâce de son malheur était un Américain d'origine portoricaine. Un ingénieur agronome qui avait travaillé trente ans pour l'industrie agroalimentaire de son pays. Il avait été licencié pour avoir mal argumenté une demande de brevet pour un chewing-gum à la feuille de coca génétiquement modifiée dont la firme Satanas voulait inonder le marché mondial. Le brevet avait été refusé. Aussitôt, son appartement de fonction, sa voiture, son assurance maladie et son fonds de pension pour sa retraite lui avaient été enlevés. Incapable de payer ses dettes, il avait été déclaré en faillite personnelle. Sa femme, qui tenait à son cinquième lifting pour ne pas perdre la face devant ses relations mondaines, avait divorcé pour épouser un milliardaire indien du Rajasthan qui faisait dans le recyclage industriel. Son fils, un petit génie de l'innovation sur Internet, avait effacé toutes les références de son père sur le web en signe de mépris. Et sa fille lui avait annoncé qu'elle épouserait le premier milliardaire venu pour compenser la perte de son héritage. Cet ingénieur agronome qui filait du mauvais coton s'appelait José.

Interrogé sur son métier, José peignit à Nyse une galerie des horreurs de l'agroalimentaire mondial dénaturé par les OGM et l'agriculture intensive, abomination à laquelle, hélas, il avait contribué.

Plantes monstrueuses, parasites nouveaux, chute des rendements, suicides de paysans, épuisement des sols, pénurie d'eau, changement climatique, fonte des glaciers, indignation généralisée des populations... Interrompu par Nyse qui trouvait qu'il chargeait beaucoup la barque, José embraya sur les horreurs de l'élevage industriel : veaux, vaches, cochons, couvées, entassés et mutilés, nourris au soja OGM, transformés en usines à lait, à ponte, à reproduction, avant de finir en farines animales dans le ventre des poissons d'élevage.

Écœuré de ces pratiques concentrationnaires, l'ingénieur agronome était devenu végétarien. Il ne rêvait plus que d'une chose : déboulonner l'ensemble du système, comme on le ferait d'un Meccano à l'échelle planétaire. Car en plus de végétarien, il était devenu contestataire. Et écumait les forums d'Internet. Sur Facebook, il avait cinq millions d'« amis » qu'il n'avait pas eu besoin d'acheter. Il s'était aussi mis à « twitter » en pensant que ce serait peut-être son chant du cygne. Car il était dégoûté de la vie et du genre humain. En plus de végétarien et de contestataire, il était devenu misanthrope.

Par un hasard extraordinaire, José était à Paris où il s'était expatrié grâce à un « ami » rencontré lors d'un « chat » sur Internet. Logiquement, il aurait dû se suicider. Mais il était contre le suicide par principe, estimant qu'il s'agissait d'une lâcheté sauf en cas de maladie incurable. Il en conservait toutefois l'idée car, ainsi qu'il l'avait lu un jour tagué sur un mur dans une impasse, seule la pensée du suicide rend la vie supportable. Mais il avait décidé pour l'instant de rester en vie pour emmerder le système, donc de reprendre un travail.

À Paris il avait monté une petite activité de jardinage sur les toits qui commençait à porter ses fruits.

Il avait même installé quelques ruches sur des immeubles situés près des Buttes-Chaumont, non loin du parc Montsouris ou du bois de Boulogne. Dans sa recherche de beaux espaces verts pour ses petites butineuses, il était tombé sur le parc de La Villette dont l'histoire avait des allures de conte. Il avait appris que les abattoirs géants de La Villette, devenus une vaste spéculation sur la folie carnivore des Parisiens, avaient en quelque sorte péri d'indigestion après plus d'un siècle d'existence. La Cité du Sang avait été remplacée par une Cité de la Musique qui accueillait des expositions, des concerts ou du cinéma en plein air. Et aujourd'hui, les jardins suspendus de José sur les toits d'immeubles avoisinants abritaient quelques ruches dont le miel, aux dires des amateurs, était une véritable symphonie.

Séduit par ce scientifique poète, Nyse lui proposa de voyager avec lui, en assurant sa subsistance sans pour cela lui verser de salaire. Une contrainte imposée par ses revenus non identifiés. Il comptait sur la fibre anarchiste de l'ingénieur agronome pour éviter de poser des questions. Et son choix fut le bon.

Une heure avant l'atterrissage, José lui fit savoir qu'il le rejoindrait à l'aéroport. Le succès de son activité était sur le point de l'obliger à créer une société et à embaucher du personnel, ce qui l'ennuyait prodigieusement car il avait horreur d'être patron. Il se définissait comme un homme cultivé dont la passion était le jardinage. Malgré sa misanthropie (mais il n'en était pas à une contradiction près), il avait depuis plusieurs semaines contacté une association d'insertion professionnelle qui ferait germer la jeune pousse qu'il avait plantée. La proposition de Nyse n'avait fait que précipiter sa décision.

Arrivé à Roissy, Nyse retrouva l'ingénieur agronome au bar de l'aéroport appelé La Fontaine. Mais José n'y buvait pas de l'eau. Il sirotait un Planteur, comme il sied à un ingénieur agronome.

Pour faire plus ample connaissance, ils décidèrent de bavarder quelque temps sur des sujets qu'ils n'avaient pas eu le temps d'approfondir. Après des échanges sur le temps et l'argent, ils abordaient la question de l'amour et des femmes quand des cris de stupeur les firent sursauter.

Devant un écran de télévision installé sur l'un des murs de la salle, un groupe d'Asiatiques s'agglutinait, de plus en plus nombreux. En tendant l'oreille, ils entendirent qu'une vague monstrueuse générée par un tremblement de terre avait endommagé une centrale nucléaire sur l'archipel du Nihon, dont plusieurs réacteurs commençaient à chauffer. Le pays entier était en alerte, le gouvernement avait décrété d'état d'urgence. Les vols à destination du Nihon étaient annulés. Les touristes nihons téléphonaient frénétiquement à leur famille pour vérifier qu'elle était sauve, et à leur ambassade à

Paris pour savoir ce qu'ils allaient devenir.

— C'est le début de la fin, soupira l'ingénieur agronome en commandant un second Planteur.

— On dirait que ça vous fait plaisir, s'indigna Nyse qui finissait son café froid.

— Ca ne me fait pas du tout plaisir. Mais quand on multiplie les bonbonnes de gaz dans un immeuble branlant, forcément, ça explose.

— De quoi parlez-vous ? Il ne s'agit pas de gaz mais d'une centrale nucléaire et elle était en excellente santé. Tout ça, c'est à cause de la fatalité.

— Quand on construit des centrales nucléaires sur des zones à tremblements de terre et près des dangers de l'océan, vous appelez ça comment ? répliqua José d'un ton désabusé. Moi je dis qu'on met des bonbonnes de gaz dans un immeuble branlant. Et que ces bonbonnes de gaz soient très sûres pour se faire cuire un œuf, ne fait rien à l'affaire.

Et il commanda un troisième Planteur.

Agacé, car l'ingénieur agronome lui était sympathique, Nyse commanda une Gueuze « Mort subite » dont le nom sonnait comme une sorte de défi.

En voyant arriver une bière - ce qui, au fond, était logique, expliqua José qui maîtrisait parfaitement le français - il eut une hésitation. Non par superstition, mais il gardait un souvenir un peu honteux de sa cuite à Canary Wharf en compagnie du rabatteur de Léman Sisters. Heureusement, José n'avait pas un visage de fouine et il sentait plutôt le rhum. Nyse avala donc avec circonspection la première gorgée de bière. « Nous parlions de l'amour... fit-il pour changer de conversation.

— Ah ça, parlons-en ! s'écria l'ingénieur agronome qui tapa du poing sur la table. Mais les quatre télévisions du bar diffusaient des images inquiétantes de l'archipel du Nihon, le vacarme était indescriptible, cet éclat passa inaperçu.

— J'entends bien qu'il y a du bruit mais ce n'est pas la peine de crier, s'offusqua Nyse, qui commençait à regretter d'avoir élu pour compagnon de voyage l'homme le plus malheureux du monde.

— Je ne crie pas, c'est ma façon de parler, reprit José d'un ton plus bas. Mais parler d'amour, je vous le dis, c'est une stupidité. L'amour, ça ne se parle pas, ça se fait. Regardez les femmes :

dans ce domaine, elles parlent beaucoup pour ne rien faire. - Je vous trouve terriblement misogyne, protesta Nyse que la boisson commençait à échauffer. Les femmes sont des êtres délicats, et je regrette toujours de ne pas avoir échangé des mots doux avec mademoiselle Acalcuta durant nos trop brèves rencontres.

— Comme vous dites : les femmes aiment les mots doux, alors on les paie de mots, passez-moi l'expression. Mais les hommes ne valent pas mieux, leur vanité est insupportable. Et tout cela provoque des malentendus, des frustrations et des meurtres.

— Hélas, ce que vous décrivez est tout à fait vrai, soupira Nyse. J'ai tué trois hommes pour l'amour de ma bien-aimée.

— Éh bien vous n'en avez pas l'air, appuya l'ingénieur en éclusant goulûment son Planteur. C'est terrible à dire, poursuivit-il, mais au moins ça reste une affaire d'homme, une histoire entre humains. Le plus épouvantable pour moi, c'est l'abstraction des échanges. Prenez notre rencontre sur Internet, vous m'imaginiez comme je suis ? Moi je vous voyais encore plus jeune, très écervelé et pas du tout assassin. Mais je ne demande qu'à réviser ma première impression sur le deuxième point.

La « Mort subite » faisait à Nyse un effet délicieux.

— Je ne suis pas ce que vous croyez, se défendit-il en achevant sa périlleuse boisson. Certes, j'ai tué un haut fonctionnaire européen, un haut fonctionnaire international et même un avocat d'affaires international qui allait devenir mon beau-frère. Mais je n'en suis pas fier, c'étaient des accidents. - Eh bien vous avez fait œuvre de salubrité publique, cria l'ingénieur en tapant du poing sur la table. Ces gens-là, moins il y en a, mieux on se porte ! Et pour fêter cette bonne nouvelle, il commanda un Cuba libre.

Une belle femme en tailleur ajusté et aux longs cheveux châtain heurta le siège de Nyse en se levant brusquement. Elle s'élançait à la rencontre d'un groupe de personnes qui la saluaient avec entrain, laissant dans son sillage un parfum poudré.

— Dites-moi, poursuivit José d'une voix pâteuse, n'auriez-vous pas rencontré dans vos pérégrinations une certaine Belle qui tient aujourd'hui Paris sous le charme de l'Orient ?

— C'est l'amie de ma fiancée ! s'écria Nyse d'une voix tout aussi pâteuse, mais en plus, étonnée. Quand nous nous sommes quittés, elles prenaient un verre toutes les deux dans un palace de Rio en fort mauvaise compagnie.

— Je ne connais pas votre fiancée, mais si ça peut vous être utile, j'entends beaucoup parler de cette mystérieuse beauté que je n'ai jamais eu les moyens d'aller regarder d'un peu près : elle est danseuse orientale au Moulin rouge.

XI. CE QUE NYSE CONSTATA DANS UNE VILLE RICHE ET CÉLÈBRE

Dégrisé par l'espoir de retrouver enfin Acalcuta, Nyse pressa José d'achever son Cuba libre pour se rendre au Moulin rouge. Mais comme il n'était que deux heures de l'après-midi, l'ingénieur agronome proposa à Nyse de lui faire les honneurs de la capitale.

Quand ils sortirent de terre à la station Châtelet, Nyse eut l'impression d'émerger du souterrain volcanique pour la seconde fois.

Dans le RER, il avait failli s'étouffer. Entassés dans les trains comme des volailles en batterie, les voyageurs se regardaient en chiens de faïence. Nyse demanda pourquoi il y avait ce jour-là tant de monde dans les transports en commun. José répondit que c'était tous les jours comme ça et qu'il n'y avait aucune raison que ça change. Les grands transporteurs européens devaient acheter des concurrents dans d'autres pays, ce qui les empêchait d'entretenir correctement leurs matériels et de faire circuler les rames de métro ou de RER à la fréquence qui s'imposait. Nyse riposta qu'on ne peut contraindre personne à investir à l'étranger plutôt que chez lui.

— Jeune homme, on voit bien que vous venez des îles Alligator ! s'exclama José en faisant un geste excédé de la main, ratant de peu une touriste norvégienne qui proféra un juron intraduisible. José, lui, ne s'était aperçu de rien.

— Vous avez entendu parler des traités européens ? s'emporta t-il. Ici, même dans les cafés on en parle. Sans trop savoir de quoi ils traitent mais c'est sûr que ce n'est pas du bien des populations. Mortifié, Nyse sondait ses connaissances en économie

Universelle mais la chaleur, le bruit et la foule l'empêchaient de réfléchir.

L'ingénieur agronome, de son côté, était enchanté de pouvoir exposer un raisonnement qu'il peaufinait depuis longtemps.

Il déclara, avec une certaine emphase, que

— dans les Jeux économiques mondiaux, qui sont les Jeux olympiques de l'Ordre du marché conquérant sauf qu'ils ont lieu tous les jours, l'Europe veut sa moisson de médailles. En or, évidemment. Elle la veut grâce à des champions européens. Des grandes compagnies qui paieront très peu d'impôts car c'est à l'étranger qu'elles feront beaucoup d'argent ! s'écria-t-il en lançant son bras sur l'estomac de la touriste norvégienne qui se jeta sur un couple d'Italiens pour l'éviter. José vociférait toujours.

— Quant à ce qu'elles proposeront au bas peuple, la question ne se pose même pas. À l'ère du global, on se fiche du local ! Ah mais y en a marre de ces gens qui se croient tout permis ! » brailla-t-il car la touriste norvégienne le bousculait en le doublant pour se mettre à l'abri.

Méprisant l'intruse, José continua de haranguer une foule imaginaire.

— Le local, c'est un truc de pauvres ! Ainsi, peu importe que vous voyagiez dans le métro comme dans un train de déportés pourvu que l'élite puisse aller d'une capitale à une autre en un rien de temps ! Le progrès aujourd'hui, ce sont les pauvres qui restent à la porte... acheva-t-il en retenant de justesse la porte battante que la touriste norvégienne lui avait ostensiblement envoyée à la figure. Nyse, suant et soufflant, lança le premier argument qui lui vint à l'esprit.

— Pourtant c'est le bien de tous que recherche l'économie Universelle... plaida-t-il d'une voix qu'il aurait voulu plus assurée.

— C'est ce qu'elle dit mais ce n'est pas ce qu'elle fait, rétorqua José en essayant de s'orienter. Oui, c'est par là. Surtout collez-vous à moi sinon vous serez perdu. J'en étais où ? Ah oui, le bien de tous. Tu parles ! Produire quelque chose pour tous, ou même produire tout court, c'est bon pour les petits, les sans-grades, les PME ! Le rôle des grandes compagnies, c'est de faire du fric, beaucoup de fric. Toujours plus de fric. En éliminant la concurrence. Car ces champions de la compétition détestent la concurrence ! Elles ne jurent que par les fusions-acquisitions : racheter des entreprises pour les couler, ou réduire leurs effectifs afin d'être plus compétitif. Il y a donc plus de chômeurs et moins d'activité économique, ce qui provoque en retour de nouveaux licenciements ! Mais les grandes compagnies se portent très bien. Et la Bourse continue de monter !

— Mais c'est injuste de parler comme ça ! s'indigna Nyse qui s'arrêta brusquement, créant un carambolage dans la foule qui suivait. Des jurons fusèrent dans toutes les langues. Comme trois militaires français armés se dirigeaient vers eux, José l'entraîna.

— C'est une patrouille Vigipirate qui repère tout ce qui ressemble à des terroristes. Ils peuvent nous soupçonner de vouloir créer une bousculade.

— Je ne laisserai jamais dire que l'économie Universelle ne cherche que l'argent, répétait Nyse qui luttait pour protéger la foi de son enfance. Elle ne veut que le bien public, et le bien public c'est créer des biens pour le public...

José, qui consultait une carte murale, n'écoutait plus.

— Il faut retourner à l'autre bout du hall, lança-t-il. Dépité, Nyse ne dit plus rien. Mais José pouvait parler tout seul car il était très excité.

— Les chiffres, les chiffres, les responsables politiques ne jurent que par les chiffres ! grommelait-il. Mais un chiffre, ça n'existe pas ! Un chômeur, un suicidé, oui. Tiens, puisque nous sommes dans le métro, savez-vous que, pour un individu désespéré d'avoir perdu son travail et son logement, le métro, c'est aussi efficace que la guillotine ? Mais le PIB, les déficits, la dette, la croissance, tous ces chiffres dont on nous assomme n'ont aucune existence, ils ne sont que le produit d'une construction, d'un échafaudage. Ils sont donc inconsistants ! Ce ne sont ni des indicateurs ni ces thermomètres, mais des fouets pour dompter les populations. Des cravaches fabriquées par ceux à qui profite le crime. D'ailleurs je pense que les responsables internationaux et européens devraient être traduits en justice pour crimes contre l'humanité ! Vous trouvez que j'exagère ?

Bien décidé à mettre un terme à une conversation qui lui pesait, Nyse lança la première banalité qui lui passait par la tête :

— Pourquoi y a-t-il foule dans cette station ?

— Ça, c'est Paris ! cria José avant de laisser passer un contingent bruyant de jeunes Australiens arborant coups de soleil, shorts et sacs à dos.

— 27 millions de touristes par an, un record mondial ! reprit l'ingénieur agronome qui s'épongeait le front avec un grand mouchoir à carreaux. C'est grâce à cette réussite indubitable que dans les rames de métro vous voyagez désormais debout. Pour entasser de plus en plus de gens il faut de moins en moins de places assises. Mais maintenant nous irons à pied, c'est la meilleure façon de visiter.

Derrière l'Hôtel de Ville, chef d'œuvre du second Empire que Nyse prit d'abord pour le palais du gouverneur, les rues étaient calmes et désertes. Les suivantes étaient remplies de touristes trimballant des sacs publicitaires de marques célèbres ou inconnues. La raison de ce flot se situait de part et d'autre de la chaussée où des boutiques de vêtements, de chapeaux ou de chaussures alternaient avec des boutiques de maroquinerie, de bijoux ou de gadgets. Ravi, Nyse allait de vitrine en vitrine, imaginant Acalcuta coiffée d'une élégante capeline ou arborant un collier en perles du Japon.

Puis il eut soif.

— Et si on s'arrêtait pour prendre un thé ? suggéra-t-il à José, qui relevait l'adresse d'un fourreur pour l'envoyer à la fondation contre l'extinction des animaux à fourrure.

— Moi je veux bien, mais il n'y a pas un café à deux cents mètres à la ronde, répondit-il d'un ton distrait.

— Alors je vais acheter une bouteille d'eau, se consola Nyse.

— Impossible, déclara José, la première épicerie est à cinq cents mètres au moins.

— Alors je veux m'asseoir, j'ai mal aux pieds !

— Il faudra vous faire violence, mon vieux ! Ici, on ne mange pas, on ne boit pas, on ne se repose pas : c'est un quartier touristique ! Ca veut dire qu'on y vient pour cracher son fric, un point c'est tout.

— Mais je veux bien payer pour un verre d'eau !

— On dit ça ! Pour boire une eau minérale hors de prix, vous préférez les Champs-Élysées n'est-ce pas ? Mais si vous en avez marre de patauger dans le Marais, je vous emmène sur les quais. La Seine est imbuvable mais il y a plein de cafés sur le chemin.

Attablé quai de la Mégisserie, derrière une haie de verdure en pots, Nyse évoqua les curiosités qu'ils avaient croisées chemin faisant. Sur le boulevard, beaucoup de distributeurs de billets de banque, des boulangeries, des traiteurs, étaient gardés par un homme ou une femme assis par terre. Nyse ne comprenait pas pourquoi ils se faisaient rabrouer quand ils tendaient la main.

— Ils ne gardent rien, expliqua José, ce sont des sans-abri qui quêtent une pièce pour manger. Nyse demanda aussi pourquoi certains campeurs avaient planté leur tente dans des renfoncements de la rue.

— Ce sont aussi des sans-abri, ils sont là à demeure, si l'on peut dire, expliqua encore José. Ceux-là peuvent se retirer sous leur tente car ils en ont une. Mais beaucoup d'autres dorment sur les bouches d'aération du métro ou dans les squares.

— Et l'hiver, comment font-ils ? interrogea Nyse horrifié.

— L'hiver ? Eh bien, c'est comme l'été, ils meurent. Et encore, c'est quand ils ont de la chance. Sinon ils vont dans des regroupements de misère appelés « foyers » où ils risquent d'être dépouillés du peu qu'ils ont. C'est pour ça que beaucoup ont de gros chiens. Pour ne pas être emmenés de force dans les foyers de sans-abri puisque les animaux y sont interdits. Et puis le gros chien, ça les protège des dangers de la rue ». Une énorme limousine blanche, décorée de rubans et de fleurs multicolores, passa sur le quai, suivie de voitures enrubannées, dans un joyeux concert de klaxons.

— Tiens, deux futurs divorcés, grogna José tandis que ses voisins américains battaient des mains comme des enfants devant un arbre de Noël. C'est un mariage, commenta-t-il pour Nyse. Quelle jolie tradition, pensa ce dernier en s'imaginant avec Acalcuta traverser en si riche équipage les grandes avenues d'Alligator acclamés par la foule.

— Ne rêvez pas trop, l'interrompit José devant son sourire béat. Soit cet heureux couple a beaucoup d'argent et il veut en mettre plein la vue à la terre entière, ce qui est vanité, égoïsme, et pour tout dire, de très mauvais augure pour commencer une vie de couple. Soit les familles se sont saignées aux quatre veines pour offrir un mariage royal, et elles le feront payer très cher aux tourtereaux. Soit il s'agit de touristes qui s'achètent un mariage romantique. Les Asiatiques viennent se marier à Paris, et les Français vont à Venise ou à Saint-Pétersbourg en voyage de noces. C'est aussi ça, la mondialisation. Dans tous les cas, ils pourront toujours conserver les photos.

— Je trouve Paris très romantique, même si ceux que vous appelez les sans-abri gâchent un peu le paysage, rêva Nyse tout haut. Mais comment un pays aussi riche a-t-il des misérables ? Sur Alligator, par exemple, il y a ces gens très riches et d'autres qui sont à leur service. Mais il n'y a pas de misère, et personne n'est obligé de vivre dans la rue.

— C'est que vous êtes dans un système féodal, expliqua José. En France, comme aux États-Unis d'où je viens, on est en république. Un système où tout le monde peut s'élever dans l'échelle sociale. Tu parles ! Une échelle dont tous les barreaux ont été sciés, c'est un toboggan ! La référence aujourd'hui, ce n'est plus l'échelle, c'est la toile. Le réseau, quoi ! Pour trouver un logement, un travail... pour tout, il faut un réseau, des relations. C'est la loi du système et le système fait la loi ».

Nyse allait objecter qu'une telle situation conduisait à la révolte, dont il ne voyait aucun signe, quand il en fut empêché par un joueur d'accordéon.

L'homme au piano à bretelles égosillait son instrument avec « Les enfants du Pirée », « La vie en rose » et autres rengaines que reprenaient les touristes ravis du gai Paris. Après avoir ramassé quelques poignées d'euros dans son chapeau, il s'éloigna en faisant un signe de la main qui pouvait passer pour un remerciement ou pour tout autre chose selon l'humeur du spectateur. Il fut aussitôt remplacé par un joueur de violon qui massacra « La marche turque » et « La vie en rose », ramassa lui aussi son obole et céda la place à un joueur de guitare qui assassina « Jeux interdits » et « La vie en rose » en se faisant insulter au passage du chapeau car les touristes avaient été remplacés par des Parisiens excédés par le bruit.

— Ils jouent certes un peu fort mais ils mettent de l'ambiance, déclara Nyse en regardant le joueur de guitare s'éloigner rapidement en serrant sa monnaie.

— On voit que vous ne vivez pas à Paris, rétorqua José. Quand vous aurez entendu, matin et soir dans le métro, toutes les scies que vous venez d'entendre, expédiées à l'accordéon, à la guitare, au violon, mais aussi à la flûte traversière, à la trompette, au saxo, au trombone à coulisse, au cor de chasse ou encore à voix nue, je vous dis que très vite vous aurez des envies de meurtre.

— Ne remuez pas le couteau dans la plaie... murmura Nyse.

— Oh pardon, j'avais oublié. Mais pour moi vous n'êtes pas un meurtrier. Quoi qu'il en soit, il est temps de payer, je parle de nos consommations. Je vous laisse, je vais pisser un coup.

Sur les quais au bord de la Seine, les pavés irréguliers, les grands arbres et les péniches créaient un petit monde protégé de la circulation automobile et de la foule agglutinée autour des bouquinistes, dans la rue au-dessus. Nyse marchait comme dans un rêve. Il songeait à un tableau de Fragonard dont il avait affiché une reproduction dans sa chambre d'adolescent : une amoureuse du XVIIIe siècle gravant des initiales sur un arbre. Sous le pont Mirabeau coulait la Seine. Et sous le pont Alexandre III, les arches monumentales abritaient d'étranges chauves-souris faites de toiles de tente. Un camping sauvage au cœur de la civilisation.

— Éh oui, il y a vraiment des gens qui dorment sous les ponts, soupira José. Sous les arches on ne les voit pas. Et puis c'est un peu moins crade que par terre, car c'est sous les ponts qu'on vient pisser, chier, dégueuler, ce sont les plus vieilles chiottes du monde.

— Il serait peut-être temps d'aller au Moulin rouge, s'inquiéta Nyse déçu d'être tiré de sa rêverie et redevenu impatient de retrouver Belle et peut-être Acalcuta.

— Pas du tout. Le spectacle commence à dix heures du soir, nous avons encore quelques heures à tuer. Une ambulance qui passait en faisant hurler son klaxon empêcha Nyse d'entendre le dernier mot.

Pour se reposer de leur promenade, José invita Nyse à manger une pizza chez lui en regardant le journal télévisé.

— C'est ce que font la majorité des Parisiens, précisa-t-il. L'ingénieur agronome habitait un minuscule studio à Montmartre qu'il ne laisserait à ses voisins que le surlendemain. Pour partir à l'aventure avec Nyse, il s'était arrangé avec ce jeune couple qui allait avoir son premier enfant. Les jeunes habiteraient les deux studios mitoyens, relèveraient son rare courrier et lui paieraient son loyer sur son compte bancaire chaque mois, tandis que lui-même paierait à son propriétaire par virement automatique. José avait eu cette ingénieuse idée en se souvenant de deux faits divers sordides survenus dans le pays. Des personnes âgées, mortes depuis plusieurs années, dont on avait découvert tout à fait par hasard les cadavres quasi momifiés dans leur appartement.

En fait, ces vieillards étaient d'abord morts socialement grâce au progrès de la civilisation. Leurs retraites leur étaient versées directement sur leur compte postal, leur loyer, leurs factures de gaz et d'électricité, tout était payé par prélèvement ou virement automatique. Aucun voisin ne les connaissait, pas de famille et il n'y a plus de concierge dans l'escalier. Personne ne s'était inquiété. José avait trouvé que le prélèvement/virement automatique était une garantie de tranquillité *ad vitam aeternam*. Ainsi, ses petits voisins disposeraient d'une pièce supplémentaire sans avoir à subir l'augmentation de loyer liée au changement de locataire. Et José, lui, pouvait changer de vie du jour au lendemain. L'anarchiste se complaisait dans l'idée qu'il pouvait agir au gré de ses envies sans rendre de compte à personne.

— Si vous voulez comprendre un pays, regardez donc le journal télévisé, disait José en allumant son téléviseur à écran plat fixé au mur du coin salon. Aux États-Unis, ils sont très courts et entrelardés de pubs aux moments critiques. Mais ici ils durent presque une heure sans aucune publicité ! Les Français adorent parler et ils détestent être interrompus quand ils parlent.

Alors que le monde entier était en proie aux guerres, aux manifestations et à la crise économique, ce soir-là, l'information principale du journal de la télévision nationale était un accident de car. Près de Marseille, un autocar de familles hongariennes s'était écrasé contre un platane, faisant une quinzaine de morts. La chaîne lui consacrait une demi-heure d'antenne, avec envoyés spéciaux et transmissions par satellite.

— Les Français sont vraiment compatissants pour les étrangers qui viennent chez eux, remarqua Nyse. José haussa les épaules et continua à mastiquer sa pizza. Suivit l'annonce qu'un nouveau petit cadavre avait été découvert dans le congélateur d'une famille sans histoires, le sixième nouveau-né congelé en six mois ce qui faisait froid dans le dos. Des mères qui refusent de se savoir enceintes, expliquaient les psychiatres. Certaines en étaient à leur deuxième ou troisième congélation post-partum, toujours dans des familles sans histoires.

— Drôle d'histoire, marmonna José. Quand on dit « sans histoires » c'est que tout le monde s'en fout.

— C'est toujours comme ça à l'heure du repas ? demanda Nyse qui avait l'estomac délicat.

— Attends, c'est pas fini, s'anima José qui se mit à le tutoyer. Il y aura peut-être une opération de la cataracte, ou une greffe de visage tout en couleur. C'est la vie, faut s'informer.

En six minutes, Nyse sut tout ce qu'il devait savoir sur l'actualité internationale. Les grèves générales contre l'austérité en Grèce, au Portugal et en Espagne ; les suites de la catastrophe nucléaire sur l'archipel du Nihon ; les émeutes de la faim en Afrique ; une manifestation monstre au Brésil contre un projet de barrage géant.

En sport, à l'occasion d'un nouveau record battu au 100 m sur les mains, un commentateur ironisa sur l'incapacité française à décrocher autant de médailles d'or que la Chine et quelques autres pays lors des Jeux olympiques « car seul l'or est comptabilisé, insista-t-il avec un sourire entendu. Nyse ne put s'empêcher de questionner :

— Avoir la médaille d'or est-il le signe qu'on est le meilleur du monde dans son domaine ? José qui faisait un sort à sa pizza avala de travers.

— Avec ce que ça coûte, les JO, tu crois qu'on y va pour la gloire ? éructa-t-il le visage cramoisi. Une médaille d'or, ça rapporte beaucoup d'argent. Et puis on est médaillé pour l'exemple. Un pays couvert d'or c'est un pays de vainqueurs, un pays efficace, le modèle qu'il faut suivre.

— Et quel est ce pays qu'il faut à tout prix imiter ? demanda Nyse, songeur. - Quelle idée, c'est la Chine ! Après les émotions du journal télévisé, José proposa une promenace dans Montmartre avant de se rendre au Moulin rouge.

De la place du Tertre, Nyse admira les lumières de la ville. Sur les marches du Sacré-Cœur, José lui révéla que la cathédrale aux dômes en forme de tétines était un monument dédié à l'ordre moral. En 1870, un évêque avait déclaré que la France avait été vaincue par la Prusse à cause de la déchéance morale dans laquelle elle se vautrait depuis 1789 et sa Révolution impie. L'acte de contrition serait l'érection d'une cathédrale pour l'édification du peuple. Trois ans plus tard, sa construction à Montmartre fut décrétée d'utilité publique. La Troisième République entendait faire monter au Ciel une prière de pierre contre les crimes des Communards que les troupes de Thiers venaient d'écraser lors de la Semaine sanglante.

— Ce Sacré-Cœur a du sang sur les mains, s'insurgea José. Il serait temps qu'une telle infamie soit de notoriété publique !

À Pigalle, la vue de filles nues photographiées comme des hamburgers sur les affiches lumineuses des spectacles pornos heurta le sens esthétique de Nyse :

— Je ne comprends pas le plaisir qu'on peut prendre à ce genre de spectacle ».

— La vue d'un cul, ça fait bander, c'est simple, mécanique, pavlovien, se marra José, dont les yeux brillaient d'une étrange lueur. Tu as bien dû connaître ça au moins une fois dans ta vie, rassure-moi !

Nyse se souvint alors de son émoi lors de la cérémonie des vœux d'Acalcuta, sur Alligator, quand la vue de sa croupe généreuse avait provoqué chez lui une érection incontrôlée.

— Ça m'est arrivé une fois mais c'est devenu de l'amour, se défendit-il en rougissant.

— Amour mon cul ! s'écria José en tapant du poing sur le capot d'une voiture qui se trouvait garée là. Un gamin qui tentait de forcer la portière arrière prit ses jambes à son cou.

— Ton histoire d'amour est une histoire de cul, c'est toujours pareil ! Tu as couché ou pas ? Tu sais la différence entre l'amour et le désir ? Quand ton Acalcuta sera vieille et rabougrie, à quoi ressemblera ton amour ? À mon avis, il fera une drôle de tête ».

— Je ne permets à personne de mettre en doute l'honnêteté de mes sentiments, répliqua Nyse, meurtri. Et puisque vous le prenez sur ce ton, c'est ici que nos chemins se séparent.

— Attends, je suis stupide, je te fais mes excuses, je ne pensais pas du tout ce que j'ai dit, balbutia José qui se désolait d'avoir blessé un être aussi sensible. Il courut après Nyse et le retint par un pan de sa veste sous un réverbère.

— Tu es quelqu'un de bon, je n'ai jamais rencontré personne qui te ressemble, gémissait-il agenouillé devant un Nyse de plus en plus gêné. Pardonne-moi, je suis fâché avec la terre entière, avec l'humanité, parler d'amour m'est odieux après ce que j'ai subi de ma propre famille. Mais ton histoire est respectable, tes sentiments sincères et ta bien-aimée digne de ton amour. Je t'en prie, oublie ma folie et pardonne-moi !

— Je te pardonne, murmura Nyse. Mais à condition qu'on aille enfin au Moulin rouge ».

Soulagé, l'ingénieur agronome esquissa un pas de danse. Et bras dessus bras dessous, Nyse et son acolyte dévalèrent les pentes du mont des Martyrs jusqu'aux ailes à jamais immobiles du Moulin rouge.

Nyse n'avait jamais été aussi excité de sa vie. Au début par la perspective d'avoir des nouvelles d'Acalcuta, puis par le spectacle lui-même. Quand on leur avait annoncé à l'entrée que la danseuse orientale passait après 23h00, il avait fait la grimace. Pour s'occuper et se méfiant désormais de la bière, il avait commandé du champagne. Dont l'effet fut encore plus rapide et plus détonant. Et encore plus agréable.

José, compagnon attentionné, cacha la bouteille sous la table pour que Nyse accepte de boire lentement, et un verre après l'autre.

— Ça s'appelle la dégustation. D'abord tu écoutes les bulles, tu les regardes, tu respires leur odeur, et après, seulement, tu bois. C'est de l'art.

— Je me fiche de l'art ! J'ai soif. Passe-moi le champagne.

— Pas avant que tu aies digéré ce premier verre. Tu ne pourrais pas voir le cancan, ce serait un crime.

— Tu vas arrêter de me parler de meurtre ! cria Nyse. Je suis l'homme le plus malheureux du monde et je veux du champagne !

— Désolé, l'homme le plus malheureux du monde, c'est moi, répliqua José en haussant la voix car l'orchestre attaquait très fort. Et puis je t'assure, le cancan, ça déchire !

Jetant sur la scène un regard désabusé, Nyse fut fasciné par le spectacle.

Un envol de jupons, des jambes haut levées sur un troublant bouillonnement de dentelles, des écartèlements et des positions acrobatiques, des sourires aguicheurs, le tout sur une musique menée tambour battant, jamais il n'avait ressenti pareille émotion. Sauf peut-être quand il avait été emporté avec Nirao dans les rapides, juste avant d'atteindre Eldorado. Une sensation de danger et d'abandon. Parmi les danseuses qui se défiaient au cancan, une brune déchaînée captait toute son attention. Elle lançait sa jambe au-dessus de sa tête avec une énergie venue du centre de son corps. Et quand elle retomba en grand écart en lui décochant une œillade, Nyse en fut tout retourné. Il en oublia même de finir son verre.

— Je te l'avais bien dit, intervint José : le cancan c'est mortel, et le champagne ça se déguste. Mais il ne faut pas le laisser tiédir. Et il lui en versa une petite rasade que Nyse avala machinalement, l'esprit ailleurs. Jusque là, ses chastes rêveries érotiques n'avaient eu qu'un seul objet : son premier amour. Comment une inconnue pouvait-elle déclencher en lui un tel ouragan ?

José s'étant éclipsé aux toilettes, Nyse fit signe à un serveur qui se précipita pour satisfaire ce bon client qui buvait du champagne au premier rang.

— Est-il possible d'aller féliciter les artistes à la fin du spectacle, articula-t-il posément. - Nos artistes sont très demandées, mais si monsieur y tient absolument, je peux faire passer à mesdemoiselles un message de félicitation. Nyse se fit alors apporter du papier et un stylo. D'une écriture à peine lisible il écrivit son nom, son prénom, sa nationalité, précisa qu'elle l'avait ému et qu'il souhaitait la voir où elle le lui indiquerait, ne serait-ce qu'une seule fois. Puis il remit le papier plié au serveur en lui décrivant sa destinataire. Comme le serveur ne bougeait pas, Nyse comprit et lui donna quelques billets en guise de pourboire. Le serveur partit comme une décharge d'adrénaline au moment où Nyse faisait une découverte insupportable : il avait oublié d'indiquer une adresse ou un numéro de téléphone.

C'est un Nyse très abattu que José retrouva à son retour.

— Encore quelques secondes de patience, elle arrive ! lança t-il gaiement pour lui remonter de moral.

— Non, elle ne viendra pas, grogna Nyse en contemplant son verre vide.

— Comment peux-tu dire une chose pareille... ? fit José, déconcerté. Pour le remettre dans l'ambiance, il lui versa un demi-verre de champagne que Nyse regarda d'un air indifférent avant de le vider d'un trait. Ses joues reprirent leur couleur, ses yeux leur éclat. José poussa un soupir de soulagement quand on annonça enfin la danseuse orientale.

XII. OÙ L'ON REPARLE D'ACALCUTA : UNE FEMME DISPARAÎT

— Où avez-vous appris tout ça ? Ces cliquetis des hanches, ces cercles vertigineux du bassin, ces ondulations du ventre, ces bras de serpent..., s'extasiait Nyse, attablé avec José et Belle dans un café de Pigalle.

— En fait, lors de mes séjours dans les familles au Maghreb et au Moyen-Orient, j'ai assisté à des mariages et à des fêtes où les femmes dansaient entre elles. Je m'y étais essayée, ça m'avait plu, on m'avait encouragée. Mais ce n'était pas le moment de me faire remarquer et j'ai préféré en rester aux casseroles.

— Et pourquoi ce changement d'orientation ? demanda José très intéressé.

— C'est à cause du Brésil et du fou furieux qui voulait séquestrer Acalcuta dans sa datcha de Sibérie, expliqua Belle. Nyse dressa l'oreille. Belle, toujours aussi bavarde, repoussa son verre pour se concentrer sur le récit de ses aventures.

— Au Palace, quand je suis allée vous prévenir que vous étiez recherché par Interpol, Igor Derivaski, c'est le nom de cette brute, en a profité pour menacer Acalcuta avec un révolver caché sous la table. Il allait la kidnapper avec l'aide de cette ordure de Liliom Bévilacqua quand je suis revenue pour lui faire peur. Vous savez que j'ai fait la guérilla pendant le printemps arabe, je sais évaluer une situation. Je n'avais pas d'arme mais ma robe avait des poches et j'ai fait croire que je tenais un révolver braqué sur Derivaski. J'étais déterminée et il était plutôt lâche. Sans rien faire ou presque, je l'ai mis en fuite, lui et son comparse. Avec Acalcuta, nous avons alors décidé de quitter le Brésil car Derivaski et sa bande y avaient des accointances. J'ai dénoncé Bévilacqua au représentant du Vatican pour les Journées miraculeuses de la jeunesse mais on m'a dit qu'il était reparti à Rome et que, pour une accusation aussi grave, il fallait des preuves irréfutables. Et s'il était vraiment coupable, il lui serait demandé de se confesser au Saint-Père en personne. Devant tant de mauvaise foi, j'ai laissé tomber.

Avec beaucoup de diplomatie nous avons annoncé à nos hôtes brésiliens que vous étiez parti et que nous allions faire de même. Vous aviez rencontré des amis qui vous emmenaient avec eux en Amazonie, ce qui vous avait empêché de les remercier et de leur dire au revoir. Et Acalculta et moi devions rentrer immédiatement en Europe pour des raisons que nous ne pouvions leur confier mais qui étaient tout à fait honorables.

Ces merveilleuses personnes avaient le sens de l'hospitalité. Elles nous ont laissées partir avec des petits cadeaux, beaucoup de regrets et un contact à Barcelone. J'ai proposé à Acalcuta d'en profiter, c'était elle que Derivaski voulait, pas moi. Je pouvais prendre encore un peu de temps pour réfléchir à ma situation. Et puis j'avais l'habitude de me débrouiller.

— Vous vous êtes donc séparées à Rio, mais depuis, avez-vous eu des nouvelles ? l'interrompit Nyse avec une impétuosité qui frisait l'impolitesse. Belle ne se formalisa pas.

— Il y a six mois, elle était dans le sud de l'Espagne, en Celti-Bétique...

— Et que fait-elle bon sang en Celti-Bétique ? interrompit Nyse à bout de nerfs.

— Peut-être qu'elle apprend à danser le flamenco, rêva José.

— Je crois qu'elle ramasse les fraises, répondit Belle en lui lançant un regard courroucé. Mais vous pourriez me demander comment je le sais et ce que j'ai vécu moi aussi. Nyse baissa le nez, penaud, tandis que José était de plus en plus sous le charme.

— Bien sûr, excusez ma brusquerie, reprit Nyse. Mais ça fait des années que je cours après Acalcuta pour lui offrir le mariage et elle ne le sait même pas. Je suis devenu riche et beau à ce qu'il paraît, mais cela ne semble pas arranger les choses.

— C'est que tu n'es pas encore célèbre, intervint José. Les femmes aiment la célébrité autant que la richesse et bien plus que la beauté. Y a qu'à regarder les émissions qui invitent des « Vieilles Pies »...

— Donc je suis encore restée quelque temps au Brésil, poursuivit Belle d'un air excédé. Pour vivre, je faisais la cuisine dans un restaurant. Mais j'ai surtout trouvé un cours de danse orientale qui m'a permis de développer l'expérience que j'avais déjà. Un directeur du Moulin rouge de passage à Rio, qui cherchait de nouveaux talents, est venu dans mon cours et m'a remarquée. Il m'a envoyée à Paris passer une audition tous frais payés. Et je suis restée. C'est une fantastique leçon de la vie, non ?

— La leçon c'est surtout que ce n'est pas une vie pour ma pauvre Acalcuta qui cueille des fraises sous un soleil de plomb alors que je bois du champagne à Paris, murmura Nyse d'une voix éteinte. Tout le monde n'est pas heureux et l'économie Universelle n'est pas si universelle que cela.

— Éh bien je propose que nous allions tous en Celti-Bétique puisque c'est là que se trouve Acalcuta, s'exclama José en couvant Belle du regard. On la retrouve, on la libère, Nyse la ramène sur Alligator et l'épouse tandis que Belle et moi filons le parfait amour n'importe où, je m'en fiche complètement.

— Tout doux, répliqua Belle. D'abord il m'est impossible de tout plaquer, je suis sous contrat. Ensuite je n'ai aucune envie de voyager, j'ai déjà donné. Enfin, monsieur José, je ne souhaite rien filer avec vous, encore moins n'importe où. Enfoncez-vous ça dans le crâne.

— J'avais raison, bougonna José. Les femmes parlent beaucoup mais question sentiment, y a jamais personne...

Pour calmer Nyse qui voulait se précipiter à Barcelone par le premier avion, Belle leur proposa de finir la soirée chez un ami à elle, à Saint-Germain-des-Prés.

— Un ami de théâtre, tint-elle à préciser, autant dire un amateur de jolies femmes qui trouve que j'ai de l'intelligence et de la conversation, en clair : un beau cul et de beaux nichons ». Nyse rougit et José regarda Belle avec admiration.

— Quelle femme ! Quelle personnalité ! Et quelles découvertes en perspective ! se disait-il en dévorant des yeux la bouche pulpeuse qui tenait des propos vulgaires avec un charmant accent américain.

SEX
COURS DU NICHON
COURS DU CUL
COURS DU PIED
PEEP CHAUD

XIII. LA NUIT DE SAINT-GERMAIN DES-PRÉS

L'ami de l'intelligence tenait salon dans un hôtel particulier de la rue de Seine où l'on pratiquait avec plus ou moins d'élégance l'art de la conversation. Il y avait le coin des cinéastes, où chacun s'efforçait de décrocher la palme de la critique la plus dévastatrice ; le coin des critiques d'art, où l'obscurité du propos passait pour un point de vue d'avant-garde ; le coin des romanciers, où l'on ne parlait que des auteurs à la mode que chacun, bien sûr, connaissait personnellement ; le coin des politiques, où le jeu consistait à répandre des rumeurs à mots couverts, au pire à parler pour ne rien dire ; et, passant d'un groupe à l'autre, jouant en quelque sorte aux quatre coins, quelques journalistes notoires venus peaufiner leur carnet d'adresses, obtenir quelques indiscrétions et rassurer certains sur leurs chroniques artistiques, économiques ou politiques du lendemain.

Après avoir erré d'antichambre en salon d'apparat et en petits salons, suivi d'un José sur le qui-vive qui veillait à ce que son gagne-pain ne finisse pas ivre mort au poste de police, Nyse capta soudain un propos familier.

— ... Et alors, clamait une voix de ténor, j'ai répondu qu'il fallait maintenant dire la vérité aux Français : l'heure est grave, la situation critique, il faut que tout le monde retrousse ses manches car ce qui nous attend, bon sang, c'est de la sueur et des larmes !

— Parfaitement, répondait une voix de baryton, il faut en finir avec les expressions éculées. Comme disait Danton : de l'audace, encore de l'audace, toujours de l'audace ! Le courage, autre nom de l'audace, c'est de reconnaître qu'il faut accepter de souffrir pour ne pas mourir !

— Le drame, c'est que les gens ne veulent pas souffrir, déplorait une voix flûtée. Nous sommes dépassés par les Chinois, les Indiens, les Brésiliens, les Bangladais... chez qui le travail coûte bien moins cher que chez nous. Il va bien falloir s'aligner pour rester en tête ». Intrigué, Nyse se demanda qui était la dernière personne qui avait parlé. Entendre énoncer, devant un public averti, de tels propos sur le ton de l'évidence, le poussait à un examen de conscience. Peut-être faisait-il fausse route ? Peut-être le révérend Euyères avait-il raison ? Cela exigeait en tout cas des explications. Fendant le groupe bourdonnant de commentaires, il se plaça au premier rang.

Rassuré, José partit à la recherche de Belle, happée dès l'entrée par le cercle des artistes les plus en vue. Nyse, lui, faisait connaissance avec le milieu parisien. Interrogeant son voisin de gauche sur l'oratrice qui continuait de pérorer, il s'attira un commentaire indigné :

— Comment ? Vous ne connaissez pas Albertine Abaléta-Anoulefrick ? Elle a écrit un tas de bouquins pour dénoncer l'État, ses pompes et ses œuvres, c'est une pasionaria de la liberté. Mais d'où sortez-vous donc ? Pour ne pas déclencher de scandale, Nyse répondit par un pieux mensonge :

— Je n'avais pas reconnu sa voix et je reviens de l'étranger où ce genre de propos est souvent tenu. Notamment par l'Ordre des chevaliers de la Sainte-Phynance...

— Albertine fait partie de cet Ordre ! Vous êtes bien informé. Mais ne le dites pas trop fort, la France est un pays d'hérétiques, cela est très mal vu. Oui, Albertine est directrice de la Fondation pour la résorption puis l'anéantissement des politiques publiques etc, mais vous connaissez la FRAPPE ! C'est l'un des relais de l'Ordre à Paris. Vous savez bien sûr que les chevaliers de la Sainte-Phynance ont déclaré la France « terre de mission ». Albertine se donne beaucoup. Elle a réussi à se faire inviter sur tous les plateaux de télévision en tant qu'expert.

— Demander des sacrifices aux populations alors que les problèmes se posent au niveau mondial, n'est-ce pas contradictoire ? lança un journaliste pour jeter un peu d'huile sur le feu sacré et chauffer l'ambiance. Cris d'orfraie, voire noms d'oiseaux, le provocateur (« un plumitif qui écrit des chroniques économiques libérales dans un hebdomadaire socialiste » chuchota son informateur à l'oreille de Nyse), le provocateur donc avait réussi son coup. Il ne lui restait plus qu'à attendre les réponses pour rédiger son analyse du lendemain.

— Votre question revient à nier l'action politique ! éclata la voix de ténor. Car le politique agit où il peut agir : au niveau du pays. Si on attend que les 194 États de l'ONU se mettent d'accord, on va assister à la septième extinction des espèces : la nôtre ! On applaudit le brio de la réplique.

— Pour aller dans le sens de mon éminent collègue, je soulignerai que la réponse est évidente, et même triviale, lança la voix de baryton. Pour réduire la dette, il faut dépenser moins. Moins de prestations sociales, moins de remboursements de santé, moins de retraites, moins d'éducation nationale et moins de services publics. Quand l'État n'a plus les moyens, tout le monde doit contribuer !

— Un État réduit à sa plus simple expression, c'est l'un des fondements de l'économie Universelle, gazouilla Albertine Abaléta-Anoulefrick. Un État minimum, c'est un État efficace.

— Je dirai même plus, tonna la voix de ténor : un bon État, c'est un État mort ! La directrice de la FRAPPE fit mine d'être choquée, il y eut quelques applaudissements.

— Si j'ai bien compris, conclut le journaliste avec un sourire de connivence, quand il n'y a plus de fric, il faut payer ? Tout le monde s'esclaffa en trouvant le paradoxe très amusant.

Nyse fit semblant de se moucher pour cacher son embarras : il n'avait pas saisi le cynisme du propos.

— Ici, on affirme ouvertement que ce système doit être imposé pour continuer à exister car c'est le seul possible, analysait-il. Mais ce qui est incontournable s'impose de soi-même. Or, c'est à toute force qu'on veut maintenir l'économie Universelle. C'est donc qu'elle n'est pas une évidence.

Il était plongé dans ses ruminations quand tous les yeux se tournèrent vers la porte du salon où un personnage important venait d'entrer environné d'une sorte de cour. Aux murmures de la foule, Nyse comprit qu'il s'agissait d'un économiste distingué qui avait ses entrées aussi bien dans les grands médias qu'à l'Élysée comme « visiteur du soir ». Un conseiller occulte, donc influent ou supposé l'être, ce qui à Paris revient exactement au même.

Accoudé à la cheminée de marbre dans une pose très « Portrait 1900 », l'économiste distingué, fort entouré, était choyé par Albertine Abaléta-Anoulefrick qui lui apporta une coupe de champagne. Il la remercia d'un baiser sonore sur la joue et elle rosit de confusion.

— Buvons à la beauté des femmes, à l'amour et à la fragilité des roses, déclama l'économiste distingué en sifflant sa coupe de champagne, qui ne devait pas être la première de la soirée à en juger par sa façon de s'agripper discrètement au manteau de la cheminée. Mais la foule attendait mieux.

— Et pourquoi pas : à nos femmes, à nos chevaux et à ceux qui les montent ! C'est d'un bourgeois, cette soirée ! grogna la voix de baryton, *mezza voce*.

— On ne parle que de l'échange houleux que vous avez eu hier soir dans l'émission de Boni Fassio, « Paroles en Travers » avec un individu qui contestait l'économie Universelle, intervint bruyamment la voix de ténor.

— Je ne dirai de mal de personne, articula laborieusement l'économiste distingué en cherchant où remplir son verre de champagne aussi vide que son esprit à cet instant précis. Puis la mémoire lui revint. En fait, reprit-il plus vivement, il y a une mode actuelle qui conteste la Science économique comme on contestait autrefois la théorie de Darwin. Mon contradicteur n'était qu'une *fashion victim*, cela ne méritait pas l'honneur d'un raisonnement.

La foule poussa un soupir de soulagement. Le Maître retrouvait la forme, le spectacle allait commencer.

Nyse s'enhardit et prit la parole :

— En parcourant le monde depuis une banque de Londres jusqu'à la Chine, en passant par l'Europe et l'Amérique latine, j'ai entendu beaucoup de gens affirmer que l'économie Universelle les rend plus malheureux qu'avant. Comment expliquez-vous cette situation puisqu'il s'agit du meilleur système économique du monde ? L'apostrophe piqua l'économiste distingué qui avait réussi à se procurer une autre coupe de champagne.

— Hum... L'économie ne mesure que les performances économiques d'une société, ce qui n'a rien à voir avec le bonheur, fit-il en plongeant délicatement sa moustache dans son verre, histoire de se rafraîchir les idées. Pour le bonheur, voyez le Bhoutan ! Pour les performances économiques, voyez la Chine.

Un frémissement d'aise parcourut l'auditoire.

— Je pense que peu de gens en Occident aimeraient vivre

au Bhoutan mais qu'encore moins aimeraient travailler dans la Chine que j'ai traversée, s'obstina Nyse, déclenchant dans le petit groupe un mouvement de curiosité. On osait défier l'économiste distingué sur son terrain, on allait le payer cash, surtout quand on était aussi mal fringué.

— Monsieur a sans doute beaucoup voyagé mais on peut fait le tour du monde *ad nauseam* sans rien entendre à ce qu'on a sous les yeux : voyez Fabrice à la bataille de Waterloo ! Apprenez qu'il y a plus de rationalité, donc de sagesse, dans un traité d'économie Universelle que dans tous les documentaires alarmistes diffusés à la télévision. Comprendre la réalité des choses n'est pas à la portée du *vulgum pecus* : il faut une formation *ad hoc*. J'insiste sur le fait que cette compétence précieuse, cette expertise, ne s'acquiert pas *ex nihilo*, c'est même d'un prix excessif, badina l'économiste distingué, ravi de faire un bon mot. Finissons-en avec les lieux communs qui encensent la stupidité et l'ignorance : ce n'est pas parce qu'on vit mal qu'on raisonne bien ! S'accrocher à son emploi, fuir la précarité, c'est vouloir à toute force revenir au passé, c'est anachronique, un désolant conservatisme social doublé d'un obscurantisme économique ! Soutenir cette régression, c'est du populisme !

Des applaudissements nourris saluèrent la tirade et l'économiste distingué esquissa un salut, comme au théâtre.

— Les esprits éclairés savent pertinemment qu'on ne fait de bonnes analyses qu'avec de bons chiffres, dans le calme d'un cabinet d'études ou d'une agence de notation, minauda Albertine Abaléta-Anoulefrick. Seuls les ignares prêtent attention aux rumeurs de la rue, pour ne pas dire aux remugles des bas-fonds.

— Je vous trouve bien sévère ce soir, ma chère, pontifia l'économiste distingué en saisissant la main de la directrice de la FRAPPE qu'il approcha de sa moustache humide pour mimer un baisemain. Après tout le peuple existe et il s'exprime comme il peut, c'est la loi de la République : *vox populi, vox dei*. Que le Peuple parle donc ! Mais l'action politique, il faut laisser ça aux experts. C'est pourquoi, quand le peuple refuse une action salutaire, on peut se passer d'élections : voyez l'Italie, qui fut si bien gouvernée par des experts ! D'ailleurs, ils ont perdu les dernières élections ce qui prouve qu'ils avaient raison car nul n'est prophète en son pays. Tel est le drame de la situation actuelle. Car nous savons, nous, que seuls les experts détiennent la connaissance des fins ultimes de l'économie Universelle !

— Et quelles sont ces fins ? interrogea Nyse, qui ne savait plus où il en était.

— Le but ultime, s'écria l'économiste distingué, c'est de sauver le système ! Parce que c'est ce système qui nous fait vivre, nous qui sommes ici ce soir. Pour cela, il faut avoir la foi chevillée au corps, il faut y croire avec l'énergie du désespoir ! C'est la seule attitude raisonnable. En vérité, je vous le dis : on raconte partout que la crise va finir mais c'est une fable pour endormir les enfants. Ce n'est pas la fin d'un cycle, c'est la fin d'un monde, clama l'économiste distingué, dont la dernière coupe de champagne avait balayé toute retenue.

Oui, poursuivit-il, sous les regards atterrés, un monde est en train de sombrer et nous sommes des survivants. Pour le moment, ricana-t-il d'un ton mauvais. Alors bienvenue sur le radeau de la Méduse ! Certes il y a de l'espoir, très loin, au fond de l'horizon. Mais nous, les experts, les intellectuels, nous savons que le royaume de l'économie Universelle est un pays où l'on n'arrive jamais. Pas la peine de se mentir : le progrès est mort ! C'est un homme de foi qui vous l'affirme : en matière de redressements économiques, on a tout essayé, la Raison ne peut pas tout... croassa l'économiste distingué dont la voix se brisa dans un rire dément, ou peut-être un sanglot.

Déçue et perplexe, la petite foule se détournait depuis un moment car on apportait les douceurs et le café.

— Il n'était pas très en forme ce soir, se plaignit la voix de baryton. La séance aux « Mots en Travers » a dû l'épuiser, il devrait lever le pied, il devient sinistre.

— Moi je trouve qu'il a un peu raison, babilla Albertine Abaléta-Anoulefrik. Son développement sur la foi et la raison, je l'ai trouvé très émouvant, presque « tripal ». Je vais le reprendre pour mes étudiants, il y a une idée à creuser.

Dans un salon voisin, Nyse retrouva Belle et José écoutant d'un air ennuyé une controverse sur la nécessité de tourner désormais les films en « globish » pour conquérir le marché mondial. Sans échanger une parole, ils se dirigèrent de concert vers la sortie. C'est avec un sentiment de libération qu'ils respirèrent les gaz d'échappement dus à l'éternel embouteillage de la rue de Seine un vendredi soir.

Sur le trottoir, Belle prit congé de Nyse et de José en prétextant une atroce migraine. L'abus de discussions intellectuelles ne lui réussissait pas. En fait, elle partait retrouver un amoureux et ne voulait pas peiner José qu'elle aimait bien Pour dissiper l'impression désagréable que la fin de la soirée avait produite, Nyse et José décidèrent de rentrer à pied à Montmartre. En remontant les ruelles de la Butte, chacun était plongé dans ses pensées. Ce fut seulement quand la voiture de police s'arrêta à leur hauteur qu'ils reprirent contact avec le monde extérieur.

— Vos papiers ! Interloqué, Nyse regarda l'homme en uniforme sans comprendre tandis que José, habitué, tendait déjà son passeport.

— Bon, le bronzé, ça va pour cette fois, circulez ! dit le gardien de la paix en rendant à José son laissez-passer. Mais vous, là, gueule d'amour, ça vient ou je viens les chercher ?

— Il veut voir ton passeport, chuchota José en agitant le sien sous les yeux de Nyse.

— Vous pourriez être poli, s'énerva ce dernier à qui le champagne donnait de l'aplomb. Est-ce que je critique votre gueule, moi ?

— Comment ça ? Insulte à agent ? Ça va chercher loin cette fois, espèce de pédale !

— Excusez mon ami, intervint José, il vient d'arriver, il est anglais, il comprend mal la politesse française...

— S'il est étranger, qu'il le prouve ! Vos papiers ! cria l'agent de police en s'approchant tout près du visage de Nyse. Et en plus, vous sentez l'alcool ! poursuivit-il de plus en plus excité. Ivresse sur la voie publique ! Ça va vous revenir cher, la soirée !

— J'ai un peu bu mais je ne suis pas ivre ! se défendit Nyse qui se rappela à l'instant avoir laissé son faux passeport dans le studio de José, pensant qu'il en avait besoin seulement pour voyager.

— Mon passeport est chez mon ami José, je vais aller le chercher, avoua-t-il confus.

— Ah non, pas question ! Absence de papiers, ivresse sur la voie publique, insultes à agent, je vous embarque *fissa* ! Le mugissement de la sirène de police actionnée par le conducteur resté dans la voiture mit brutalement fin au drame qui commençait à se nouer.

— Grimpe vite, on a une urgence ! gueula le chauffeur, tandis que le policier s'engouffrait dans le véhicule déjà en marche. Dans un rugissement de moteur et un crissement de pneus au virage, la voiture de police s'évanouit au bout de la rue.

— Qu'est-ce qu'ils ont à courir comme ça ? grommela Nyse, soulagé mais choqué.

— Il y a eu une fusillade près du canal, ils rameutent toutes les patrouilles du secteur, expliqua José qui lui avait pris le bras pour lui faire accélérer le pas.

— Et comment tu le sais ?

— Oh, quand on est étranger quelque part, on apprend vite à avoir les oreilles qui traînent.

XIV. COMMENT JOSÉ PERDIT SA FOI EN L'ÉCONOMIE UNIVERSELLE

Pour se remettre de leurs émotions, Nyse et José entrèrent dans un bar de nuit où toutes les hôtesses étaient fort heureusement occupées par d'autres clients. Ils purent boire un verre de glaçons au whisky à un prix abusif sans être obligés de refuser à intervalle régulier d'offrir aux dames du pseudo-champagne tiédasse au prix d'un grand cru classé. Nyse avait d'abord commandé un thé mais on l'avait regardé avec dédain en disant que ce n'était pas le genre de la maison. Le serveur, un joli garçon brun au fin collier de barbe, lorgnait Nyse d'une façon qui lui rappela l'attitude de la danseuse de french-cancan.

— Tu lui as tapé dans l'œil, lui glissa José d'un ton égrillard.

— Je n'ai jamais tapé sur personne, et puis c'étaient des accidents ! s'exclama Nyse excédé. Intéressé, le joli serveur s'était rapproché pour écouter la conversation. Pour l'éloigner, José commanda un « Son of the bitch ».

— Pourquoi avoir appelé cette boisson « Fils de pute » ? fit Nyse en suçant un glaçon au whisky. C'est laid, c'est grossier et ça ne donne pas envie d'en commander.

— Détrompe-toi, fils de bonne famille égaré dans ce monde de stupre. Les putes, ça plaît beaucoup, parce que ça sait faire : de vraies expertes qui connaissent bien leur outil de travail. Ce cocktail, c'est une fine allusion aux difficultés du métier : il est très demandé mais infaisable. Il faut treize ingrédients et il en manque toujours quelques-uns. On en met d'autres plus ou moins équivalents, ce qui donne à chaque fois un goût différent. Bref, on commande un truc et on ne sait jamais si on sera content du résultat. C'est pour ça qu'on appelle ce cocktail « Fils de pute ». Mais en anglais, pour faire classe. L'avantage pour nous, c'est que le serveur sera occupé un petit moment. On va pouvoir causer tranquilles.

Une table ayant été libérée par un couple pressé de partir, Nyse et José s'installèrent sur les sièges en velours cramoisi qui conservaient la chaleur des postérieurs précédents.

— Je vais quand même t'expliquer pourquoi j'accepte de partir avec toi à l'aventure, commença José. Rassure-toi, ce n'est pas pour tes beaux yeux. Ni parce que tu sembles rouler sur l'or même si tu t'habilles comme un clodo avec cette veste informe que tu ne laisses jamais au vestiaire. Tu me dis que tu as tué trois personnes et je veux bien croire que tu ne l'as pas fait exprès car on te donnerait le bon Dieu sans confession. D'ailleurs, je n'ai pas peur d'être la quatrième, car les autres n'ont eu que ce qu'elles méritaient, c'est la conséquence de toutes leurs mauvaises actions, poursuivit-il en balayant d'un geste les protestations de Nyse. Non, je t'accompagne parce que je fuis ma conscience.

Quand j'arrive dans un nouveau pays, les nécessités de l'adaptation font que, durant un temps, elle me laisse tranquille. Mais un jour elle me saute au visage. Je suis comme le Juif errant, obligé de fuir sans cesse alors que je n'ai commis aucune faute.

— Mais ce n'est pas cela qui fait de toi l'homme le plus malheureux du monde, s'exclama Nyse, tu m'as raconté tes malheurs. Mais tu me dis maintenant que tu te sens obligé de tout quitter du jour au lendemain... Est-ce que tu aurais... ?

— J'ai vu tuer un homme... chuchota José en baissant la tête. Nyse en avala son glaçon de travers, ce qui déclencha une bruyante quinte de toux. Le joli serveur accourut lui taper dans le dos, ravi de l'occasion de ce rapprochement.

Nyse ayant retrouvé son souffle et le serveur son comptoir, José passa aux aveux. Plus de quarante ans auparavant, en travaillant sur la possibilité de produire un mouton à cinq pattes pour le marché du Moyen-Orient, il était arrivé dans un pays andin où on lui avait signalé une race de lama particulièrement prometteuse.

— Un lama n'est pas un mouton, objecta Nyse. Et c'est tant mieux car sinon je ne serais pas là pour en parler.

— Bien sûr, mais ce sont ses gènes que je voulais, la bête, j'en avais rien à ficher.

— Le lama est un animal remarquable que j'ai fréquenté longtemps, s'énerva Nyse. Je ne permettrai à personne d'en dire du mal.

— On s'en fout, oublie le lama, je veux te parler du pays. Quand je suis arrivé au Chiriguay, un président de la République venait de renverser un dictateur en gagnant les élections, les gens étaient fous de joie, ils se pinçaient encore pour y croire.

— Quand un dictateur tombe, un mauvais génie sort de l'ombre à sa place, déclara Nyse sombrement, en se rappelant le périple qui avait mené Belle du Sahara jusqu'aux confins de l'ancien empire soviétique.

— Surtout à l'époque, répliqua José. C'était une première, et la race de génies dont tu parles avait juré que ce serait la dernière car le châtiment serait exemplaire. Le génie, ou plutôt le démon de ce temps venait d'Amérique du Nord et avait fait de celle du Sud sa chasse gardée. Moi, j'avais trouvé mon lama et j'étais en rendez-vous au palais de la Présidence avec un responsable de l'agriculture quand on est venu murmurer à l'oreille de mon interlocuteur. Il a détalé aussi sec, sans dire un mot.

Comme j'entendais une troupe armée qui arrivait, les militaires, ça fait un bruit caractéristique, j'ai pris mes cliques et mes claques. J'ai traversé des couloirs déserts et des salles où des gens affolés couraient dans tous les sens. En arrivant devant une porte monumentale, j'ai un peu hésité mais on entendait tirer depuis un moment et c'était juste derrière moi. Alors j'ai ouvert.

Je me suis retrouvé derrière une lourde portière en velours d'où j'ai vu une scène hallucinante.

Il y avait trois hommes. Deux étaient armés, l'autre leur faisait face. J'ai reconnu le Président du Chiriguay, sa photo était partout dans le pays. Il criait qu'il n'abandonnerait jamais le pouvoir, qu'il faudrait pour cela lui passer sur le corps. L'un de ses assaillants a rigolé que c'était ce qu'ils allaient faire. Ils parlaient en espagnol, mais le troisième a dit quelque chose en anglais. Je n'ai pas compris mais j'ai reconnu la langue et un très fort accent américain. Alors ils ont entraîné le Président derrière son bureau, l'ont assis de force sur son fauteuil et j'ai entendu un coup de feu. Je ne sais pas qui a tiré. Mais le Président s'est effondré dans une gerbe de sang.

L'homme à l'accent américain lui a mis un pistolet dans la

main droite et il a serré dessus les doigts du mort. Puis ils sont partis par une petite porte de l'autre côté de la salle.

— On a toujours dit que le Président du Chiriguay s'était suicidé, s'étonna Nyse.

— On dit rarement la vérité, et là c'est carrément un mensonge ! Je te dis que j'ai vu tuer le Président du Chiriguay, j'ai même assisté à son exécution ! Et c'était peut-être mon pays qui avait été son bourreau ! Tu comprends ce que je fuis ? C'est le meurtre de ma foi dans ma civilisation, l'assassinat de mes illusions, la mort de l'espoir en un monde meilleur.

Alors je suis devenu un bourreau de travail. Ce qui me permettait de voyager beaucoup, car le repos est dans la fuite. La fatigue physique permet d'oublier, on se concentre sur ses activités professionnelles. Ces voyages-là n'ouvrent pas du tout l'esprit, au contraire ils le ferment car on ne s'intéresse pas à ce qu'on voit autour de soi : on est obsédé par le résultat à atteindre. Pour remplir les moindres interstices de temps, moi qui étais timide et qui parlais mieux l'anglais que ma langue natale, l'espagnol, j'ai appris les usages du monde et les langues. Ainsi, j'ai ce qu'on appelle « réussi » : j'ai eu une belle carrière, une belle femme et de beaux enfants. Je les voyais peu, alors on s'entendait bien, on était une belle famille.

J'ai été félicité, récompensé, jusqu'à ce que le chewing-gum à la feuille de coca transgénique fiche tout par terre et me fasse redevenir un être humain. Enfin, il ne s'agit pas de la coca elle-même, je la connais trop bien, mais de cette saloperie de brevet que je n'ai pas réussi à défendre. Parce que je crois que je ne pouvais pas faire de la vie une marchandise, même pour un truc aussi con qu'un chewing-gum. Tu comprends ? Depuis que je suis redevenu vivant, j'ai des papillons dans la tête, des fourmis dans les jambes, il faut que je bouge. Un jour pourtant, je voudrais rendre justice au Président du Chiriguay, un homme qui a eu le courage de mourir debout. Mais je suis un lâche, je détiens un secret d'État et j'ai peur pour ma vie. C'est aussi pourquoi j'ai accepté de te suivre. Bon, je crois que j'en ai assez dit, il fait soif. Garçon, bon sang, il est où ce « Fils de pute » ?

Le joli serveur se précipita avec un plateau où trônaient deux verres étroits et hauts remplis de fines strates de liquides de diverses couleurs.

— Votre « Son of the Bitch » monsieur, susurra-t-il en posant le cocktail devant Nyse qui regarda les verres les yeux exorbités. Leur forme lui rappelait la Tour des Jumelles dans laquelle Acalcuta avait failli périr carbonisée.

— Ne vous inquiétez pas, dans le « Son », tout est bon, chantonna le garçon : curaçao, absinthe, verveine, café, chocolat glacé... Bon, je ne vais pas vous citer les treize ingrédients mais je suis certain que vous serez satisfait. C'est ce que disent tous mes clients, lança-t-il avec un sourire charmeur avant de s'éloigner sur un geste impatient de José.

— Je te conseille de faire gaffe, c'est de la dynamite, précisa ce dernier en reniflant son verre.

— J'en était sûr ! Pas de pastis, d'où l'absinthe que je n'avais encore jamais vue là dedans. Il doit être redoutable. On va faire durer le plaisir. Le joli serveur qui revenait apporter les chips afficha un sourire entendu.

José allait s'énerver quand un vendeur de roses pénétra dans le bar pour proposer sa marchandise.

L'homme, plutôt petit, avait les cheveux noirs et le teint bistre des Dravidiens, le sourire triste, et proposait d'un geste gauche des fleurs aussi fatiguées que ses yeux cernés de noir. Personne ne lui en acheta. En arrivant à la table de Nyse et de José, il esquissa à peine le geste, une fleur à la main, anticipant un refus. Nyse croisa son regard.

— Je prends tout ! lança-t-il à l'Indien. Ce dernier pensa avoir mal entendu. Mais quand Nyse désigna le bouquet tout entier, il crut avoir rencontré l'avatar d'Avalokiteshvara, la déesse de la Miséricorde. Nyse lui fourra une poignée de billets dans la main sans les compter. Après une brève hésitation, l'Indien tourna les talons et sortit du bar en courant avant que l'apparition ne change d'avis, on ne sait plus à qui se fier de nos jours.

— C'est pour un mariage ou un enterrement ? plaisanta José qui saisit une rose plus en forme que les autres pour la mettre à sa boutonnière.

— Tiens, elles ne paient pas mine, mais elles sentent bon, remarqua-t-il. C'est rare car les fleurs n'ont plus d'odeur. Celles-là ne doivent pas être trafiquées. Nyse, silencieux, regardait son cocktail, l'air absent.

— Cet homme a dit vrai, lâcha-t-il au bout d'un long moment, nous sommes des survivants. José pensa qu'il était déjà ivre mais le verre de Nyse était intact.

— Cet homme n'a rien dit, il montrait juste ses fleurs, objecta-t-il en haussant les épaules.

— Je parle de l'économiste distingué qui parlait tout à l'heure. Il a raison. Moi aussi il m'arrive de penser que nous sommes les naufragés du radeau de la Méduse. Non parce que j'ai été moi-même deux fois naufragé, la première sur un cargo à cause d'une panne électrique, la seconde sur une barque d'immigrés clandestins qui était vouée au naufrage. Mais parce que c'est la société tout entière qui a fait naufrage. Il y a ceux qui sont déjà morts et ceux qui y croient encore en regardant l'horizon. Mais l'horizon est vide et il recule sans cesse. La réalité, c'est celle du radeau. Et toi, tu as encore envie d'y croire ?

— Moi, ça fait longtemps que je ne crois plus à rien, et encore moins à ces rêveries d'un autre âge, déclara José en évitant un commentaire plus abrupt car il voyait que Nyse avait de la peine. Le radeau, le naufrage, l'horizon, tout ça, c'est des mots, des images, c'est pas la vie. Je sais ce que je dis, je suis un scientifique. La vie, je l'ai tronçonnée, disséquée, réduite en éléments, en particules, en gènes, je l'ai mise en tubes et en équations, j'ai créé des formes de vie qui n'avaient jamais existé et sont incapables de se reproduire, j'ai été l'apprenti sorcier qui déplace les ingrédients de la soupe primitive. Mais un jour, j'ai réalisé que je fabriquais ma propre mort. Que toute cette technologie qui est devenue notre environnement naturel nous avait déjà changés. Et que dans un siècle ou deux, peut-être bien avant, nous n'aurons plus d'humains que le nom, qui d'ailleurs signifiera autre chose qu'aujourd'hui. Une cohorte de véhicules de police passa dans la rue toutes sirènes hurlantes.

— Il paraît qu'il y a une émeute en banlieue nord, commenta un client à son voisin, tous deux accoudés au comptoir. Le serveur de nuit affirma d'un ton péremptoire qu'il s'agissait d'un règlement de compte entre bandes rivales. Et le patron qui se voulait au courant de tout soutint qu'un contrôle d'identité dans le quartier avait mal tourné. La conversation devint générale et les filles firent la tête parce qu'on oubliait de boire et que leur pourboire allait se barrer.

Un nouveau client qui arrivait avec des nouvelles fraîches devint le centre d'attraction. Il expliqua qu'un groupe armé avait attaqué une usine désaffectée du côté du canal où un autre groupe tout aussi armé défendait un stock de diverses drogues et cigarettes en provenance de Rotterdam. On parlait de raid de représailles. Commencé à la kalachnikov, l'assaut se poursuivait au M 16 et à la grenade.

— Mais c'est la guerre ! s'exclama Nyse.

— Exact, répondit José. Dommage que ton économiste distingué soit arrivé avec un coup dans le nez. Sinon au lieu d'évoquer le radeau de la Méduse, il aurait pu parler de guerre économique. C'est une nouvelle matière et il y a en France des cours et même une école qui portent ce nom. Une guerre qui fait des blessés et des morts, sauf qu'on refuse de les voir et qu'en plus, ils se cachent. Tu as vu des sans-abri ? Ils sont dix fois, cent fois plus nombreux. Et les pauvres ? Et les vieux qui vont à la soupe populaire, les jeunes qui vendent ce qu'ils peuvent, la drogue, leur corps... ? Tous sont victimes de la guerre économique. Finalement, quand on entend des coups de feu, ça réveille de vieux échos. Tu sais, la Révolution américaine, la française, la russe... et même ce qu'on a appelé le printemps arabe. Mais ce sont des échos d'un autre temps.

— Tu crois que la guerre économique va provoquer une Révolution ? s'inquiéta Nyse.

— Je t'ai dit que je ne croyais plus rien, j'ai cessé de croire. Mais ce qui est sûr, c'est qu'il est déjà en train de se passer quelque chose. Comme c'est nouveau, on ne le voit pas. En science, on parle d'obstacle épistémologique : les mots et les raisonnements que nous utilisons nous empêchent de voir ce qui n'entre pas dans nos schémas habituels. Aux yeux des Confédérés américains, l'abolition de l'esclavage était incompréhensible, pour eux c'était le moteur de l'économie et dans le Sud, c'était vrai ! Mais c'est le Nord qui a gagné, car il fallait transformer les esclaves en salariés pour faire tourner des industries et non plus cultiver des champs de coton.

— L'esclavage a été aboli parce qu'il était inhumain ! se révolta Nyse, en avalant d'un coup une grande gorgée de « Son on the Bitch ». José eut un sourire entendu :

— Bien sûr, fouetter, mutiler, violer, tuer un être humain, c'est pas humain. Maintenant l'Homme a des Droits. Et alors, qu'est-ce que tu vois à la télévision ? On fouette et on mutile dans certains pays tombés ou restés dans la barbarie, on viole et on tue partout. On tue même de plus en plus : il y a les morts sociaux, comme les sans-abri, les chômeurs et les pauvres. Et il y a les morts tout court : ceux des famines, des inondations, des guerres religieuses ou tribales provoquées par les famines, les inondations et l'effondrement des États. C'est là-dessus que cette pute d'Albertine Abaléta-Anoulefrick aurait dû s'expliquer tout à l'heure ! cria José pour dominer le brouhaha des conversations.

Les voisins se retournèrent d'un air courroucé et le joli serveur lui adressa un sourire compréhensif. L'ingénieur reprit en baissant la voix :

— Une économie ouverte à tous vents, une économie mondialisée, comme on dit, on voit ce que ça donne ! Maintenant les États doivent protéger leurs concitoyens. Bientôt ça apparaîtra comme une évidence mais ce sera trop tard, asséna-t-il en se retenant de taper du poing sur la table. Albertine et ses congénères veulent réduire l'État pour s'en mettre plein les poches. Regarde les prix : depuis l'ouverture des marchés, jamais on n'a payé aussi cher pour la nourriture, les transports, le chauffage, la santé... C'est ça les vertus de la concurrence ? Albertine Abaléta-Anoulefrick ne l'admettra jamais parce que c'est une pute et qu'elle est prête à tout malgré son allure de petit oiseau inoffensif et fragile ! Entuber les gens par un soi-disant raisonnement d'expert, c'est ce que j'appelle être une pute. Ça n'a rien à voir avec les professionnelles de la chose, qui paient de leur personne et que je salue bien bas.

— Tout va bien messieurs ? vint roucouler le joli serveur qui lança à Nyse une œillade appuyée car il avait fini son service et il voulait une réponse.

— Le Fils de pute en est bien un, on vous remercie, répondit José d'un ton rogue. Le joli serveur en déduisit que Nyse était déjà en main et s'éloigna bien triste : les meilleures affaires étaient toujours pour les autres, injustice qui le révoltait.

— C'est quand même curieux, se plaignait Nyse. J'ai étudié de longues années l'économie Universelle avec le plus grand économiste du monde et je n'ai jamais entendu une telle présentation des choses. Comment vérifier qui a raison et qui a tort ?

— Il suffit de regarder autour de soi, poursuivit José, chez qui le « Fils de pute » provoquait un défoulement incœrcible. Quand on voit chez nous, dans les pays riches, des gens vivre dehors, manger dans les poubelles, rester myopes ou édentés faute d'argent alors que ce n'était plus le cas il y a quarante ans, on sent qu'il y a quelque chose de pourri, davantage qu'un malaise dans la civilisation. On parle des « élites » mais le poisson pourrit par la tête, pas vrai ?

— La civilisation... la mon-dia-lisation sort de la misère... beaucoup de pays, s'entendit ânonner Nyse. Le cocktail commençait à lui exploser dans la tête, un vrai feu d'artifices.

— C'est un mensonge ou une vision de junky ! s'exclama José à voix basse pour ne pas attirer l'attention. Ce qui sort de ces pays-là, c'est des riches et des milliardaires ! Les pauvres, eux, deviennent des misérables car ils ne peuvent même plus cultiver la terre, ils sont parqués dans des bidonvilles. Non, poursuivit-il en finissant la seconde moitié de son « Fils de Pute » qui activait chez lui le fonctionnement du cerveau, non, le système, c'est pas la revanche du Sud sur le Nord, ou l'avènement d'un monde multipolaire, tout ça c'est des conneries pour les connards qui font semblant d'y croire sinon ils crèveraient de peur. Le système, c'est les riches contre les pauvres à l'échelle planétaire !

— Dommage que le révérend Euyères ait été lynché comme immigré clandestin, il nous aurait apporté ses lumières... C'était un savant, il savait...» se défendit Nyse mollement car il avait sommeil et ne savait plus quoi répondre.

— Aucun économiste distingué n'a encore, que je sache, promis la fin de cette débâcle, répliqua José épuisé par sa longue explication. Tous n'ont qu'un mot d'ordre : plus de restrictions, plus de souffrances et plus de larmes pour des lendemains qui ne chantent plus, ils restent sans voix. Et si on me demande ce que je propose, je réponds que c'est aux politiques d'en finir avec les oligarchies au lieu de lécher les bottes des experts. Ils voient monter les partis xénophobes, les religions meurtrières, les communautarismes revanchards, et ils persistent comme à Munich en 1938 ! Ils font la politique des puissants et les puissants veulent des esclaves : ils auront des guerriers et des fauves !

XV. OÙ L'ON RETROUVE GISQUETTE EN DANSEUSE TSIGANE

L'arrivée à Barcelone fut, pour Nyse et José, placée sous le signe de Dali : complètement surréaliste.

D'abord, Paris avait eu du mal à les laisser partir. Les tempes serrées dans un casque d'acier, Nyse ne se rappelait plus où il avait caché son faux passeport dans le studio. Il le découvrit finalement au fond d'une boîte de spaghettis et partit soulagé retrouver José attablé au café du coin. En fouillant dans ses poches, il s'aperçut alors qu'il n'avait plus assez d'argent pour payer les billets d'avion.

Il fallut aller chez un changeur clandestin qui tenait boutique dans le sous-sol d'un hôtel particulier de l'île Saint-Louis devenue la propriété d'un roi du pétrole. Louis étant son nouveau prénom, celui écrit sur son faux passeport, Nyse y vit un présage. D'après ce qu'il savait de l'Histoire de France, Saint Louis était un roi très pieux qui rendait la justice sous un chêne. Nyse estima que justice allait enfin lui être rendue et qu'il ne tarderait plus à retrouver sa bien-aimée. José l'énerva en déclarant que Saint Louis était aussi le roi qui avait obligé les juifs à porter la rouelle, l'ancêtre de l'étoile jaune. Le changeur clandestin les réconcilia sans dire un mot en leur mettant dans les mains quatre énormes liasses de coupures usagées, et José se félicita d'avoir déniché la poule aux œufs d'or.

À l'agence de voyage, apprenant que tous les vols pour Barcelone étaient complets, Nyse sentit le sol se dérober sous ses pieds. Il dut se retenir au comptoir.

On leur expliqua qu'une forte délégation du Trépied composée de hauts fonctionnaires du Fonds pour le marché international (FMI), de représentants du Fonds contre la récession inter-comptable (FRIC) et de représentants de la Commission pour l'union libérale du Bloc européen (CUL), se rendait en urgence au chevet de la capitale catalane. Le Trépied avait avec l'Espagne un énorme chaudron sur le feu qui bouillait un peu trop fort.

Depuis l'éclatement de la bulle immobilière, l'économie de la région autonome de Catalogne était étranglée par les coupes budgétaires drastiques décidées par Madrid. Criblée de dettes, la Catalogne vivait le supplice de saint Sébastien criblé de flèches mais avec beaucoup moins d'abnégation. Elle demandait l'aide du gouvernement pour payer ses pompiers, notamment. Pour convaincre le Premier ministre espagnol de ne pas céder, le Trépied dépêchait à Barcelone ses meilleurs apparatchiks. En plaisantant, José dit à Nyse qu'il n'en avait pas supprimé assez pour les empêcher de nuire. Nyse le prit très mal, et José dut menacer de se traîner à ses pieds pour se faire pardonner.

Le vol suivant était rempli d'hommes d'affaires de bonne volonté déterminés à soutenir l'économie catalane.

— On sait ce que c'est, les souteneurs... avait ricané José. Nyse qui ignorait le mot avait préféré ne pas savoir. Le vol de l'après-midi, lui, était blindé par des Espagnols travaillant en France qui se rendaient dans leurs familles pour examiner avec elles la possibilité d'une émigration en France ou en Amérique latine. Dernier espoir de Nyse et de José, le vol du soir était réservé par une armée d'évangéliques. N'ayant nulle part où aller et fatigués des bars, ils restèrent dans l'agence de voyage, guettant deux annulations.

La bonne nouvelle arriva sur le vol des hauts fonctionnaires internationaux. L'un d'entre eux venait d'être arrêté pour agression sexuelle dans un grand hôtel parisien. L'économiste en chef de la Direction de la lutte contre la misère au Fonds pour le marché international (FMI), une femme, avait été accusée de viol par le garçon d'étage. Nyse s'était précipité pour réserver deux des quarante places ainsi libérées, toute la délégation étant sous le choc. José, toujours friand de détails croustillants, lui avait appris que la mégère aurait soumis le pauvre homme à certaine pratique sous la menace d'une arme. Nyse avait répondu distraitement qu'il ne voyait pas de quoi il pouvait s'agir, il avait déjà l'esprit ailleurs.

Le voyage vers Barcelone se fit dans une ambiance glaciale.

À l'arrivée, il faisait une chaleur de four. Épuisés, Nyse et José avaient dormi. Ils se réveillèrent en plein cauchemar. L'aéroport était envahi par une foule de manifestants venus bouter hors de Catalogne l'armée de vautours internationaux, ainsi qu'ils les appelaient. La police espagnole, dont une partie des effectifs locaux avait été envoyée à Madrid pour contenir une manifestation contre le nouveau plan de rigueur, était débordée. Nyse et José se faufilèrent dehors à la faveur du tumulte.

Les taxis étaient en grève. Ils firent de l'auto-stop. Le retraité qui les accueillit dans sa voiture leur demanda immédiatement une vingtaine d'euros. À ce prix-là, il les conduirait n'importe où, toute la journée durant. José proposa les Ramblas dont il conservait un bon souvenir.

Attablés devant des tapas, Nyse et José regardaient passer le flot ininterrompu de voitures qui encombrait la chaussée.

— Je sens que vais avoir le mal de mer, grogna Nyse en reposant sur le ramequin une tranche de chorizo.

— Ferme les yeux et mange, répondit José. On a besoin de prendre des forces pour la suite. Ce disant, il engloutissait une sardine grillée qui satura l'air un instant. Pour stopper sa nausée, Nyse avala une gorgée de café brûlant qui lui grilla quelques cellules du tube digestif mais lui remit les idées en place.

— Bon, alors on commence par où ? lança-t-il d'une voix gaie.

La situation s'annonçait compliquée. D'après Belle, Acalcuta était passée à Barcelone avant de se rendre en Celti-Bétique, dans le sud de l'Espagne. Elle avait peut-être laissé des indices sur cette nouvelle destination. Mais personne n'avait jamais retrouvé une aiguille dans une botte de foin. Et Barcelone était un foin qui menaçait de prendre feu comme le reste de la Catalogne. Il fallait au plus vite partir vers le Sud. Mais où exactement ?

José plaidait pour l'aventure et la bonne étoile. Nyse n'avait-il pas déjà retrouvé Belle, laissée à Rio ? Une chance sur des milliards, il avait une veine de cocu, il était né coiffé. Il avait la baraka. Ignorant les expressions populaires, Nyse s'insurgea quand José lui déclara tout simplement qu'il avait de la chance. Il était séparé de son grand amour depuis des années, recherché par Interpol, exilé des Iles Alligator... À son âge, c'était une situation bien cruelle. José lui fit remarquer qu'aux moments les plus critiques, d'après ce qu'il lui avait raconté, il avait toujours trouvé quelqu'un pour lui venir en aide, que ce soit Nirao, Samar Ytain, ou même le révérend Euyères, sans oublier lui-même, José. Un ancien ingénieur agronome, solitaire et misanthrope, dont il avait réussi à faire un compagnon de voyage acceptable. Nyse, ému, dut reconnaître cette fois que José avait raison.

La terrasse du café était bondée. On y massacrait toutes les langues, les serveurs officiant de même avec un fort accent espagnol qui faisait couleur locale.

Un joueur de guitare était venu gratter du flamenco mais sa virtuosité n'avait guère payé, il lui manquait la danseuse. Après avoir fait une quête difficile, il s'était retiré d'un air renfrogné. Au feu rouge, les automobilistes s'énervaient sur leur klaxon pour chasser les petits laveurs de pare-brise qui tentaient de gagner quelques pièces jaunes. Trois voitures de pompiers escortées de véhicules de police passèrent dans le fracas des sirènes en direction de l'aéroport.

— Au fait, nous avons égaré notre taxi, remarqua Nyse.

— Il est allé acheter de quoi manger pour sa famille mais c'est un type correct, répondit José. Il m'a laissé son numéro de portable.

— Peut-être saurait-il où nous devons chercher, hasarda Nyse.

— Si Acalcuta lui a demandé de la conduire quelque part en Celti-Bétique, c'est une incroyable bonne idée, ironisa José en se grattant le nez. Tiens, remarqua-t-il, quand ça me démange de ce côté, c'est qu'il va se passer quelque chose.

Un couple de baladins s'installait devant la terrasse.

La fille était piquante et le garçon très jeune. Il se mit à jouer de la guitare, elle se mit à danser, et la foule disparut, engloutie par la steppe sauvage de la Russie de Kiev.

Le garçon, chemise blanche bouffante, bottes et pantalons noirs, avait les pommettes hautes des Cosaques, et la fille, tout de blanc vêtue, les longs cheveux blond cendré des tsiganes yéniches. Ses gestes étaient gracieux et ronds, entre la simplicité villageoise et la noblesse des danses de cour. La musique endiablée semblait sortir de son corps comme un séduisant exorcisme. Quand ils leur prêtaient enfin attention, les gens cessaient brusquement de parler et une vague de silence se propageait à travers la terrasse. Le patron et quelques serveurs sortirent pour regarder. À la fin de la danse, les applaudissements crépitèrent. Sur un signe de la fille, le Cosaque attaqua un second morceau, encore plus long et plus entraînant. Un véritable morceau de bravoure. Quand les deux jeunes gens s'interrompirent brusquement, lui en nage avec un sourire de vainqueur, elle dressée vers le ciel dans un geste d'offrande, la foule en délire leur fit une ovation debout.

— Quel extraordinaire hasard de vous voir ici, monsieur Nyse ! Depuis le temps, je vous croyais mort ! L'air ahuri de Nyse fit rire la danseuse dont les yeux gris pétillèrent de malice.

— Vous ne me reconnaissez pas ? Gisquette ! Je travaillais au château du conseiller des Princes quand vous fréquentiez mademoiselle Acalcuta.

— Comment, c'est vous, Gisquette ? Vous qui avez dépouillé ce pauvre révérend Euyères qui, du coup, est allé se faire pendre comme immigré clandestin sur une plage italienne ?

— J'ignorais qu'Euyères m'aimait à ce point, répondit Gisquette avec indifférence. En le débarrassant de moi, je voulais lui rendre service. C'est vrai que j'ai profité du soupçon qui pesait sur lui après l'attentat de la Tour des Jumelles pour m'évader de ce château où je me sentais en prison, mais je vous jure que je ne voulais que son bonheur.

Se rappelant le bavardage de Belle, Nyse invita Gisquette et son musicien à aller prendre l'air dans un jardin public, elle pourrait ainsi tout lui raconter à l'abri des oreilles indiscrètes. Appelé sur son portable, le faux taxi ne mit que quelques minutes pour récupérer la petite troupe qui s'entassa allègrement dans sa voiture. Plutôt qu'un square envahi de gamins braillards, le retraité leur suggéra un bout de plage isolé par un entassement de roches qu'il fallait escalader pour y arriver. Face au ballet lancinant des vagues, dans l'odeur des algues déposées par le ressac, Gisquette conta comment elle avait découvert sa vocation d'artiste.

— Quand nous sommes arrivés à Londres, je me suis dit qu'on pouvait encore nous retrouver et que le mieux était de traverser la mer. J'ai donc convaincu Euyères de passer sur le continent. Mais nous avions emmené un jeune lad des écuries du château qui voulait tenter sa chance en France sur les champs de course.

Euyères s'était mis en tête qu'il était mon amant. Un garçon d'un mètre soixante et de cinquante kilos, je vous demande un peu ce que j'en aurais fait ! Bon, c'est pas le sujet, se reprit-elle en voyant Nyse la regarder avec la plus totale incompréhension. Je veux dire que c'est pas comme Tahar, enchaîna-t-elle en désignant le musicien du regard. Lui, dès qu'on s'est vus, ça a fait des étincelles. Mais je ne vous ai pas présentés, je parle, je parle... Tahar, monsieur Nyse est le fiancé de la demoiselle du château où je travaillais il y a quelques années. Et ce monsieur...

— José, tout simplement, ex-ingénieur agronome, ex-jardinier et actuel compagnon de voyage de Nyse.

— Vous êtes ensemble... ? plaisanta Tahar avec un sourire en coin.

— Redis-le et je t'en file une qui te dira avec qui elle est, aboya José.

— Oh, ça va... ! répliqua Tahar. C'était pour faire connaissance. Gisquette s'interposa :

— Bon, les mecs, c'est pas le sujet. J'ai même pas présenté Tahar.

Tahar et moi, on s'est rencontrés quand je suis arrivée à Madrid. Il est d'origine marocaine mais il est né ici, en Espagne. D'ailleurs il ne connaît pas l'arabe. Il a travaillé dans les plantations ce qui l'a rendu costaud, expliqua Gisquette en rosissant. Mais ça ne payait pas, alors il a fait serveur dans les bars, puis dans les restaurants. Comme il était mignon, un vieux danseur russe l'a pris sous sa protection et lui a appris à jouer de la guitare. Je trouve que c'est une histoire touchante mais il n'aime pas en parler.

On s'est rencontrés dans un hôtel de luxe : je faisais la femme de ménage et il faisait de la musique le soir au restaurant pour des gens qui n'en avaient rien à branler. On s'est vus, on s'est reconnus, comme si on se connaissait depuis toujours. Au petit matin, on dormait dans le même lit. Enfin, on venait de s'endormir... Bref, il nous est venu des idées.

On s'est dit qu'on pouvait peut-être monter un truc à deux. D'abord j'ai essayé de chanter, mais je n'ai pas de voix. Alors Tahar m'a montré les pas qu'avait essayé de lui apprendre son vieux danseur russe, mais il n'était pas très doué pour la danse et puis ça le dégoûtait un peu, je ne sais pas pourquoi. Mais moi, j'ai eu la révélation. En quatre mois on avait créé notre numéro. Et comme on s'améliore sans arrêt, ça marche du feu de Dieu !

— Et quel âge avez-vous, demanda José en se tournant vers le Cosaque marocain qui avait l'air gêné qu'on parle de lui.

— Dix-sept ans, répondit-il d'un air buté.

Gisquette vint à son secours.

— J'en étais où ? Ah oui. Euyères plaqué à Londres. J'avoue.

Je lui ai fauché son billet sur le ferry. Ce rat avait refusé de payer la traversée au petit lad, soi-disant que je voulais l'exploiter, que c'était inéquitable, qu'il était contre cette mentalité d'assisté qui est surtout une mentalité de profiteur. Je m'en souviens très bien parce que j'ai rien compris. Quand je ne comprends pas, ça imprime.

Il parlait aussi d'une main invisible qui allait venir faire Dieu sait quoi, rétablir le roi en France ou le royaume de Dieu sur terre, c'était franchement pas clair. J'ai vu qu'il était en train de péter les plombs. Moi je suis quelqu'un de sincère. Je m'étais engagée auprès du petit lad, et la confiance, c'est sacré. Mais Euyères devait quitter le pays car, si ça se trouve, il était recherché. J'avais un peu exagéré cette histoire de soupçon, mais qui sait ? Et là-dessus, voilà qu'il se fait de plus en plus remarquer. Et tout ça à cause de moi, car il pensait que je couchais avec le petit lad... pardon Tahar, en plus c'était complètement faux... bon, il était parano. Il ne cessait de faire du scandale.

Il fallait donc faire passer le petit lad et Euyères avec un seul billet. Je n'avais pas le choix. Mais j'ai fait ça de manière honnête. À Londres le petit lad était passé par l'entrée des artistes, en fraude quoi, car le vrai problème, c'était l'arrivée en France. J'ai donc attendu que le ferry soit en pleine mer. Ainsi Euyères ne pouvait pas être débarqué, et un expert comme lui trouverait bien une façon de se sortir de la louze. Il savait parler, lui ! Le genre de personne qui a toujours raison car il sait plein de mots qu'on ne connaît pas. C est drôle qu'il ait été pendu en Italie, je veux dire : c'est une histoire horrible. Peut-être qu'il n'a pas réussi à se faire entendre.

— C'est encore pire, intervint Nyse. On lui a interdit de parler.

— Un homme si intelligent ! soupira Gisquette en prenant la main de Tahar qu'elle pressa amoureusement. Vrai, ça ne donne pas envie de faire des études. Quand je vois tous ces jeunes avec des diplômes qui sont au chômage, je me félicite tous les jours d'avoir profité de la vie au lieu de m'être farcie la tête de trucs inutiles. Ici je gagne en une semaine plus qu'un enseignant en un mois, bientôt plus qu'un médecin, et si ça continue plus qu'un ministre.

— C'est irresponsable de parler ainsi ! s'insurgea Nyse. C'est parce que nous avons une formation que nous acquérons un métier utile à la société.

— Dites tout de suite que la musique et la danse ne servent à rien ! s'écria Gisquette, vexée. Vous avez vu les gens, tout à l'heure, comme ils étaient heureux ? Ils souriaient, leur visage rayonnait. Moi, ça me plaît, et eux, ça ne leur coûte rien ou presque.

Et puis diplôme ou pas diplôme, quand y a pas de boulot, on peut toujours chercher ! Reste la débrouille. Quand on perd son boulot, on fait des petits boulots, puis des petits trafics, puis des trafics plus gros qui rapportent bien, à cause de la demande...

— Ce que vous décrivez-là, c'est une économie souterraine qui ruine l'économie réelle, s'exalta Nyse, c'est inadmissible !

— Elle ne ruine personne puisque je vous dis que les gens n'ont pas de boulot et pas d'argent, et qu'il font ça pour en gagner, justement, rétorqua Gisquette. Euyères me répétait toujours qu'il fallait respecter la loi de l'offre et de la demande, et pour demander, lui, c'était pas le dernier ! Et pour revenir à la débrouille, quand on gagne sa vie sans attendre rien de personne, pour moi c'est une attitude digne. Après, qu'on appelle ça du trafic, je m'en tape. En plus, il paraît que trafic ça veut dire commerce. C'est marrant, vous ne trouvez pas ?

— Pas du tout, grogna Nyse. Le commerce est quelque chose de légal, le trafic est illégal, c'est plus qu'une définition c'est de la morale.

— Éh bien moi je dis que quand on ne peut plus vivre en faisant du trafic légal, c'est normal qu'on fasse du trafic illégal. À condition qu'il n'y ait pas d'escroquerie sur la marchandise ! Ici il y a eu des huiles trafiquées qui ont fait des morts. Moi je suis pour un trafic honnête qui permette de gagner sa vie honnêtement.

— C'est ce qu'on appelle du pragmatisme, laissa tomber José qui n'était pas encore intervenu. Tahar, que la conversation ennuyait, s'était éloigné pour jouer de la guitare en sourdine. José, lui, regardait Gisquette d'un air admiratif.

Après avoir déambulé en bord de plage et sur les Ramblas pour se dégourdir les jambes, le groupe se sépara à l'entrée de la vieille ville. Gisquette avait déconseillé à Nyse et à José de prendre une chambre sur le front de mer. Une succession ininterrompue de boîtes de nuit et d'hôtels où l'on ne venait pas pour dormir, et où l'Europe entière communiait dans une fête perpétuelle.

Nyse s'était souvenu, qu'à Bruxelles, le révérend Euyères souhaitait lui montrer que l'Europe était une réalisation exemplaire, et José avait répliqué que ce n'était sans doute pas les orgies du continent que son honorable précepteur voulait lui mettre sous les yeux. Prié de s'expliquer, il avait déclaré que l'Europe s'était bâtie sur l'idée de paix alors qu'ici le vacarme était assourdissant ; que la construction européenne n'avait jamais déchaîné les passions sauf celles de ses opposants ; mais qu'il reconnaissait toutefois deux points communs entre cette fête sans fin et l'idée européenne actuelle : la nécessité de se réunir pour échapper à l'angoisse et la certitude de se réveiller avec la gueule bois.

Nyse le traita d'anarchiste, José répondit que Nyse était le garçon le plus naïf qu'il ait jamais rencontré, et que s'il ne le connaissait pas déjà, il n'aurait aucune envie de le connaître tant il se montrait aveugle et stupide. Nyse invoqua la logique implacable de l'économie Universelle, José les droits de l'Homme. Nyse lui montra les gens heureux qui se promenaient dans la rue, José désigna d'un doigt accusateur les sans-abri que la police délogeait de leur bout de trottoir.

Nyse finit par avouer qu'il ne pensait plus ce qu'il disait depuis qu'il avait lu tous les malheurs du monde dans l'avion de Rio, mais que c'était dur à reconnaître car c'était comme voir mourir son maître une seconde fois. Par une étrange association d'idées, il pensa alors à son séjour en Eldorado et son visage jusque-là fermé s'éclaira d'un sourire.

— J'ai fait un rêve, répondit-il à José qui s'étonnait d'un changement d'humeur aussi rapide.

Le retraité faux chauffeur de taxi, qui les avait pris en sympathie, leur avait indiqué un petit hôtel tranquille. Nyse dormit quatorze heures et se réveilla plus en forme que jamais.

Sa première pensée fut pour Acalcuta. Il sentait qu'il se rapprochait d'elle. Mais par où commencer ?

Rentrant d'une matinée d'enquête, José, harassé, lui déclara qu'ils feraient bien de se changer les idées pour pouvoir examiner la situation d'un œil neuf. Il avait revu Gisquette et Tahar, qui lui avaient dit avoir été invités à se produire à la fête de charité que le gouverneur du budget de la Nation donnait au profit des pauvres. Le ticket d'entrée et le repas coûtaient deux mille euros par tête de pipe, mais il y avait moyen de demander un entretien au gouverneur qui, paraît-il, en donnait facilement à cette occasion. Il détestait les fêtes de charité, et ces rendez-vous de dernière minute lui permettaient de s'éclipser discrètement.

XVI. LES TRÈS RICHES HEURES DE DON LUIS BOCOUDERO

Vêtu d'une tenue de ville chic, Nyse se présenta avec José qui s'était lui aussi mis en frais chez le gouverneur du budget de la Nation. Il s'était résolu à abandonner son vêtement coffre-fort dans un sac de voyage déposé à la consigne de la gare. Mais son cœur battait la chamade à la pensée qu'un voleur, ou encore un attentat, le dépouille de son patrimoine. José lui avait interdit catégoriquement de se présenter chez le gouverneur déguisé en Indiana Jones dans « Les aventuriers de l'Arche perdue ».

— On n'est pas chez les sauvages, le style baroudeur, c'est la meilleure façon d'attirer les ennuis, avait-il averti. Tu les cherches ou quoi ? Nyse qui aurait eu du mal à se rappeler du nom figurant sur son passeport s'il était interpellé, avait dû convenir qu'il devait s'habiller d'une manière plus normale. Surtout quand il s'invitait chez les grands de ce monde.

Le gouverneur du budget de la Nation habitait un hôtel particulier qui occupait avec ses jardins tout un pâté de maison. À l'époque où l'Espagne était en proie à la frénésie de la construction, lui-même avait acheté dans l'ancien, estimant que seules les vieilles pierres étaient un investissement à la fois prestigieux et durable. La suite lui donnait raison.

— Les ministres ont de beaux logements de fonction dans ce pays, remarqua Nyse en franchissant le porche monumental.

— C'est son domicile personnel, rectifia José. Il n'a plus de logement de fonction. Le gouvernorat a dû vendre les immeubles historiques qui abritaient ses administrations pour payer ses dettes.

— Et qui a acheté ces résidences prestigieuses ? demanda Nyse en admirant la voûte polie par les siècles.

— Des sociétés internationales mais aussi de riches particuliers, il faut avoir les moyens. Quand j'étais à Paris, j'avais appris que les immeubles haussmanniens des beaux quartiers étaient en train d'émigrer dans les pays du Golfe, c'est une façon de parler. Ici, c'est pareil. Mais certains riches Espagnols se sont sacrifiés pour la patrie, ils ont acheté à l'État ces biens nationaux.

— Le terme n'est pas exact, réfléchit Nyse. Je crois qu'il désigne les biens que la Révolution française avait confisqués au clergé et aux aristocrates qui avaient fui à l'étranger.

— Voilà ce qu'on appelle une fiscalité confiscatoire, plaisanta José qui s'arrêta soudain frappé par une idée :

— C'est le monde à l'envers, ou plutôt une volte-face de l'Histoire : nous revenons à l'Ancien Régime !

Au fond de la cour pavée, un valet en livrée se mit en devoir de les conduire aux appartements privés du gouverneur du budget de la Nation.

Les belles demeures patriciennes avaient toujours pour Nyse un aspect rassurant. Elles lui rappelaient le château de son enfance, un lieu béni où il se sentait protégé de tout. En traversant un vaste patio à la végétation étagée comme dans une oasis, José précisa que le gouverneur avait acheté les anciens locaux du ministère de l'Environnement.

— Où travaillent alors les services de ce ministère ? interrogea Nyse, toujours curieux du fonctionnement des systèmes. José le regarda avec commisération :

— Dans les locaux loués à prix d'or et dont le loyer ne cesse de grimper, évidemment ! Ce type de vente permet de récupérer tout de suite beaucoup d'argent, on règle quelques ardoises. Mais comme le loyer ne fait qu'augmenter, ça devient ruineux. Donc en se dépouillant de son patrimoine immobilier, l'État s'appauvrit chaque année davantage. On appelle ça la logique économique ».

Comme ils arrivaient devant la porte du bureau du gouverneur, Nyse n'eut pas le temps de dire qu'il ne comprenait rien à ce curieux raisonnement.

Don Luis Bocoudero vint à leur rencontre les deux mains tendues, comme s'il les connaissait depuis toujours. Dans un français parfait (car il avait étudié en Suisse et se piquait de culture internationale), il leur proposa une boisson, s'excusant que la fête de charité monopolise les plus belles salles de la résidence qu'il aurait eu plaisir à leur faire visiter.

En savourant son café à la cardamome, un raffinement venu de la Celti-Bétique voisine, Nyse demanda à quoi servait une fête de charité. Don Luis lui répondit de façon affable qu'il fallait bien trouver un moyen de soulager la misère du peuple. Tous les riches de la région étaient invités à venir déguster des tapas au caviar et à la langouste moyennant un ticket d'entrée excessivement cher, et à acheter des babioles hors de prix. Les fonds récoltés allaient aux foyers de sans-abri, aux mal-logés et aux soupes populaires.

— Quel est l'intérêt pour ces gens de payer si cher le droit de venir, certes dans ce cadre somptueux, manger quelques bouchées et en rapporter des objets inutiles ? s'enquit Nyse, perplexe.

— Mais l'image, mon cher ! L'image ! s'exclama Don Luis en levant les bras au ciel. Les noms sont cités dans la presse, il y a des reportages à la télévision, des photos dans les magazines... Vous n'imaginez pas ce que les gens sont prêts à faire pour étaler leur richesse et leur puissance ! D'un côté on montre qu'on a beaucoup d'argent, de l'autre on souligne qu'on s'en sert aussi pour aider les autres : c'est du gagnant-gagnant ! (entre nous, nous disons « c'est du nanan », que des sots prononcent « gnangnan, ce qui est à la fois infâme et un parfait contresens). Et puis, n'oubliez pas que nous sommes un pays catholique. Le pape, jadis, a vendu des indulgences, une sorte d'ascenseur pour le Paradis, afin de financer la construction de Saint-Pierre de Rome. Ce sont nos petites indulgences à nous.

José osa ricaner à voix basse que ces convives argentés devaient avoir pas mal de choses à se reprocher pour les racheter aussi cher.

Don Luis, qui avait l'ouïe fine, caressa machinalement sa barbiche en pointe :

— Vous savez, nous nous désolons tous de cette épouvantable crise économique. Et chacun fait ce qu'il peut pour aider son prochain. Mon épouse, par exemple, a renoué avec les bonnes œuvres, ça n'existait plus depuis le XIXe siècle. Elle va, avec d'autres dames charitables, porter quelque nourriture dans les familles démunies. Au risque d'attraper la lèpre, le paludisme ou Dieu sait quoi, un courage admirable !

Le gouverneur s'étant levé pour les conduire dans une autre pièce, Nyse ravala son commentaire. Il s'apprêtait à faire courtoisement remarquer à Don Luis qu'il n'avait pas répondu et qu'ils ignoraient toujours ce que ces généreux donateurs venaient racheter et pourquoi.

La salle suivante était une fort belle pièce au plafond ouvragé dont les murs étaient couverts par les rayons d'une bibliothèque monumentale.

— Je suppose que tous ces ouvrages anciens ont été numérisés, déclara Nyse d'un air entendu.

— Pas du tout, répliqua Don Luis. La numérisation coûte cher, il y a d'autres priorités. Et puis n'importe qui peut pirater un ouvrage sur n'importe quel serveur et nous tenons beaucoup à notre patrimoine culturel.

— Mais les nouvelles œuvres, elles, sont numérisées ? insista Nyse. C'est pratique et vous gagnez de la place.

— Ne croyez pas ça ! s'exclama Don Luis. Avec les évolutions technologiques, les œuvres numérisées ne sont plus accessibles après quelques années, sauf à les adapter régulièrement ce qui est une perte de temps et d'argent. Sans compter les risques d'effacement des fichiers. Non, tout ce qu'on tient à conserver l'est dans sa version papier, les œuvres majeures sont même reliées plein cuir. Si l'œuvre de Cervantès avait été publiée sous forme numérique, elle ne serait jamais parvenue jusqu'à nous. Le numérique, c'est pour amuser les enfants, ça ne tient pas la distance ».

Un domestique vint annoncer à Don Luis qu'on l'attendait pour son intervention sur la moralisation de la finance mondialisée. Il prit congé de ses hôtes en précisant qu'il ne serait pas long. Nyse et José restèrent seuls dans la bibliothèque où on leur apporta une nouvelle tasse de café oriental.

Tandis que Nyse réfléchissait aux propos du gouverneur sur le caractère éphémère des œuvres numérisées, José examinait les rayonnages en connaisseur.

— Des bouquins en latin, en grec, en hébreux, en sanskrit ! Une richesse extraordinaire, s'émerveillait-il en penchant la tête à droite et à gauche pour lire le titre sur la tranche. Cet homme est un érudit comme on n'en fait plus.

— J'espère que je ne vous ai pas fait trop attendre, lança Don Luis en franchissant la porte que lui tenait un laquais en livrée. Voilà, la moralisation de la finance mondialisée n'est pas un sujet, il n'y a rien à en dire, mais il faut toujours en parler dans ce genre de circonstances.

— Vous avez une bibliothèque idéale... commença José.

— Oui, je cois reconnaître qu'elle fait beaucoup d'effet. Ce fut un excellent investissement.

— Vous voulez dire que ce n'est pas votre bibliothèque ? s'étonna Nyse.

— Absolument pas ! Je déteste les lettres, je suis un homme de chiffres. J'ai acheté cette bibliothèque à une université qui la vendait pour payer ses dettes.

— Vous ne lisez donc ni le latin ni le grec, commenta José, déçu.

— Bon sang non ! À quoi ça me servirait ? Lors de mes études j'avais déjà opté pour les maths et la finance : ça me laissait du temps pour faire du cheval et du golf. Quant à cette bibliothèque que vous admirez, j'ai été obligé d'acheter la totalité du lot parce que l'université refusait de le fractionner. Mais je vais sans doute me débarrasser de quelques vieilleries racornies, ca fait pauvre ».

— Vous qui connaissez bien l'économie, hasarda Nyse, pensez-vous que nous sommes plutôt à la fin d'un cycle ou plutôt à la fin d'un monde ? Et comment percevez-vous le Radeau de la Méduse ?

Don Luis Bccoudero le regarda d'un air condescendant :

— Je ne m'aventure jamais sur un terrain aussi glissant. Voyez-vous, je suis un homme de consensus, je fais partie de la Direction de la lutte contre l'immoralité financière à la Commission consultative informelle « Éthique économique » du Bloc européen, c'est un travail de rassemblement long et patient. Je ne peux me permettre d'avoir un avis divergent, ni même un avis tout court.

Nyse était complètement désorienté. Il osa insister

— Vous avez bien une analyse personnelle... ?

— Je pourrais vous répondre oui pour faire l'intéressant mais ce serait un mensonge, je ne m'y abaisserai pas car ça me fatigue rien que d'y penser. La vérité c'est que je n'ai strictement aucune idée sur le sujet, c'est une question de principe, répondit Don Luis en ouvrant négligemment une boîte de cigares humidifiés déposée sur un guéridon. Un cigare ? proposa-t-il avec courtoisie. Non ? Dans ce cas, ça ne vous dérange pas si je fume ?

Tandis que le gouverneur se détendait en faisant rougeoyer son barreau de chaise, Nyse risqua timidement :

— Mais vos études...

— ... Étaient des études de chiffres, coupa Don Luis qui s'ôta pour cela d'un geste viril le cigare de la bouche. J'ai appris à lire les comptes de la nation, à faire un budget, à tailler dans les dépenses et dans les recettes quand cela s'impose, pour le reste je suis sans préjugés ni idéologie aucune. - Enfin, pour tailler dans les dépenses et dans les recettes, il faut avoir une analyse de la situation... s'énerva José. Le gouverneur écarta à nouveau son Romeo y Julieta Wide Churchill pour rectifier posément :

— Vous parlez de sciences humaines, moi je fais des sciences exactes !

— C'est pas de la science, c'est de la politique ! répliqua José en haussant le ton.

Don Luis haussa un sourcil :

— Je vois que ce sujet suscite chez vous des réactions épidermiques et vous comprenez pourquoi je veux l'éviter. Je vous confirme que je n'ai ni préjugés ni idéologie d'aucune sorte. Je sais seulement que lorsque les recettes sont inférieures aux dépenses, c'est signe qu'il faut couper dans les dépenses. Alors je coupe. Ce n'est pas politique c'est mathématique. Cette absence d'état d'âme procure un confort moral dont on n'a guère idée. Son cigare s'étant à moitié éteint, il s'employa à ranimer son ardeur sensuellement.

— L'idée, c'est d'en finir avec ce système économique, impossible d'y couper, marmonna José. Mais Don Luis Bocoudero s'éloignait pour répondre à un appel sur son téléphone portable. Quand il revint, il proposa à Nyse et à José de les reconduire en traversant le jardin, il avait une personne à accueillir.

— Je n'ai pas de préjugés mais j'ai une excellente mémoire : quel est ce canot dont vous m'avez parlé ? demanda-t-il à Nyse en abandonnant son cigare dans un cendrier de marbre avant de sortir.

— Je parlais du « Radeau de la Méduse », le tableau de Géricault... répondit ce dernier, qui s'arrêta en admiration devant une petite cascade rebondissant sur des pierres de lave noire, sertie de mousses opalines et de fougères bleues. Don Luis qui marchait vite revint sur ses pas.

— Cette cascade m'horripile, lança-t-il, elle ne s'arrête jamais, on n'entend que ça. Je vais peut-être la remplacer par un hologramme qui fera autant d'effet mais en silence. De quoi parlions-nous ? Ah oui, votre sabot. Avec un nom pareil, je comprends que son intérêt m'ait échappé. Quant à Jéricho, c'est une histoire de murailles qui s'effondrent sur un air de jazz, du saxo... non, de la trompette si je me souviens bien. Je ne vois pas en quoi le rafiot de ce poulpe et ces ruines musicales devraient m'intéresser. Je suis un homme très occupé.

— Tu paries combien qu'il nous quitte en nous disant « mon emploi du temps est minuté » ? glissa José à l'oreille de Nyse.

— Je vais vous quitter, mon temps est chronométré, leur dit Don Luis en leur serrant mollement la main. J'ai été très content de bavarder avec vous au lieu de subir les assauts de ces vieilles peaux qui hantent les fêtes de charité. Je dis toujours à mon épouse d'inviter les couples, mais seules les femmes se déplacent, et en bancs comme les thons, ce qui est le mot juste hélas ! Sur ce, messieurs, je vous prie de m'excuser et je vous souhaite un excellent séjour ». En regardant Don Luis s'éloigner d'un pas de plus en plus fringant vers le fond du jardin, José fit un clin d'œil à Nyse :

— Je suis sûr qu'il a rendez-vous avec une femme !

Derrière la grille anonyme d'un long mur, dans une rue déserte, une femme blonde vêtue d'un imperméable rouge, attendait. En plein soleil, sous son vêtement de pluie, elle était nue comme on le lui avait demandé. Malgré la chaleur, elle frissonna. Don Luis avait payé cher pour qu'on ne lui pose aucune question, il aurait certainement des exigences redoutables.

XVII. RENCONTRE AVEC DES HOMMES REMARQUABLES

Avant de rentrer à l'hôtel, Nyse passa à la gare récupérer son bagage à la consigne.

— Voilà un ticket qui vaut mieux qu'un ticket de loto, plaisanta José. Nyse, le cœur battant, ne répondit rien.

Et c'est avec des précautions dignes d'un flacon de nitroglycérine qu'il retira son sac de voyage contenant tout son bien de la consigne automatique. José lui-même se surprit à pousser un soupir de soulagement. Le soir, ils décidèrent de dîner à l'hôtel qui faisait table d'hôtes. Une formule conviviale qui connaissait un succès croissant car c'était aussi beaucoup plus économique.

Ils étaient à peine assis qu'un homme à la longue chevelure noire nouée en queue de cheval vint chuchoter à l'oreille de Nyse :

— Prépare-toi à quitter la ville très bientôt ». Nyse se retourna effrayé croyant qu'un agent d'Interpol lui avait mis la main au collet. Mais le visage souriant qu'il découvrit était celui de Nirao. L'Indien lui indiqua à voix basse qu'Acalcuta n'était plus en Celti-Bétique et qu'il devait se tenir prêt pour le lendemain à l'aube. Puis il disparut si vite que José lui-même n'eut pas le temps de poser de question.

Entre-temps, sept autres convives avaient pris place autour de la table. Ils étaient tous vêtus de sombre, hormis un grand Noir en complet blanc. Nyse plongeait déjà le nez dans son assiette vide en se demandant si quelqu'un allait dire les grâces comme c'était l'usage au château de son père, quand il sentit que le silence frémissait.

Un homme de haute taille aux cheveux poivre et sel toussa pour marquer sa prise de parole.

— Puisque nous sommes nombreux au rendez-vous, je propose que nous nous présentions dans la langue internationale de notre choix, sachant que nous les comprenons toutes, déclara-t-il en français.

Je viens de la terre des Barbaresques où j'ai longtemps dirigé l'Union nationale des exploitants de salles de cinéma. J'ai contribué à faire connaître des centaines de films chaque année à travers tout le pays. J'ai participé à des conférences internationales, j'ai même eu un mandat à l'Unesco. Ma première salle était classée monument historique. Elle n'existe plus. Elle a été détruite par un attentat intégriste qui a fait cinq morts : tous les spectateurs de cette dernière séance. Aujourd'hui, il n'y a plus aucune salle de cinéma dans mon pays. Je suis réfugié en France et je viens en Espagne pour établir des contacts avec les autres pays du continent africain et du Proche-Orient qui ont les mêmes cinglés que nous sur leur territoire. Le but est de les localiser et d'en venir à bout ».

Trapu, très brun et arborant une épaisse moustache noire, son voisin intervint en anglais.

— Votre histoire rejoint, hélas, la mienne. Je suis l'ancien conservateur des Antiquités mésopotamiennes, ex-responsable du Musée national de Mésopotamie et de tous les sites archéologiques du pays. Ce poste a été supprimé car il ne correspond plus à rien. L'invasion de la Mésopotamie par de pseudo-croisés au début du nouveau millénaire a conduit au pillage du Musée national et à la vente illégale de ses trésors à de riches collectionneurs étrangers. Il y a deux ans, des fanatiques ont saccagé des chantiers de fouilles archéologiques qui étaient pour eux un blasphème contre l'Histoire écrite dans le Livre sacré. Ma vie était menacée, je me suis réfugié en Espagne dont ma femme est originaire. Je poursuis le même objectif que vous et je suis disposé à vous rejoindre.

Le troisième convive, le grand Noir vêtu d'un complet blanc, s'éclaircit la voix.

— Je vous prie d'excuser ma voix cassée, je crois que j'ai pris froid, déclara-t-il en français. J'arrive du pays des Songhaï, où je dirigeais un centre culturel situé à côté d'une très ancienne mosquée classée au patrimoine mondial de l'Unesco. Une bande de fanatiques est venue du Nord la détruire à coups de pioches et d'explosifs sous prétexte qu'elle abritait des mausolées idolâtres. Mon centre culturel n'est plus qu'un amas de ruines. Je suis en route pour le Nouveau Monde où un certain nombre de groupes d'Afrique et du Proche-Orient mettent en place un Renseignement pour combattre les fous dangereux qui veulent anéantir le patrimoine commun de l'humanité. Nous prendrons contact avec vous quand nous serons un peu mieux organisés.

Le quatrième convive, un homme athlétique aux cheveux blancs et aux yeux bleu glacier, hocha la tête avant de prendre lui aussi la parole en français.

— À entendre les personnes précédentes, mon histoire semble très différente mais il y a des ressemblances frappantes, s'il m'est permis d'utiliser ce terme. Du temps de l'Empire soviétique, j'étais le responsable suprême de l'expansion culturelle dans les territoires du Nord. Pendant le Changement on m'a nommé superviseur de la culture populaire en Sibérie. La Réaction m'a cantonné à la collecte des chants révolutionnaires sibériens. Et le tsar actuel m'a ordonné de rassembler les chants orthodoxes des Inuits pour en faire des outils de propagande nationaliste. J'étais au Musée de l'Homme à Paris quand un inconnu m'a averti qu'à mon retour j'allais être envoyé en camp de travail pour manque de zèle. Le réseau du Musée de l'Homme m'a obtenu en France l'asile politique, une situation que le tsar a accepté à condition que cela ne se sache pas. Je suis en Espagne pour établir des contacts afin de lutter contre le nationalisme guerrier associé à la religion. Nous nous joindrons à vous dès que possible.

Le cinquième convive ressemblait à Nirao en beaucoup plus âgé et parla en espagnol.

— Mon continent, l'Amérique du Sud, a toujours attiré les convoitises. En tant que ministre de l'Alimentation néo-ibérique, je me suis farouchement opposé à la signature de l'accord de libre-échange entre l'Amérique du Nord et la Néo-Ibérie au début des années 1990. Je pressentais que la nourriture industrielle du Nord nous détruirait. Ça n'a pas raté : nous sommes devenus un pays d'obèses, notre économie est par terre et la Néo-Ibérie est l'un des pays les plus violents de tout le continent sud-américain. Les grands cultivateurs de maïs et les géants de l'agroalimentaire comme la firme américaine Satanas ont juré d'avoir ma peau. Pour finir ma vie en paix, je me suis établi en Espagne dont j'ai pris la nationalité. Je participe à la dénonciation du marché mondial de l'agroalimentaire qui alimente la pauvreté, la violence et les trafics.

Le sixième convive, un Indien au teint clair, parla en anglais d'une voix forte.

— Quand j'étais président de l'Association pour la protection des édifices historiques de l'Union marathe, j'étais heureux de participer à la sauvegarde d'un héritage plusieurs fois millénaire. Mais j'ai fini par démissionner car je refuse de me consacrer à la préservation des pierres quand la vie des hommes est menacée. On présente toujours l'Union marathe, lointaine héritière de l'empire moghol, comme un modèle de pays émergent. Or, depuis la fin du siècle précédent, les conflits religieux n'ont cessé de croître en violence et de se multiplier. Je souligne que la religion n'est qu'un habillage de circonstance. L'arrivée du commerce mondial sur notre sol a fait exploser les inégalités et a déstructuré notre société, provoquant ces brutalités insupportables, surtout contre les femmes. Je suis réfugié en Angleterre et je viens en Espagne pour rencontrer des personnes comme vous qui puissent me redonner foi en l'avenir.

Le septième convive se leva et s'adressa solennellement à toute la tablée.

— Je suis originaire de l'ancienne terre des Peuples de la Mer, les Philistins, une terre de conflits et d'histoire, commença-t-il en anglais. Longtemps j'ai voulu croire à la coexistence pacifique des trois religions révélées. Directeur national des Bâtiments historiques, j'étais chargé de la conservation des lieux saints. Mais j'ai pris conscience que les responsables politiques attisaient le feu de la haine entre les populations pour masquer leur volonté de ne pas agir sur la situation économique. Moi aussi j'ai démissionné, enchaîna-t-il en espagnol. La veille, ma voiture avait explosé sur l'autoroute. Des gamins philistins me l'avaient volée, ils sont morts sur le coup. On a dit que j'étais coupable et des fanatiques m'ont condamné à mort. Je me suis réfugié dans un pays dont, par sécurité, je dois taire le nom. Je viens en Espagne pour tisser un réseau de résistance à l'aveuglement idéologique avec tous les hommes de bonne volonté.

À cet instant, on vint annoncer à Nyse que quelqu'un désirait lui parler. Ce qui lui évita d'avoir à improviser une fable qui n'aurait de toute façon pas été à la hauteur de cet éprouvant tour de table. Il laissa José présenter son analyse apocalyptique de l'alimentation mondiale, à laquelle ce dernier se préparait avec délectation.

MEA
MEAT
TRADE
ME
Abus
BOEUF
LASAGNES
Abus
LASAGNES
100% BOEUF

XVIII. COMMENT NIRAO PÊCHA DES NOUVELLES SUR LE PORT, ET POURQUOI JOSÉ DÉNONÇA LA NOURRITURE INDUSTRIELLE

Ayant emmené Nirao dans sa chambre, Nyse put se livrer à toutes les effusions que produit la joie de retrouver un ami.

— J'ai bien vu que je ne pouvais pas te laisser mariner jusqu'à demain matin, tu n'en aurais pas dormi de la nuit, expliqua Nirao quand Nyse eut cessé de l'embrasser et de l'assaillir de questions.

L'Indien révéla qu'il arpentait la ville depuis plusieurs jours à la recherche de Nyse. Connaissant son amour des vieilles pierres, il s'était limité au cœur historique de la cité catalane. Son intelligence, son intuition et son contact avenant avaient fait le reste, ces qualités lui ayant déjà beaucoup servi.

Ce fut dans le silence de la nuit espagnole que Nirao apprit à Nyse tout ce qui s'était passé depuis leur séparation en Chine, dans la ville de Shanghaï.

Quand il était revenu à Rio, Acalcuta et Belle avaient disparu dans la nature. La presse indiquait que le riche héritier russe Igor Dérivaski venait d'acheter un grand quotidien du matin, *Brasil Noite* (*Brésil Soir*), pour en faire une feuille à scandales, ce qui scandalisait déjà la majorité de ses lecteurs. Le bruit courait que le jeune oligarque voulait surtout lancer des enquêtes pour retrouver une beauté exotique qui lui avait filé entre les doigts. Les médias parlaient aussi d'une manifestation monstre contre le Grand barrage en Amazonie, grâce à laquelle les Indiens kayapos, venaient d'obtenir un moratoire pour la construction de l'ouvrage. On allait enfin réaliser des études d'impact sur les populations, l'environnement et l'économie locale.

C'est en rejoignant en autocar les terres de sa tribu que Nirao avait rencontré un ex-journaliste de *Brasil Noite* reconverti dans la défense de la forêt amazonienne. Ce dernier avait dû, sur ordre de son rédacteur en chef, planquer plusieurs jours dans les toilettes de l'aéroport pour en rapporter des histoires de pissotières, ce qui l'avait conduit à démissionner. Dans le hall de l'aéroport, il avait toutefois assisté à des scènes émouvantes, comme ces adieux entre deux jeunes femmes brunes qui semblaient incapables de se quitter. Une anecdote qui ne valait ni photo ni article mais qui l'avait ému, la preuve, il s'en rappelait encore. Il se souvenait même de la destination de celle qui partait : Barcelone. Car il en avait tellement marre qu'il avait failli prendre son billet et se joindre à la voyageuse éplorée qui avait un si joli et si triste sourire.

Dans son village, le retour de Nirao avait été fêté comme celui de l'enfant prodigue.

En Chine, depuis la première échoppe IP Phone qu'il avait trouvée, Nirao avait appelé son père au Brésil pour le rassurer et lui dire qu'il allait bien. Il avait ajouté qu'il n'avait jamais oublié sa famille mais qu'il revenait de très loin, qu'il avait beaucoup appris et qu'il ne pouvait rien dire de plus, il savait que ses parents comprendraient. Maîtrisant son émotion, son père lui avait déclaré qu'il lui faisait confiance et que tous respecteraient son secret. Si Nirao décidait de garder le silence sur une aussi longue absence, il avait sans nul doute d'excellentes raisons qu'il aurait été indécent d'interroger.

Les agapes avaient duré plusieurs jours. D'autant qu'il convenait aussi de célébrer la victoire sur les forces du Mal : barrer la route au barrage avait pris vingt ans mais c'était un coup de frein salvateur sur une pente fatale. L'ivresse des retrouvailles un peu dissipée, Nirao avait proposé de retourner à Rio avec une délégation pour renforcer les contacts. Et pour aller chercher des appuis sur le vieux continent voire au-delà car le succès remporté était fragile.

À l'aéroport de Rio, grâce à son charme viril auquel aucune femme ne résistait, les hôtesses lui avaient permis de retrouver la trace d'Acalcuta sur les listes d'embarquement à destination de Barcelone. Quelques jours plus tard, une fois calé le calendrier des rencontres avec les associations qui soutenaient l'action des Kayapos, Nirao avait proposé à ses compagnons d'aller seul en Espagne pour commencer une tournée européenne. Deux membres de la délégation kayapo se rendraient en Inde, où les barrages se multipliaient de façon accélérée sur l'Indus, le Gange et le Brahmapoutre. Deux autres Kayapos iraient en Afrique où un barrage géant en Éthiopie mettait en péril le mode de subsistance de 300 000 personnes. Ce chantier mondial de résistance était pharaonique et le temps pressait. La délégation convint de faire à heure fixe GMT le point via une adresse Internet. Puis ils se séparèrent pour s'envoler dans le monde entier. Le court séjour à Barcelone de Nirao ne donna rien. La piste s'arrêtait à l'aéroport. Le lendemain Nirao dut partir à Madrid pour rencontrer le ministre espagnol de la Sauvegarde de la nature avec qui son père était parvenu à organiser une entrevue. Échange courtois, mais fort bref. Le ministre était tout à fait sensible à la question des barrages géants. À titre personnel, il était même contre. Une invention dangereuse qui sacrifiait des modes de vie locaux au profit de l'économie des États et accélérait de surcroît le changement climatique.

Mais il y aurait bientôt des élections, le parti au pouvoir était donné perdant au profit de son adversaire à cause d'une abstention record. Le ministre était sur le départ et faisait ses cartons. Il conseilla toutefois à Nirao d'aller en Celti-Bétique. Le sud de l'Espagne étant en voie de désertification, il était intéressant pour lui de voir des projets alternatifs, comme le solaire ou l'éolien, destinés à produire une énergie indispensable. Nirao estima que cette suggestion tombait à pic.

— Tu n'imagines pas les terres mortes que j'ai traversées déclara-t-il à Nyse qui buvait ses paroles. Un interminable désert de pierres et de cailloux. Puis, soudain, des choses claires et allongées, à perte de vue. Comme de grands vers blancs serrés les uns contre les autres. Une armée blanche alignée en ordre de bataille sous un soleil de plomb. Des centaines de kilomètres de serres plantées dans un décor lunaire, sans âme qui vive. Ça m'a rappelé le Sertão, le désert du Nordeste du Brésil, les serres en plus.

— Il doit bien y avoir des gens qui travaillent dedans, objecta Nyse.

— Bien sûr. Mais dedans, comme tu dis. Du matin au soir. À l'ombre mais dans une chaleur à crever. On ne les voit pas. Ils dorment dans des dortoirs où on les emmène par camion, à la tombée du jour. On les ramène dès l'aube. Ça dure toute la saison, trois ou quatre mois, parfois plus. Il y a surtout des femmes d'Europe de l'Est, des Polonaises, des Roumaines. Elles sont travailleuses et ne se plaignent jamais car elles ont toutes des enfants à nourrir, c'est pour ça qu'on les choisit. Il y a aussi beaucoup de Marocains et de Sénégalais sans-papiers, payés encore moins puisque les faire travailler c'est leur rendre service.

— Et Acalcuta ? Tu as pu la voir ? Comment va-t-elle ? interrompit Nyse que le sort de femmes inconnues et de travailleurs clandestins n'intéressait guère.

— Un peu de patience, le calma Nirao. Non, je n'ai pas pu la voir. Il paraît qu'elle est restée plusieurs mois pour faire la cueillette des fraises....

— Je sais, mais pourquoi ne l'as-tu pas retrouvée ?

— Pour la bonne raison qu'elle n'était plus là, éclata Nirao, irrité de se voir bousculé sans arrêt alors qu'il s'appliquait à se rappeler les détails importants. Elle s'était tirée quelques mois auparavant sur un coup d'éclat. C'est d'ailleurs comme ça que je l'ai repérée. Retrouver une femme parmi les centaines qui travaillent là-bas, c'est mission impossible. Mais moi je l'ai fait ! se rengorgea-t-il, tandis que Nyse serrait les dents pour ne pas l'interrompre.

— Imagine, poursuivit Nirao, que le contremaître qui dirigeait sa serre avait décidé de la mettre dans son lit. Façon de parler, car il préférait culbuter les filles par terre au fond des allées d'après ce qu'on m'a raconté. L'histoire est connue dans toute la Celti-Bétique, c'est ainsi que je suis arrivé à la plantation en question.

Au lieu de refuser et de risquer d'être violentée comme bien d'autres, Acalcuta a fait semblant d'accepter. Mais en exigeant que la rencontre se passe au lit et pas ailleurs. Lors du rendez-vous, elle est arrivée avec une petite fiole d'alcool de figue, disant que c'était un aphrodisiaque crétois. J'ai appris ces détails par un ouvrier un peu voyeur qui l'avait suivie pour se rincer l'œil. Le contremaître a tout descendu d'un coup. Une heure après, on l'a découvert mort, empoisonné, et Acalcuta avait pris la clé des champs. On en parle encore dans toute la région mais discrètement, car le contremaître en question était un ami d'enfance du ministre de l'Innovation agricole, celui qui a introduit en Espagne les OGM et les cultures hors-sol.

— Enfin, c'est quoi ces cultures dont on n'arrête pas de me

parler ? questionna Nyse, cédant à la curiosité. Nirao en profita pour changer de sujet car il s'en voulait d'avoir raté Acalcuta. Par souci de sérieux, il sortit même un papier de sa poche.

— D'après ce que j'ai noté, expliqua-t-il en jetant un œil sur son pense-bête, c'est une technique qui fait pousser des fraises ou autre chose sur des fibres de coco, de la laine de roche ou des billes d'argile, en les nourrissant avec un liquide plein de trucs chimiques comme les engrais et des pesticides. On l'appelle aussi « culture hydroponique ». Ça donne d'énormes choses pleines de sucre et d'eau qui ne mûrissent jamais. Tout est chimique, même le goût et la couleur.

Nyse laissa échapper un gémissement :

— Ma pauvre Acalcuta a donc travaillé de longs mois dans cette usine infernale tandis que je faisais le joli cœur au Moulin rouge, j'ai même failli céder à une danseuse de french-cancan...

— Éh bien tu aurais dû, commenta Nirao en remettant son papier dans sa poche.

La nuit s'avançait. Mais pas les affaires de Nyse. Désespéré de voir une fois encore s'évanouir la trace de sa bien-aimée, il était si pâle que Nirao hésitait à le laisser seul, craignant qu'il ne se jette par la fenêtre située au rez-de-chaussée. On ne se tue jamais si bien que par maladresse, savait l'Indien. Pour le calmer il lui promit de reprendre les recherches dès l'aube. À condition que Nyse accepte d'avaler un breuvage dont il refusa de lui donner la composition. Une fois l'amoureux transi plongé dans un sommeil sans rêve, Nirao put sortir dans la nuit de Barcelone à la recherche d'une piste pour l'instant inexistante.

Quand Nyse ouvrit les yeux, il lui sembla que le temps était à l'orage. Il faisait très chaud, et surtout très noir. Il ouvrit les persiennes de sa chambre : la lune brillait au-dessus des toits. Au téléphone, le veilleur de nuit l'informa d'une voix ensommeillée qu'il était cinq heures du matin et que le petit déjeuner commençait à sept heures. Estimant qu'il n'avait pas eu son compte de sommeil, Nyse se recoucha et se rendormit aussitôt sans penser à rien.

Il dansait le french-cancan avec une Acalcuta déchaînée qui levait la jambe au-dessus de son oreille quand on le secoua de plus en plus fort. Frustré, il se retournait pour la prendre dans ses bras et poursuivre ce rêve dont il n'avait jamais connu l'issue quand une voix joyeuse le ramena dans son lit. Les traits tirés mais arborant un sourire radieux, Nirao s'assit dans un flot de soleil qui inondait la pièce. Les volets étaient ouverts, il faisait grand jour. Stupéfait, Nyse apprit qu'il avait dormi une trentaine d'heures et qu'on était le surlendemain matin. Ce qui avait permis à l'enquête de progresser à grands pas, puisque la nuit porte conseil.

Tandis qu'il émergeait lentement des brumes du sommeil, Nirao lui raconta comment il avait repris la piste.

La nuit des retrouvailles, fidèle à son instinct de chasseur, l'Indien s'était d'abord dirigé vers le port.

Dans toutes les villes côtières du monde, le port reste un havre pour les hommes en quête d'âme sœur. Et pour les détectives amateurs qui savent que la solitude et l'alcool rendent la parole facile. Jamais Nirao ne serait entré dans un de ces cybercafés ouverts toute la nuit pour les accros aux jeux de rôle en ligne qui retrouvaient d'autres avatars à l'autre bout du monde. L'Indien savait que le renseignement, le vrai, s'obtient par les capacités attractives des êtres humains et non par des connexions Internet. Il comptait aussi sur le hasard. Et une fois encore, le hasard fut au rendez-vous que personne ne lui avait fixé.

Après plusieurs cafés vite avalés dans des lieux où des serveurs débordés le regardaient d'un œil méfiant, ses pas le conduisirent dans un petit bar qui était en train de fermer. Deux ivrognes se battaient au ralenti dans le caniveau, tandis qu'au comptoir une fille se remaquillait soigneusement pour justifier son tarif de nuit. Sa jeune beauté déjà froissée par l'alcool et la mauvaise vie avait quelque chose de touchant. Nirao lui proposa de l'accompagner pour lui éviter les mauvaises rencontres.

La jeune femme lui confia qu'elle venait de Roumanie où elle avait laissé ses deux jeunes enfants à la garde de sa mère. Elle était arrivée en Espagne cinq ans auparavant pour gagner de quoi vivre dans les plantations. Mais avec la chute des maisons, elle voulait parler de la crise immobilière, elle avait chuté elle aussi. Jusque sur le trottoir. Puisque les gens ne consommaient plus, son patron avait estimé que ses ouvrières agricoles devaient faire un effort de compétitivité. Elle avait refusé un salaire de misère et son travail avait été pris par d'autres qui vivaient comme des bêtes.

Svoboda, c'était son nom, s'était dit que tant qu'à se faire exploiter, autant l'assumer ouvertement. Depuis elle faisait le tapin à Barcelone où le marché du sexe s'était beaucoup développé. À cause de la concurrence libre et non faussée de toutes les jeunes femmes pauvres d'Europe, de l'Atlantique à l'Oural en passant par les Balkans. Sans oublier celle des jeunes hommes qui, en plus de l'exotisme, avaient le charme de l'interdit et de la nouveauté.

Oh, ce n'était pas que son travail précédent était agréable. Il lui cassait les reins autant que les exigences de ses clients actuels. Mais enfin, il était propre. Presque propre. Car dans les plantations les contremaîtres profitaient des filles fragiles pour en faire des esclaves sexuelles. Svoboda avait tenté d'en parler à la direction, on lui avait répondu qu'elle ferait mieux de s'occuper de ses fesses. Sinon, la porte !

Heureusement, un jour une jeune femme avait osé assassiner un contremaître qui voulait abuser de son corps. Elle en avait eu le courage ! On ne l'avait jamais retrouvée, et maintenant les petits chefs avaient peur, ils se tenaient tranquilles. Les fraises n'étaient plus écrasées, elles ne pleuraient plus des larmes de sang.

Nirao, silencieux depuis un long moment, avait déjà compris. Il posa néanmoins la question, pour confirmer la réponse. Svoboda avait été cueilleuse de fraises en Celti-Bétique.

Elle avait sympathisé avec Acalcuta, qui lui avait confié qu'elle allait débarrasser la plantation d'un tyran : si on lui résistait, il violait.

— Elle avait un sacré courage, insista la jeune Roumaine avec exaltation. En fait j'ai compris quand elle m'a dit qu'elle avait été formée par une amie d'origine sioux. Comme Svoboda s'inquiétait, Alcalcuta lui avait indiqué qu'elle gagnerait l'île de Cyprus, en Méditerranée orientale, où elle avait un contact grâce à une fille de la plantation.

Nirao proposa alors à Svoboda d'aller finir la nuit à l'hôtel. Pour se reposer des émotions qu'elle venait de lui donner et parce qu'il tombait de sommeil. Svoboda, ravie de dormir une nuit tranquille, se jeta à son cou pour l'embrasser. Ce qui signifiait qu'elle acceptait avec plaisir. Le récit de Nirao fut interrompu par l'arrivée bruyante de José. L'ingénieur agronome était impatient de raconter à Nyse comment le destin s'était mis à table par une étrange nuit dans l'auberge espagnole. Devant son énergie bouillonnante, on laissa parler ce moderne Don Quichotte.

Lors du repas de l'avant-veille au soir, son intervention sur les dangers que courait aujourd'hui l'alimentation mondiale avait enflammé l'ambiance, d'abord austère, de la soirée. Que les aliments industriels fassent le tour du monde avant d'arriver dans les assiettes, pas la peine d'en faire un plat, c'était archi-connu. Mais José rappela que le dernier scandale révélé d'abord en France puis en Europe allait beaucoup plus loin : on avait déguisé du cheval en bœuf au motif qu'il s'agissait de viande hachée, peu identifiable. La duperie consistait à enlever le morceau au prix le plus bas possible grâce à un parcours au terme duquel apparaissait un produit appelé « minerai », c'est dire si on est loin de la *vivanda*, « ce qui sert à la vie » d'où le mot viande, s'était indigné José. Ainsi, une usine luxembourgeoise située en France achetait à un trader chypriote de la viande compactée acquise auprès d'un trader hollandais qui s'était fourni en Roumanie. Un pays qui coiffait tous les autres au poteau en misant sur la viande de cheval. Mais toute la chaîne d'approvisionnement mangeait au râtelier.

— Et ce n'est que le sommet émergé de l'iceberg, en fait toute la planète bouffe aujourd'hui la même merde industrielle ! s'était exclamé l'ingénieur agronome très remonté. Aux États-Unis, l'espérance de vie régresse à cause de générations d'obèses et il ne suffira pas de les mettre au sport pour les guérir. C'est bien plus grave que le manque d'exercice. Et c'est pareil dans tous les pays riches : les pauvres sont gros parce qu'ils n'ont pas les moyens d'être minces, et leurs enfants y sont condamnés dès la naissance.

Il se félicita toutefois que ce scandale ait révélé aux adeptes des plats cuisinés qu'ils mangeaient du minerai de viande, c'est-à-dire un magma de déchets dont on n'osait pas autrefois faire du pâté pour chat. José avait ricané que cette économie de marché-là, c'est l'art d'accommoder les restes. Inquiets, les convives avaient interrogé l'hôtesse, qui leur avait assuré que tout ce qu'elle servait venait de son potager biologique, et de coopératives locales pour la viande, les laitages, les céréales et les boissons.

Rappelant que l'Europe avait déjà connu une fraude à la TVA et une autre sur les quotas de Co_2 ou « droits à polluer », José avait martelé que la sophistication des systèmes était un véritable pousse-au-crime. Les circuits alimentaires n'étaient plus maîtrisables : outre l'impossibilité technique de tracer la multiplicité de leurs ingrédients, leur complexité rendaient ruineux les innombrables contrôles auxquels il aurait fallu procéder. De surcroît, les effectifs de la répression des fraudes fondaient aussi vite que la banquise, les États étant sommés de faire des économies. Les arnaques fleurissaient donc comme des plantes parasites dopées aux OGM : huile soi-disant vierge coupée à l'huile de vidange, poudre de lait mélangée à un conservateur industriel, viande périmée réemballée pour être remise en rayon...

Mais il y a plus ingénieux encore, s'était exclamé l'ingénieur agronome : l'arnaque légale ! Les produits dénaturés ou artificiels que l'Ordre du marché conquérant, l'OMC, nous impose au nom de la liberté des échanges. Grâce à une législation focalisée sur l'innovation et la baisse des coûts, nous mangeons désormais des pizzas au fromage sans fromage, des sucreries sans sucre, des ersatz de fromage sans lait, du miel sans miel : du 100% chimique !

Après une courte pause pour reprendre son souffle, José avait poursuivi d'une voix plus forte : même quand elle respectait les normes sanitaires, la nourriture industrielle était une monstrueuse aberration !

Les farines animales, s'était-il enflammé, ce sont les porcs et les volailles qui se mangent entre eux, comme si les poules avaient des dents. Il y a vingt-sept ans, à force de bouffer de la viande, les vaches nous avaient envoyé paître. Elles étaient devenues enragées. Enfin, folles. Et aujourd'hui les poissons d'élevage peuvent becqueter ces délicieuses raclures carnées. Ça ressemble à quoi, un poisson fou ? Quand on rajoute les fruits et les légumes insipides de l'agriculture industrielle, il y a de quoi n'avoir plus le goût à rien. La conversation était devenue générale sur la meilleure façon ne se nourrir, ce qui avait permis à un José affamé de faire honneur à la tourte aux épinards et au fromage de brebis au lait non pasteurisé, nappée d'un miel couleur d'or qui lui rappela ses petites ruches sur les toits de Paris.

L'ancien ministre de l'Alimentation néo-ibérique et l'ex-directeur du petit centre culturel songhaï ayant lancé une discussion sur les OGM, José avait failli s'étrangler avec son dernier morceau de fromage pour ajouter son grain de sel, tant le sujet lui tenait à cœur. Le Songhaï y voyait un progrès possible pour une agriculture privée d'eau. Le Néo-Ibère, lui, assurait que l'eau était en train de devenir un problème à cause de l'agriculture intensive, du choix des cultures et du gaspillage (« faire du golf au Maroc ou skier au Qatar, quelle ineptie ! ») et non de l'augmentation de la population ni même du réchauffement climatique.

De tout temps les hommes avaient trouvé les moyens d'utiliser la nature sans lui faire violence, avait-il expliqué avec passion. Mais cette harmonie avait été rompue. Le coup de grâce, insistait-il, ce sont les OGM. Ces plantes maudites avaient ruiné l'économie de son pays et la santé de ses concitoyens qui n'étaient pas devenus obèses pour donner raison aux détracteurs de la firme Satanas.

— Il faut bien comprendre que les OGM ne sont pas uniquement des plantes, avait-il martelé : c'est un système économique ! Chaque année vous devez racheter vos graines à Satanas ou à ses congénères. Satanas prospère et vous, vous dépérissez.

— Je confirme ce constat, était intervenu l'ex-président de l'Association pour la protection du patrimoine de l'Union marathe : beaucoup de nos paysans, à qui on avait promis des rendements mirifiques, se sont endettés pour payer leurs semences à Satanas. Les rendements ont chuté et des paysans se sont suicidés en avalant les pesticides avec lesquels ils assassinaient leur terre.

— Je sais que le Kenya a interdit l'importation d'OGM, intervint le Songhaï. Mais la pression de Satanas est énorme sur notre continent.

— Il faut démonter le système ! clama José. On dit que l'innovation technologique est l'avenir de notre civilisation mondiale. C'est faux ! Dans le domaine qui est le mien, celui de l'agroalimentaire, la techno-industrie est en train de nous tuer !

— Les peuples du Grand Nord ont les mêmes problèmes que les Néo-Ibères, intervint l'ex-responsable suprême de l'expansion culturelle en Sibérie : ils deviennent obèses. L'importation de nourriture industrielle à bas prix a ruiné l'alimentation traditionnelle. D'autant plus que le phoque se fait rare, avec le réchauffement climatique.

— Il n'est pas question de revenir à l'âge du harpon, précisa José. Mais déjà, bouter les multinationales de l'alimentation au rabais hors de notre vie, ainsi que Satanas et ses sbires, ce sera une sacrée victoire !

L'ancien conservateur des antiquités mésopotamiennes qui opinait depuis un moment demanda la parole.

— Il vous paraîtra peut-être étrange qu'un spécialiste des cultures anciennes comme moi intervienne dans un débat sur l'alimentation mondiale. Mais si la guerre a ravagé notre pays c'est à cause du pétrole, on l'a beaucoup dit. Pétrole qui permet de fabriquer les engrais et les pesticides, et qui entre ainsi dans la chaîne alimentaire. La guerre a affamé et désespéré mon peuple qui s'est alors jeté dans les bras des fous de Dieu. Le Moyen-Orient est une poudrière à cause d'enjeux géostratégiques qui sont aussi des enjeux alimentaires !

— Ce qui est aussi le cas du Maghreb, appuya l'ex-dirigeant de l'Union des exploitants de salles de cinéma en terre des Barbaresques. Depuis l'indépendance, nos gouvernements successifs ont refusé de s'attaquer la question agricole. Nous achetons à l'étranger presque tout ce que nous mangeons, les revenus de notre pétrole servent à payer les multinationales de l'agroalimentaire alors que nous avons des terres fertiles.

Quand nous n'aurons plus de pétrole, j'imagine très bien ce qui risque d'arriver. Les riches vivront, comme partout, dans des immeubles sécurisés avec des vigiles armés et des caméras de surveillance. Et les pauvres iront prier à la mosquée avant ou après avoir reçu leur nourriture des mains des Fous de Dieu qui leur imposeront leur loi. Ces effets dévastateurs sont déjà visibles. Il est plus que temps de passer de la mobilisation à l'offensive !

En entendant ces analyses convergentes, José buvait du petit lait. Enfin réconcilié avec l'humanité et sa capacité à trouver des solutions dans des situations inextricables, il osa faire un sourire enjôleur à la serveuse qui lui semblait bien disposée à son égard. Attitude qu'il n'avait pas eue depuis longtemps malgré ses discours animés avec Nyse sur le sexe et son comportement macho. Comme si son corps s'était réveillé. Pour fêter l'événement, il offrit une tournée de « Sangre de toro », un vin rouge épais et tonique que les convives avaient apprécié.

Le Mésopotamien et le Songhaï trempèrent leurs lèvres dans leur verre de façon symbolique pour participer mais trinquèrent au thé vert. Le Russe chauffa l'ambiance en chantant d'une belle voix de basse « Les Partisans », un chant de l'Armée rouge connu dans le monde entier. Attirés par le bruit de la fête, les voisins débarquèrent avec guitares, oud et derbouka, et même un violon. Les clients, incapables de fermer l'œil, apprirent que l'hôtesse ne leur facturerait pas la nuitée transformée en fiesta improvisée.

Seul Nyse, assommé par le philtre de Nirao, dormait à poings fermés, indifférent à la marche du monde.

XIX. OÙ JOSÉ EXPLIQUA L'ENCHAÎNEMENT DES EFFETS ET DES CAUSES

Au petit jour, José, tellement surexcité que le vin ne lui faisait aucun effet, était passé dans la chambre de Nyse lui apporter du pain et du fromage puisqu'il n'avait pas dîné. Le voyant profondément endormi, il avait gagné sa chambre pour sombrer dans les bras de Morphée, ceux de la serveuse étant sans doute occupés ailleurs. Vers deux heures de l'après-midi, poursuivi par une légère gueule de bois, constatant que Nyse dormait toujours, il avait fini par s'inquiéter. Il était encore au chevet du dormeur quand Nirao était entré.

Ils s'étaient présentés rapidement et l'Indien, vérifiant le cœur et la respiration de Nyse, avait jugé que tout allait pour le mieux dans le meilleur des mondes où l'esprit apaisé de Nyse voguait en ce moment : ni rêve, ni cauchemar, il ne s'y passait strictement rien. Un repos absolu qui lui remettrait les idées en place même si, à la réflexion, la dose était un peu forte.

Apprenant le détail des conversations du repas de la veille, car José était un incorrigible bavard, Nirao lui proposa de le retrouver en fin d'après-midi, au bord de la mer. Il avait quelques conseils à lui demander. Puis il s'éclipsa pour aller retrouver Svoboda dont la douceur et la gentillesse touchaient en lui une fibre qui n'avait pas vibré jusqu'alors. Après un copieux quoique tardif repas, José s'inquiéta de son avenir immédiat. L'argent filait vite même si l'or de Nyse semblait inépuisable. Il fallait, selon les calculs de José, remettre la main à la poche. Ce qui signifiait trouver un changeur clandestin, profession qui connaissait une réelle explosion sur la planète entière. L'appauvrissement des uns et l'enrichissement des autres généraient en effet une économie souterraine : de survie, mafieuse, ou carrément criminelle. Un phénomène qui n'avait jamais connu une telle ampleur. Dopée par la sophistication des technologies financières (pour les fraudeurs riches), par l'afflux de populations dans les mégapoles (pour les fraudeurs miséreux) et par la mondialisation des échanges (pour la criminalité organisée), cette zone grise voire noire de l'économie se développait désormais au nez et à la barbe des gouvernements de tous bords.

Aidé par sa bonne connaissance de l'espagnol, José dénicha dans une ruelle étroite un changeur clandestin dont l'officine valait le détour. Guidé par une personne de confiance, on y accédait par l'arrière-salle d'un café populaire dont une issue cachée dans une armoire donnait sur une cave transformée en caverne d'Ali Baba. Le changeur faisait visiter le lieu comme un guide culturel présentant le musée du Prado. Il est vrai que la cave avait beaucoup servi, au sens noble et même guerrier du terme.

José apprit ainsi que l'année 1492 vit les rois catholiques, Isabelle de Castille et Ferdinand d'Aragon, décrocher le jackpot. La reddition de Grenade en janvier et l'expulsion des juifs d'Espagne en mars avaient fait tomber merveilles architecturales, jardins, or, bijoux et œuvres d'art dans l'escarcelle royale. Un butin digne d'un triomphe romain auprès duquel le départ de Christophe Colomb sur la route des Indes au mois d'août était passé quasiment inaperçu.

Parmi les Espagnols, qui subissaient l'Inquisition depuis quatorze ans, certains entraient alors en résistance. Cette année-là, la porte de cette ancienne cave à vin avait été murée et une issue secrète ouverte par son gentil (non juif) propriétaire pour y cacher ses voisins. Très vite, ils y avaient été rejoints par d'autres juifs qui avaient traversé l'Espagne entière sur les routes d'un exode qui les mènerait à Venise et au premier ghetto. Ils n'y furent pas seuls. Outre des juifs et des chrétiens poursuivis par le grand inquisiteur Torquemada et ses sadiques successeurs, la cave accueillit des musulmans en attente d'embarquement pour la côte des Barbaresques. Chaque vague de proscrits avait laissé son empreinte, sous la forme d'inscriptions gravées dans le mur ou même d'objets sacrés ou profanes : chandeliers à sept, huit ou neuf branches, Bibles écrites en catalan ou en castillan, Corans calligraphiés, bijoux de forme caractéristique (étoiles à cinq, six ou huit branches, croix celtique, croix ansée, croix du Sud, mains de Fatima...) jusqu'aux vieux fusils et aux tracts clandestins des Républicains espagnols pourchassés par le franquisme et aux stocks de matériels chirurgicaux pour avortements prohibés par l'Opus Dei.

Sur cette terre si disputée, voici donc ce que fut la mondialisation en marche, se dit José, ému. Il lui vint à l'idée que les tumultes similaires de notre époque accompagnaient l'aboutissement du processus. Impressionné, il avait promis à son guide de le rappeler le lendemain pour une opération de change sur de la poudre d'or. Ce qui lui avait valu les félicitations du changeur qui voyait en lui un chercheur d'or pour une fois en veine, ce qui n'était pas très éloigné de la réalité.

— J'aime beaucoup Nyse mais j'ai aussi un devoir envers mon peuple, avait d'emblée déclaré Nirao quand il avait retrouvé José sur un banc du front de mer.

— Hier soir, vous avez parlé des Grands barrages et du problème de l'eau. J'aimerais avoir ton conseil sur cette question.

— L'eau, et encore plus l'énergie, ne sont pas mon domaine, avait prévenu José. Mais hier soir, en discutant avec des spécialistes de disciplines aussi diverses que l'archéologie, l'alimentation ou la culture, nous avons reconnu que tout était intrinsèquement lié.

— Je vois mal quel lien la destruction d'une mosquée songhaï peut avoir avec la construction d'un barrage géant en Amazonie, répliqua Nirao impatient.

— Attends un peu, c'est vrai que ce ne n'est pas simple. Et pas évident. Parce qu'on a l'habitude de fractionner, de compartimenter, donc d'isoler les problèmes pour les résoudre un par un. C'est bien quand on étudie par exemple la composition de la feuille de coca et encore ! Mais dans des situations complexes à l'échelle planétaire, c'est une erreur scientifique majeure.

— Tes mots sont compliqués et la chose semble difficile à comprendre, tu peux parler plus simplement ? se plaignit Nirao.

— Je vais essayer. D'abord, pour reprendre ton exemple, on observe que la montée en puissance du fondamentalisme et de l'intégrisme religieux va de pair avec le rétrécissement du rôle des États, qui ne protègent plus. Pour l'individu, c'est une façon de reprendre le pouvoir, de s'affirmer. C'est de cette rébellion que les factions ont toujours tiré leur pouvoir. Dans une communauté on existe, on s'entraide, on se défend contre le monde extérieur. Car plus le monde s'élargit, plus il devient hostile. Et même agressif : les deux guerres du Golfe étaient des guerres pour le pétrole, ce n'est qu'un exemple parmi d'autres. Parce que nous sommes une civilisation du pétrole : pour les transports, le chauffage, l'éclairage, mais aussi l'agriculture avec les engrais et les pesticides, ou encore les plastiques des robots ménagers, du mobilier ou des emballages, même les vêtements...

— C'est effrayant, s'exclama Nirao, nous sommes cernés par le pétrole ?

— Tu as tout compris ! C'est pourquoi nous devons lui trouver des remplaçants. Et je ne parle pas du gaz ou du pétrole de schiste dont l'extraction est un véritable danger pour le sous-sol et les nappes phréatiques. Je parle bien sûr des énergies renouvelables. Il y en a un certain nombre : le vent, le soleil, la géothermie, l'énergie marémotrice, la biomasse, mais la mode actuelle, ce sont les barrages géants.

— Ça, je connais, interrompit Nirao. Depuis longtemps on veut en construire un chez nous, qui noierait des centaines de villages.

— Il y a déjà le barrage des Trois-Gorges, en Chine, d'autres sont en construction en Afrique et en Inde...

— Je sais aussi, nous sommes en contact avec les populations qui n'en veulent pas.

Le problème, c'est que l'abandon de ces mammouths technologiques implique des choix de société, soupira José d'un ton désabusé. Le retour à une agriculture non chimique et de proximité, une recherche scientifique fondée sur une coopération avec la nature et non sur sa domination, le démantèlement progressif des villes géantes, les mégapoles, qui exigent d'énormes infrastructures de transport et d'assainissement...

Mais ces barrages monstrueux, le coupa Nirao qui voulait revenir à son sujet, comment les combattre ? Beaucoup de gens sont avec nous mais le gouvernement semble ne rien entendre.

— Vous avez déjà obtenu un moratoire, vous gagnez du temps, c'est une première étape. Ensuite, l'Histoire ne dévie de sa trajectoire qu'à la suite de conflits et de chocs...

— Tu parles de quoi ? D'un accident ? Comme celui de Fukushima pour les centrales nucléaires ? s'inquiéta Nirao.

— Du temps du choc des civilisations, c'était le vainqueur qui imposait sa manière de voir, expliqua José en baissant la voix car deux policiers espagnols passaient devant leur banc. Les

Romains ont ainsi dominé les Égyptiens et les Grecs, les musulmans ont exporté leur culture en Afrique et jusqu'en Inde avec l'empire moghol, les Espagnols et les Occidentaux ont détruit les empires d'Amérique du Sud et les tribus indiennes du Nord. Mais l'expansion globale, cette mondialisation qui a commencé en 1840 avec la révolution industrielle, est achevée. Aujourd'hui il n'y a plus qu'une seule civilisation : technologique, industrielle et fondée sur des échanges planétaires de marchandises standardisées. Certaines cultures subsistent, comme la tienne au Brésil, mais vous êtes des survivants.

Une odeur pestilentielle interrompit leur conversation. Dans un cercle vide de passants qui faisaient un détour en se bouchant le nez, un homme hirsute couvert de haillons, au pantalon maculé de larges taches douteuses, les pieds nus dans des savates informes, avançait en titubant dans une forte odeur de crasse, d'excréments et d'alcool. De temps en temps, il tendait la main en ricanant, sachant que personne ne s'approcherait pour lui faire l'aumône. José se recula sur le banc d'un air dégoûté. Mais Nirao s'avança vers l'épave humaine et mit quelques pièces dans sa main tremblante. Toujours ricanant stupidement, le spectre poursuivit son chemin, laissant derrière lui une odeur de fumier.

— Je te conseille d'aller prendre un bain, souffla José à Nirao. D'abord, tu pues toi aussi. Et puis les poux ça saute ! Nirao regardait la scène qui se répétait tout au long de la jetée. Les gens qui s'écartaient, les femmes choquées, les hommes méprisants, les enfants apeurés puis méchants.

— Tu dis que nous vivons dans une seule civilisation, murmura t-il, révolté. Cet homme est lui aussi le produit de cette civilisation. Comment est-ce possible ?

— Parce que nous sommes dans un système de gagnants et de perdants. Les gagnants ont tout, les perdants n'ont rien. On pense que n'ayant rien, ils se décarcasseront pour avoir quelque chose. Ce qu'ils feront, bien sûr, mais sans aucun succès, sauf de rares exceptions. Car la richesse des uns dépend de la misère des autres.

Non que les riches soient méchants. Simplement ils ne veulent plus payer pour que les pauvres sortent de la pauvreté comme c'était le cas autrefois. Les impôts, ça leur semble injuste. Ils veulent aussi baisser les salaires en mettant les gens en concurrence sur la planète entière. C'est logique et efficace : le système fabrique de la pauvreté aussi mécaniquement que l'activité industrielle accélère le changement climatique ! De nos jours, on peut dire qu'il faut beaucoup de pauvres pour faire un riche, et que la quasi-totalité des pauvres a toutes les chances de le rester. Le problème, c'est que c'est source d'insécurité. On tue pour quelques euros dans la caisse d'un boutiquier ou pour voler le sac d'une vieille dame qui s'accroche à son bien.

— Ce comportement a toujours existé, interrompit Nirao. Désirer ce qu'on n'a pas, c'est dans la nature humaine.

— Je conteste l'idée de nature humaine mais admettons, continua José dont la voix tremblait de rage contenue. Le fait est que richesse et pauvreté sont devenues indécentes car on voit bien qu'elles progressent ensemble et cette injustice ne se tolère plus ! Quand on a connu quarante ans de progrès social comme dans l'Europe de l'après-guerre, on ne peut pas accepter le retour des soupes populaires, des gueux qui survivent dans la rue, et de la précarité pour ses enfants. Le système est nu. Les perdants ont compris qu'ils ne pourront jamais devenir des gagnants. Les gagnants de leur côté se sentent encerclés. Bientôt ils ne se déplaceront plus à pied ni dans les transports en commun de peur qu'on leur vole leur Rolex ou leur iPod 4G, ou qu'on les enlève pour en tirer une rançon. Je ne vais pas les plaindre, je sais qu'ils s'adaptent déjà. Non, je viens de te dire que le vrai problème, c'est qu'on commence à s'attaquer aux pauvres... Puisque les riches se protègent, il ne reste plus aux pauvres qu'à s'en prendre à d'autres pauvres pour avoir un peu plus.

— Mais alors, les gens comme moi, qu'est-ce qu'on va devenir ? demanda Nirao en reniflant sa main qui avait touché celle du misérable : effectivement, elle sentait mauvais.

— Cela peut être le début de l'Histoire, de la grande Histoire, s'exclama José. Quand on a la force du nombre, il ne reste qu'à s'organiser. Se levant du banc, il se mit à marcher de long en large en faisant de grands gestes pour ponctuer sa démonstration.

— Beaucoup de mouvements sont en cours. Regarde : le tien contre les barrages géants de par de monde, d'autres contre les Fous de Dieu qui veulent revenir à une société qui n'a jamais existé ; d'autres encore contre l'anéantissement de la nature remplacée par un environnement technologique ; d'autres enfin contre ce monde fini, globalisé, qui fait naître par réaction des replis identitaires exigeant la mort de l'autre. Le vivant, c'est comme l'eau, impossible d'arrêter son cours. Ça passe par-dessus, par-dessous, une simple goutte d'eau fend la pierre la plus dure à force de taper au même endroit. L'eau qui coule, l'eau vive, c'est l'origine de la vie et le symbole même de la liberté !

Enchanté de sa tirade, José saisit brusquement les épaules de Nirao qui commençait à somnoler. L'Indien allait lui sauter à la gorge quand il reprit ses esprits.

— Désolé, je crois que j'ai raté la fin de l'Histoire, grommela t-il penaud.

— Tu as surtout raté un raisonnement qui pourrait te servir, rétorqua José, profondément vexé.

— Oh moi, pour le raisonnement je ne suis pas très doué, je préfère l'action, bâilla Nirao en s'étirant. Tu m'expliqueras mieux la prochaine fois.

José ronchonna qu'il n'était pas sûr qu'il y ait une prochaine fois. Nirao sentit qu'il l'avait blessé. Bondissant sur ses pieds, il lui saisit la tête et l'embrassa bruyamment sur le front. José se recula outré tandis que l'Indien éclatait d'un rire clair. Apportée par un vent de terre, une odeur de chèvrefeuille évacua jusqu'au souvenir du passage du mort vivant.

Nirao sentit son imagination s'envoler. Le parfum léger mais enivrant lui fit penser à la peau de Svoboda, si douce à certains endroits, à son sourire un peu triste mais si tendre, et à ses yeux gris-bleu qui brillaient dans le plaisir. Il se souvint alors d'un instant très fort après l'amour, quand elle lui avait murmuré :

— Svoboda, c'est « liberté », en russe.

XX. CE QUE GISQUETTE OSA DIRE DES RICHES, DES PAUVRES ET DE L'ÉCONOMIE EN GÉNÉRAL

— C'est à cette heure-là que tu rentres ?

La colère de Nyse, qu'il n'avait jamais vu dans cet état, laissa José pantois. Marchant de long en large dans la chambre, Nyse vociférait :

— Il est cinq heures de l'après-midi, depuis deux jours je n'ai mangé qu'un morceau de fromage rance et du pain rassis, je n'ai pas un sou sur moi et je dois retrouver Acalcuta qui m'attend quelque part depuis des lustres ! Ça te va comme explication ?

— Je vois surtout que c'est l'heure du biberon. Allez, viens, on va se taper des tapas, répondit José, avec un calme serein qui l'étonna.

Attablé devant une montagne de petites assiettes, bols, ramequins, remplis de nourritures bigarrées et odorantes, Nyse dévorait à belles dents sans prononcer un seul mot. Non par bouderie mais par le plaisir animal de satisfaire son estomac. José, qui picorait de-ci de-là, sirotait un verre de « vino verde », un poétique blanc sec du Portugal. L'angoisse lui coupait l'appétit. Et il se demandait justement comment cracher le morceau : avouer qu'il n'y avait plus d'argent.

Bien qu'ayant traversé des aventures extraordinaires, Nyse conservait pour les questions pratiques une indifférence qui avait quelque chose de déroutant. Il se comportait comme une sorte de Peter Pan qui dissimulait le halo doré de la fée Clochette. Un halo qu'il allait falloir transformer en euros pour continuer à avancer dans la vraie vie. Nyse avait en effet remis son invraisemblable veste cousue de poches intérieures qui lui procurait une impression de sécurité. Il ne restait plus qu'à lui rappeler que l'argent ne vient pas tout seul, et qu'il fallait d'urgence aller le chercher car il y avait à peine de quoi payer son en-cas pantagruélique.

— Tiens, monsieur Nyse, encore le hasard ! Comment avez-vous trouvé notre spectacle chez Don Luis ? Vêtue cette fois de rouge et de noir, à la gitane, Gisquette penchait vers Nyse un décolleté vertigineux, Tahar toujours dans son ombre.

— J'ai bien peur de ne pas l'avoir vu, s'excusa Nyse, incapable de mentir à quelqu'un qui lui était sympathique.

— Oh, comme c'est dommage ! s'écria Gisquette déçue. Tahar s'est surpassé et nous avons eu quatre rappels, expliqua-t-elle avec excitation. Don Luis Bocoudeuro nous a même fait donner un cachet plus important tant il avait aimé.

José songea qu'en matière d'amour, il valait mieux taire ce qu'il pensait de Don Luis dont la perversité n'était certainement pas que financière. De toute façon, Gisquette n'arrêtait pas de jacasser.

— En plus, notre carnet de commandes est plein : tous les richards veulent nous voir jouer chez eux, nous sommes désormais à la mode. Notre spectacle est déjà sur Internet, on nous propose de jouer dans une salle à Madrid... Vous vous rendez compte ? Je crois que vous nous avez porté chance.

Invités à partager les tapas restants, Gisquette et Tahar déclinèrent l'invitation. Ils étaient attendus chez un armateur grec qui donnait une fête de charité au bénéfice des enfants de l'île d'Angle privés de cantines scolaires devenues hors de prix à cause de leur privatisation.

José avait aussitôt demandé pourquoi l'armateur grec ne donnait pas cette fête de charité pour les petits Grecs qui étaient eux aussi soumis au régime jockey et depuis plus longtemps encore. Gisquette avait répondu qu'elle l'ignorait mais que c'était peut-être pour faire preuve de solidarité européenne.

Quoi qu'il en soit, avait-elle enchaîné avec volubilité, on espérait que les fonds récoltés permettraient aux petits pauvres de manger une fois par jour quatre jours par semaine pendant au moins six mois. L'armateur aurait sa photo dans les journaux. Le ministre de l'Optimisation financière anglien parlait déjà de lui dérouler le tapis rouge s'il demandait la nationalité anglienne le jour où le gouvernement grec soumettrait les armateurs grecs à l'impôt commun, une absurdité qui empêcherait les pauvres de bénéficier de la générosité des riches. Le ministre des Cultes anglien avait surenchéri en précisant qu'il agirait de même pour les hauts dignitaires de l'Église orthodoxe hellène s'ils étaient confrontés à la même injustice. Gisquette qui adorait faire des commentaires s'était indignée que les hommes politiques se comportent en marchands de tapis.

Pour elle, l'île d'Angle avait des idées trop biscornues. Il y avait assez d'étrangers venus d'ailleurs qui échouaient sur les côtes européennes. Et à qui on retirait plutôt le tapis sous les pieds afin qu'ils restent bien dans le froid et l'humidité, ventousés au sol. Oh, bien sûr, ceux-là n'avaient pas le sou. Mais les riches ne devaient-ils pas donner l'exemple, comme disait toujours monsieur le curé sur Alligator ? Si les riches changeaient de pays comme de chemise, comment allait-on expulser les pauvres qui avaient fait pareil pour en avoir une, de chemise ? Mais elle causait, elle causait... pas question d'arriver en retard quand la gloire vous attend, s'écria-t-elle joyeusement en courant pour rejoindre Tahar que la conversation assommait.

— À propos d'argent, il va falloir qu'on en parle... commença José. Mais Nyse regardait ailleurs. Un bel Indien à la longue chevelure noire lui faisait de grands signes, auxquels il répondit avec ardeur.

— Ils n'ont plus aucune pudeur, maintenant, murmura une grosse dame à son mari qui observait lui aussi la scène d'un air désapprobateur. Mais José intercepta dans son regard une lueur ambiguë qui le fit sourire intérieurement. S'asseyant sans y avoir été invité, Nirao commanda aussitôt une « cerveza ». Ce qui donna des sueurs froides à José qui se demandait comment payer.

— Je sais où est Acalcuta, balança Nirao. Il faudra juste aller la chercher.

XXI. LES SECRETS MAL FAMÉS DE L'ÎLE DE CYPRUS

Sentant son cœur bondir dans sa poitrine, Nyse pâlit comme un mort. José commanda immédiatement une autre « cerveza » pour le requinquer tout en se maudissant de cette réaction. Sans prêter attention à la bière, Nyse but un demi-verre cul sec et reprit quelque couleur. Le souvenir de Canary Wharf avait enfin disparu. Seule comptait Acalcuta et la perspective de lui faire enfin sa demande en mariage.

— Acalcuta est maintenant sur l'île de Cyprus, poursuivit Nirao, quand il vit que Nyse était en état d'écouter. « Dépêchons-nous, alors ! s'exclama Nyse. Je ne voudrais pas la rater encore, j'en ai plus qu'assez des contretemps.

— L'oiseau ne risque pas de s'envoler, indiqua nonchalamment l'Indien, en faisant signe au serveur de renouveler sa consommation. Elle travaille dans un hôtel et le patron lui a confisqué son passeport.

Un chanteur de rue vint pousser la chansonnette d'une voix tonitruante, ce qui empêcha Nirao de donner des explications. Vêtu de vêtements flottants (il avait dû maigrir vite) mais propres, l'homme chantait faux et d'un ton agressif. Les consommateurs des tables les plus proches lui jetèrent quelques pièces pour s'en débarrasser. Il les ramassa rageusement, une par une, jusque sous les pieds d'une jeune femme où l'une d'elles avait glissé. En se redressant de toute sa hauteur, il lui lança un regard de haine tandis que la jeune femme, rouge de confusion, baissait la tête.

— Cet homme ne chantait pas, commenta José, il hurlait sa révolte. Il avait sans nul doute un métier et le voilà obligé de ramasser des pièces à quatre pattes ! À sa place, je tuerais pour moins que ça.

— On va arrêter enfin d'en reparler ? se fâcha Nyse. Je me suis expliqué là-dessus une fois pour toutes, j'en ai marre des allusions blessantes ! Nirao perdit patience et le rabroua :

— Si tu te regardais un peu moins le nombril, tu verrais que José ne parlait pas de toi ! Arrête de râler et écoute-moi. Et il apprit à Nyse jusqu'où pouvait aller le commerce global livré à la cupidité humaine.

Ayant laissé Svoboda se reposer dans un bain frais, Nirao était ressorti dans la chaleur de l'après-midi pour se connecter avec les Kayapos, à l'heure dite, au cybercafé du coin de la rue. Sur la messagerie dédiée il avait appris que la délégation kayapo en Inde avait obtenu un rendez-vous avec un adjoint du sous-secrétaire du département annexe du sous-ministère de l'Énergie responsable des projets de barrages géants. Ses compatriotes comptaient demander à cette occasion comment avaient été réalisées les études d'impact sur les populations et l'environnement, et quelles suites leur étaient données. Mais pour l'autre délégation kayapo, l'Afrique restait un continent noir.

À Coréhakry, la capitale du Gandawi, la Communauté pour la révolution africaine de l'investissement transnational (CRAINT) qui était à la source de cette idée de barrages géants sur les grands fleuves d'Afrique, était pour l'instant incapable de leur trouver un interlocuteur. Toutes ses équipes travaillaient en apnée (sans relâche) pour la préparation du prochain Sommet de la Terre dans trois ans à Rio. Les Kayapos s'armaient donc de patience et en profitaient pour s'informer auprès des habitants des bidonvilles qui arrivaient chaque jour des pays avoisinants. Les plus récents venaient d'être expulsés de leurs villages à cause des barrages. Les Kayapos en concluaient que les travaux étaient imminents. Un dernier courriel annonçant l'arrivée d'ingénieurs et d'ouvriers chinois révélait leurs inquiétudes. Enfin la délégation signalait qu'une manifestation d'opposants aux barrages géants venus de tous les pays d'Afrique concernés et de sympathisants à leur cause était en train de s'organiser pour se rendre au Sommet de la Terre à Rio.

Un peu démoralisé, Nirao surfa sur Internet pour récupérer des informations sur l'île de Cyprus afin de retrouver Acalcuta et de se changer les idées. Il connaissait juste le nom du palace où elle avait dû se rendre, « L'Athénée », situé au nord de l'île. Ce qui en l'occurrence, avait une importance capitale.

Il apprit en effet que Cyprus, la plus grande île de la Méditerranée, dont la population était d'origine achéenne et phénicienne, les ennemis légendaires de la guerre de Troie, avait été occupée au nord par l'armée de l'État de Phénicie. Les Cyprusiens achéens qui vivaient au nord avaient abandonné leurs biens pour se réfugier au sud. Et les Cyprusiens phéniciens qui vivaient depuis toujours au sud avaient été expulsés en représailles et pour accueillir les réfugiés achéens du nord.

Depuis près de quarante ans, l'île était coupée en deux par une ligne de démarcation gardée par des casques bleus de l'ONU.

Si les Cyprusiens achéens pouvaient se rendre au nord sans trop de difficultés, les Cyprusiens phéniciens devaient passer par la Phénicie pour se rendre au sud de l'île où certains avaient de la famille car les mariages entre Achéens et Phéniciens n'avaient pas été rares. Ce qui n'était plus le cas aujourd'hui. Cette situation ubuesque ne lui parut pas de bon augure.

Nirao apprit aussi que le palace achéen « L'Athénée », situé en zone phénicienne, avait été racheté par un milliardaire phénicien qui l'avait rebaptisé « Le Harem », signe certain d'un changement de clientèle. Il devait contacter Acalcuta pour savoir ce qui se passait. Quand il rentra à son hôtel en nage et d'assez mauvaise humeur, Svoboda, toute fraîche, s'employa à le relaxer. Nirao était en train de sombrer dans une voluptueuse torpeur quand la nouvelle qu'elle lui apprit le fit bondir. Belle avait téléphoné à Svoboda ici, à Barcelone !

La jeune femme en avait trop vu pour s'étonner. Pour elle, l'histoire était fort simple. Elle la raconta fort simplement.

— Belle s'était décidée, après beaucoup d'hésitations m'a-t-elle dit, à contacter la personne qui devait accueillir Acalcuta à Barcelone, grâce à leurs hôtes de Rio. L'Espagnole, elle s'appelait Juanita je crois, lui avait indiqué que le dernier domicile connu d'Acalcuta était dans l'île de Cyprus. Un hôtel appelé « L'Atelier » ou quelque chose comme ça. Quelque temps après son arrivée là-bas, Acalcuta avait téléphoné à Juanita pour lui donner le numéro de portable d'une Phénicienne, Yldiz, avec qui elle avait sympathisé dans les plantations de fraises espagnoles.

Elle a ajouté, pour justifier sa démarche, qu'elle entreprenait de créer un réseau international autour des Journées miraculeuses de la jeunesse. Quelle imagination ! Connaissant sa situation, j'ai tout de suite vu qu'elle avait semé des cailloux pour qu'on sache où elle était. Elle devait avoir un pressentiment. Toujours est-il que Juanita a donné à Belle le contact de Yldiz, c'est génial, non ?

À ce moment du récit, Nirao commençait à éprouver un sérieux mal de tête. Il se massa ostensiblement les tempes en espérant que la moderne Shéhérazade s'interromprait pour lui demander ce qu'il avait mais Svoboda l'ignora. Passionnée par son histoire, elle se mit même à parler de plus en plus vite.

— De mon côté, j'avais promis à Yildiz de lui envoyer mes coordonnées à Barcelone. Au cas où elle aussi chercherait un refuge sûr. Dans les plantations, on a toutes des téléphones portables trafiqués pour ne pas payer les communications. Dès que j'ai eu un domicile fixe, je lui ai envoyé un texto pour qu'elle ait mon numéro de téléphone. Bien sûr, on ne donne jamais nos vrais noms dans ces texto. J'ai signé « Katwouman », parce que c'était le seul film qu'on avait vu toutes les deux et qu'on l'avait beaucoup aimé. Elle m'a répondu tout de suite :

— Les fraises vont bien, je les garde au frais » pour que je comprenne qu'elle avait compris.

Plus tard, c'est Yldiz qui a donné à Belle mon numéro de téléphone. Donc Belle, de Paris, est arrivée sur mon portable par le portable de Yildiz, en Celti-Bétique, grâce à Juanita à qui Acalcuta avait téléphoné. C'est quand même pas difficile à comprendre !

À nouveau en nage, Nirao se laissa tomber sur le lit défait, en se disant que le cerveau féminin se montrait un peu trop à l'aise avec de bien étranges méandres. Il y avait là-dessous une sorcellerie qu'il ne fallait surtout pas interroger.

En finissant le gobelet de café que Nirao avait rapporté du distributeur de l'accueil, Svoboda poursuivit donc avec enthousiasme les aventures d'Acalcuta reconstituées par Belle, sans omettre le moindre détail.

À la plantation, le meurtre du contremaître avait été maquillé en accident pour éviter le scandale et surtout l'enquête sur les pratiques d'esclavage sexuel. Belle l'avait su par Yildiz, dans un second temps. Elle apprit ainsi à Acalcuta pourquoi elle n'avait jamais été inquiétée.

Au téléphone, Acalcuta avait une voix rauque. Belle lui demanda si elle allait bien. Acalcuta répondit que ça irait mieux si elle n'était pas obligée de boire de l'alcool et de fumer, elle avait horreur de ça mais c'était ce que voulaient le patron et les clients. Belle lui demanda alors ce qu'elle faisait comme métier à « L'Athénée », voilà le nom du palace ! Acalcuta lui expliqua que tout avait beaucoup changé et qu'elle allait commencer par le commencement.

À « L'Athénée » elle avait d'abord été recrutée comme femme de ménage. Puis, sachant plusieurs langues et présentant bien, elle était très vite montée en grade : elle était devenue gouvernante. Un travail plaisant, où la clientèle était agréable et raffinée.

Par un nouveau coup du sort, cette existence confortable n'avait duré que quelques mois.

Le propriétaire achéen, un des rares réfractaires à l'exode, étant mort sans héritier, « L'Athénée » avait été vendu à un milliardaire phénicien.

À ce point du récit, Nirao communiqua ce qu'il savait de la situation de l'île. José, toujours content d'enfoncer le clou, l'interrompit pour préciser que l'île de Cyprus constituait une infamie européenne car elle était européenne de droit mais à moitié non européenne de fait. Scandale suprême : sa capitale, Ledrae, était coupée en deux comme autrefois Berlin, par un mur de la honte ! Ce qui n'éveilla aucun écho chez Nyse et Nirao qui n'avaient connu que le Monde libre. Grâce à cette interruption, Nirao se rappela qu'il avait tout noté sur une publicité pour une corrida qu'il retrouva dans son portefeuille. Ce fut donc plus détendu qu'il reprit le fil du récit de Svoboda après le coup de téléphone de Belle.

Le nouveau patron avait visité « L'Athénée » au pas de charge et s'était empressé de l'appeler « Le Harem ». Par manque d'imagination mais surtout pour étoffer son catalogue de voyages organisés au nord de l'île dans les établissements de plaisir : hammams très spéciaux, bars à hôtesses, hôtels transformés en maisons closes... Il y avait aussi des casinos et des tripots : si la chair devenait triste, on pouvait plonger dans le tourbillon du jeu pour retrouver des sensations fortes.

Acalcuta avait rassuré son amie : non, elle ne couchait pas. Son allure un peu hautaine et surtout son âge la vouaient désormais à un rôle de dame de compagnie. Une sorte de geisha occidentale cantonnée à la conversation, ce qui l'arrangeait énormément vu les confidences de ses compagnes sur les perversions et la brutalité des clients. Il semblait que les adeptes de ces voyages classés X étaient des hommes que la frustration avait transformés en obsédés sexuels. Ils venaient de toute la région, jusqu'aux confins de l'ex-empire soviétique. Sans doute pour changer des bordels de l'Asie du sud-est passés de mode.

La première réaction de Belle fut de s'insurger qu'Acalcuta soit considérée comme une vieille femme. Acalcuta lui répliqua que c'était au contraire une bénédiction. Après quelques années d'exercice, certaines gamines arrivées à quinze ans étaient détruites. On les renvoyait alors dans leur foyer avec un petit pécule et on renouvelait le cheptel qui avait en moyenne une vingtaine d'années.

Le culte de la virginité était devenu un secteur lucratif et la défloration d'une vierge, un luxe réservé aux plus riches. Des cliniques de chirurgie esthétique s'étaient même spécialisées en reconstitution d'hymen, une haute couture qui coûtait la peau des fesses, ne put s'empêcher de rire Alcalcuta, clin d'œil à leur conversation au bar d'un autre Palace à propos de l'homme de Rio, le richissime Igor Derivaski. Comme elle toussait à nouveau, Belle exigea de savoir comment elle vivait.

Acalcuta confirma qu'elle passait ses nuits à boire, ce qui la rendait malade à la longue, mais impossible de faire autrement. Elle avait bien tenté de remplacer le whisky par du thé, de couleur identique, car elle avait entendu des voyageurs avertis parler de « thé de contrebande » : du whisky servi dans une théière. Mais aucun serveur n'avait voulu se risquer à ce subterfuge jugé dangereux. Elle ne fumait pas, ou très peu, mais l'ambiance enfumée du bar était recherchée par les consommateurs car elle correspondait à leur idée du vice où ils venaient se vautrer avant de retourner à la pudibonderie imposée par leur société.

Au fil des nuits, le tabac lui massacrait les cordes vocales. Comme elle dormait ensuite une grande partie du jour, elle ne voyait presque jamais le soleil ce qui n'arrangeait ni son moral ni sa santé. Et lui abîmait la peau, dont le grain velouté était devenu granuleux et d'une pâleur maladive. Elle camouflait le tout sous un maquillage de scène qu'une collègue ex-artiste de music-hall lui fournissait.

À l'entendre, le Nord de l'île de Cyprus était devenu un gigantesque lieu de débauche. Les Vénusiens phéniciens eux-mêmes s'insurgeaient contre cette monoculture du sexe destinée à attirer la clientèle étrangère. Certains envisageaient d'émigrer n'importe où sauf en Phénicie dont la soumission rampante à l'obscurantisme religieux les révulsait. Dans le quartier qu'elle habitait, les commerces de proximité : boulangers, bouchers, épiciers... avaient été remplacés par des bars, des hôtels et des boîtes de nuit qu'elle appelait « du sexe en conserve ». Des entreprises fondées sur une recherche et innovation d'un genre spécial et promises à un développement durable.

Car la demande ne cessait de croître et la main d'œuvre, peu coûteuse, était en renouvellement constant. Dans ce carrefour de l'Europe et du Levant, entre la misère économique des femmes et la misère sexuelle des hommes, on pouvait désormais parler d'un équilibre des échanges, comme aurait dit le révérend Euyères à qui elle pensait parfois avec compassion.

Il y avait aussi de la prostitution masculine, essentiellement avec de jeunes garçons, car on disait ici qu'il s'agissait d'une tradition ancestrale. Qui avait d'ailleurs été reprise par les Grecs - la malédiction soit sur eux - mais aussi les Romains, chez qui la pédérastie puis l'homosexualité masculine faisaient partie du *cursus honorum*, de la carrière publique. César lui-même n'était-il pas un exemple historique de cette promotion canapé à l'Antique ? Acalcuta avait appris tout ça sur Internet car apprendre lui procurait toujours du plaisir, et le plaisir était ce qui lui manquait le plus au « Harem ».

Nyse avait jusque là écouté sans mot dire, effaré de ce qu'il découvrait de la situation de sa bien-aimée mais aussi de la réalité du monde tel qu'il va. Jamais les enseignements du révérend Euyères n'avaient laissé imaginer de telles turpitudes.

Pour faire cesser cette description catastrophique, il interpella Nirao :

— Ne m'as-tu pas dit tout à l'heure qu'Acalcuta s'était fait confisquer son passeport ?

— C'est vrai, j'allais oublier. Elle est très appréciée pour son élégance et sa culture. C'est exceptionnel dans cette région du monde. Je veux dire que les femmes, là-bas, quand elles sont éduquées, ne fréquentent pas les mauvais lieux. Acalcuta est une perle rare. Pas question de se la faire voler ou qu'elle se fasse la malle. On lui a donc pris ses papiers, en lui promettant qu'on les lui rendrait un jour, quand elle serait bien vieille, un soir, à la chandelle... ça lui fait très peur. Mais je crois surtout qu'elle est épuisée, qu'elle en a marre de se battre.

— Je dois aller la chercher, s'exclama Nyse. Même si son teint s'est fané, si elle a vieilli, si elle a maintenant les yeux de la tristesse plus que de la mélancolie, je me suis promis que je l'épouserai et je tiendrai cet engagement.

— Il faudra d'abord aller se ravitailler, osa José, taraudé par la nécessité de courir chez le changeur.

— J'ai plus faim, ça me coupe l'appétit, balbutia Nyse en repoussant les assiettes vides.

— Je ne parle pas de ça, tu sais bien, insista José en lui faisant un clin d'œil complice.

— Je n'ai pas non plus l'esprit au batifolage, s'exclama Nyse, le feu aux joues. Ma bien-aimée est prisonnière et tu voudrais que je succombe à une danseuse de french-cancan ?

— D'abord nous ne sommes plus à Paris, ensuite il n'est pas question d'amour mais d'argent, s'agaça José, lassé des lenteurs de l'esprit de Nyse qui avait toujours un avion de retard. Je te signale que je n'ai même pas de quoi payer nos consommations !

— Ne vous en faites pas, je peux payer, intervint Nirao en dégainant une carte de crédit. Mais je veux bien un remboursement quand vous pourrez. Cet argent a été collecté pour défendre la cause kayapo ».

— On s'en voudrait de faire un détournement de fonds publics, bougonna José pour masquer son soulagement.

RIGUEUR
LIBÉRALISM
PROFIT
MARCH
SAINTE-PHYNANCE
ACTIONS
ORDRE UNIVERSEL
ARGENT
BOURSE
CAPITAL
FLUX
ENTABILITÉ
IDENDE
TITRISATION
OFFRE
DEMANDE

XXII. COMMENT UN ÉCONOMISTE DISTINGUÉ ET UN AVOCAT D'AFFAIRES INTERNATIONAL SE RETROUVÈRENT DANS LA MÊME GALÈRE

Confortablement installés dans des transats sur le pont d'un bateau de croisière à destination de l'île de Cyprus, Nyse, José et Nirao réfléchissaient chacun de son côté.

Une grève surprise des pilotes de ligne espagnols les avaient contraints à faire le voyage par la mer. Nyse, qui se souvenait des deux semaines d'attente à Shanghaï, n'avait pas voulu prendre ce risque même si c'était un souvenir agréable. Il était à bout de patience. Malgré ses expériences cruelles en Méditerranée, il s'était lancé dans cette croisière en pensant que c'était peut-être une façon de conjurer le mauvais sort. Sans compter le mandat d'Interpol qui rendait l'avion plus dangereux que le bateau.

Nirao s'en voulait un peu d'aller dans l'île de Cyprus plutôt qu'à Bruxelles où il aurait pu sensibiliser des parlementaires européens aux dangers écologiques, technologiques et climatiques que représentaient les barrages géants. Mais ses aventures avec Nyse en Eldorado avaient noué entre eux des liens indéfectibles. Pour apaiser sa conscience, il comptait mettre à profit les longues journées pour organiser, via Internet, ses multiples contacts. José philosophait sur l'accélération du temps, en se disant que cette crise planétaire était sans doute la dernière puisque le monde était bel et bien fini dans tous les sens du terme. Quant à Nyse, il fixait l'horizon en se rappelant les propos sulfureux de l'économiste distingué dans le salon mondain, à Paris, à propos du « Radeau de la Méduse ». Étrange paradoxe, songeait-il. Pour une fois qu'il naviguait sur une mer étale, le front rafraîchi d'un brise légère, une tasse de thé à portée de la main, voilà qu'il lui venait une image de naufrage ! Alors que lorsqu'il avait réellement fait naufrage, il n'avait aucune idée en tête hormis celle de sauver sa peau. Ce qui, à la réflexion, était extrêmement reposant.

Il en concluait que l'oisiveté est la mère de tous les vices intellectuels et que cette idée de naufrage dont il avait discuté avec José n'était qu'un mirage de l'esprit. Il se prenait même à penser que l'économie Universelle finissait toujours par rétablir une certaine justice puisqu'il était devenu riche, beau, presque célèbre (du moins pour Interpol) et qu'il était en route pour rejoindre l'élue de son cœur.

En tournant la tête pour appeler le serveur, il aperçut au loin, sur le pont, une silhouette efflanquée dont le crâne tonsuré lui rappela quelqu'un. L'homme était en train de vider un seau d'ordures par-dessus bord. Une abominable odeur de poisson agressa Nyse qui s'était levé pour aller regarder l'inconnu de plus près. Pour ramasser quelques déchets rabattus sur le pont par un coup de vent, l'homme se retourna soudain. Malgré les rides creusées par le soleil et les embruns, le pantalon trop large et les pieds nus, Nyse reconnut le révérend Euyères. Il se précipita à sa rencontre. Ce dernier, honteux de son apparence, fit mine de ne pas le reconnaître. Mais Nyse le serra dans ses bras malgré l'odeur. Il se recula aussitôt sur le point de vomir, mais le geste avait été spontané et Euyères en fut ému.

— Comment, vous que j'ai vu lynché sur une plage italienne, vous voilà bien vivant ! s'écria Nyse en résistant à la tentation de se pincer le nez.

— Si vous le voulez bien, mon jeune ami, nous parlerons plus tard, dans un lieu plus tranquille. Sinon je vais me fait battre par le chef cuisinier qui m'attend pour le débarrasser : il a horreur des odeurs de poisson. Venez donc à minuit sur le pont arrière, derrière les cordages. Je vous amènerai une surprise. En regagnant son transat, Nyse se fit jeter par José et Nirao tant la puanteur qu'il dégageait était épouvantable. Mortifié, il partit dans sa cabine prendre une douche et porter son linge à la buanderie, en suscitant sur son passage des commentaires désobligeants. Surtout de la part des dames.

— Vraiment, je n'en crois pas mes yeux ! Est-ce vous aussi, Monsieur l'avocat d'affaires ambitieux, le fameux Triple A, dont j'ai brisé le crâne avec une carafe en cristal dans un palace de Lima, au Pérou ? s'exclama Nyse à voix basse, assis sur les cordages du pont arrière entre Euyères et Triple A.

Euyères qui avait fait toilette ne diffusait plus qu'une légère odeur de marée. Triple A de son côté exhalait un arôme d'ammoniaque et d'œuf pourri, subtiles émanations de latrines. Ce qu'il confirma d'un air hautain en expliquant qu'il avait accepté de nettoyer les toilettes du bord pour payer son transport car on lui avait volé son portefeuille avec toutes ses cartes de crédit.

— Qu'est-ce qu'il a à me tourner autour ? s'exclama l'ancien précepteur en chassant de la main un moucheron qui l'importunait depuis un moment. Il expliqua alors qu'ils s'étaient retrouvés tous les deux à bord du bateau de croisière comme passagers clandestins car aucun n'avait d'argent pour payer la traversée.

Sous la lune blafarde, Euyères et Triple A décrivirent alors comment l'infortune et l'argent avaient ruiné deux carrières prometteuses.

XXIII. GRANDEUR ET DÉCADENCE D'UN ÉCONOMISTE DISTINGUÉ

— Quand les villageois italiens m'ont placé sous le chêne de l'exécution, je n'étais plus dans mon état normal, commença le révérend Euyères à qui les larmes venaient aux yeux à l'évocation de cette scène de crime. Je croyais hurler mais aucun son ne sortait de ma bouche. Je ne voyais plus que des ombres dans un brouillard. J'ai senti qu'on me passait une corde autour du cou...

— Et alors vous êtes mort... acheva Nyse, haletant.

— Mon jeune ami, j'ai peut-être une voix d'outre-tombe mais je suis là et bien là, vous ne sentez pas ? railla le révérend Euyères.

— C'est infect de parler comme ça, intervint Triple A, le nez plongé dans un mouchoir en fil parfumé.

— Inutile de prendre de grands airs, gronda le révérend Euyères. Votre eau de toilette m'indispose au plus haut point.

— Si on revenait à l'Italie, interrompit Nyse en s'agitant pour capter une fragrance de jasmin qui passait par là. Sans doute une élégante, venue admirer les étoiles un peu plus loin.

— On m'a donc passé la corde au cou en Italie, un chantre de la liberté comme moi ! s'exclama le révérend Euyères. Et qui plus est, chevalier de la Sainte-Phynance, un ordre monacal qui réprime le vice et encourage la vertu ! Heureusement, cette mascarade s'est arrêtée là.

— Comment, ce n'était qu'une comédie ? s'exclama Nyse.

— Un drame, vous voulez dire, corrigea le révérend Euyères, offensé. Une tragédie, une horreur digne de l'Enfer de Dante !

— Figurez-vous que ces infâmes personnages sont venus me détacher en me tapant amicalement dans le dos, en m'assurant que tout était fini, que les vidéo étaient bien enregistrées et qu'elles étaient déjà sur Internet. Après quoi, ces horribles créatures m'ont entraîné dans une taverne où j'ai dévoré un poulet entier parce que je mourais de faim. Les émotions, ça creuse.

— Finalement, on vous a bien traité... commenta Nyse que les effluves de jasmin perturbaient de plus en plus car elles se rapprochaient.

— Mais pas du tout ! J'ai été agressé par la populace, injurié, battu, presque crucifié, vous souhaiteriez que je tende l'autre joue ?

— Le fait est que vous êtes vivant, et en bonne santé... insista Nyse qui n'aurait jamais osé contredire son auguste professeur quelques années auparavant. Le révérend Euyères le remarqua.

— Tiens, vous avez pris de l'assurance, on dirait. Faites attention mon jeune ami, la confiance en soi est un péché d'orgueil : on commence par avoir une opinion et on finit par ne plus croire à rien. Mais vous n'avez pas tort : je suis vivant.

Les villageois voulaient en fait poster une vidéo choc sur Internet pour sensibiliser le monde entier à leur situation. Tous les immigrants clandestins d'Afrique venaient échouer sur leur côte, ils se sentaient submergés. Mais j'aurais pu leur donner un avis éclairé au lieu de jouer les guignols, s'agaça le révérend Euyères qui se donna une claque sur le nez pour aplatir le moucheron. Par exemple leur dire que la main invisible du Marché ne tardera plus à vaincre la misère des pays pauvres.

— Je crains que vous ne péchiez par optimisme, osa Nyse conscient de proférer un blasphème.

— Ne me dites pas que vous ne croyez plus en l'économie Universelle ? Vous que j'ai commencé à former à l'âge de raison, vous sombrez, vous aussi, dans le déclinisme ambiant ? Une hérésie qui promet autant de ravages que la peste noire ! Dites-moi la vérité : vous êtes contaminé ? Avant d'entamer une discussion scientifique, je voudrais savoir comment vous êtes arrivé ici... répondit Nyse que la curiosité enhardissait.

— Oh, il n'y a pas grand-chose à raconter, poursuivit le révérend Euyères déçu de n'avoir pas pu éviter le sujet. Les ignobles individus de ce damné village m'ont donné un peu d'argent pour ma « prestation », m'ont-ils dit, en soulignant qu'ils payaient toujours le travail quel qu'il soit. J'ai donc foncé à Rome par des autocars de campagne, ce qui était le transport le moins cher, il faut toujours profiter de la concurrence. J'y suis arrivé en dix jours.

L'ambassade d'Alligator à Rome m'a redonné des papiers d'identité et un passeport. J'ai obtenu une chaire d'économie Universelle à l'université, où la plupart de mes élèves une fois diplômés partaient en stage dans les grandes banques privées avant d'intégrer la haute administration ou les instances européennes. J'ai adoré ce système bien structuré, c'est beau comme l'antique !

— Et puis vous avez décidé de plonger dans le poisson, c'est un peu vaseux comme explication, marmonna Triple A en prenant un autre mouchoir parfumé de frais.

Le révérend Euyères baissa la tête :

— Il faut croire que le sort s'acharne sur moi. Je participais à un colloque international sur le rôle des paradis fiscaux dans l'édification d'un monde meilleur quand je suis tombé dans un piège. Il y a tellement de suspects que j'ai tout de suite renoncé à connaître les commanditaires. Le lieu du colloque était pourtant gardé par l'armée et tous les quartiers environnants étaient sous couvre-feu. Mais le Mal s'infiltre partout. Il s'est invité dans ma chambre.

Il était minuit et demi, je traversais le long corridor de l'hôtel en rêvant à mon lit quand j'ai entendu, loin derrière moi une voix de femme chantonner « C'est l'Amour qui passe... ». Une porte s'ouvrait puis se refermait. C'était romantique. J'étais sous la douche quand on a gratté à ma porte. Désireux de voir à quoi ressemblait un amour de passage, je me suis précipité pour ouvrir. Derrière la porte il y avait Albertine Abaleta-Anoulefrick qui poussa un cri car j'étais nu comme l'enfant qui vient de naître. Elle venait m'apporter des documents confidentiels de la FRAPPE pour les travaux du lendemain matin.

Toutes les chambres voisines se sont ouvertes, il y a eu scandale. Albertine a toujours nié faire du lobbying pour les chevaliers de la Sainte-Phynance auxquels la FRAPPE est officieusement affiliée. Elle a prétendu qu'elle était ma maîtresse et que la fatigue exacerbait chez elle le désir sexuel, elle a déchiré des vêtements, s'est griffé le dos, elle a été merveilleuse de sacrifice et d'abnégation : rien n'y a fait. Le lendemain l'affaire s'étalait dans tous les journaux : « Un économiste distingué en collusion avec les chevaliers de la Sainte-Phynance ».

J'ai été chassé de l'université. Tout mon carnet d'adresses m'a tourné le dos. Mon avocat m'a évité le procès en menaçant de révéler des secrets d'État. C'était du bluff et ça a marché. Mais je lui ai laissé jusqu'à mon dernier centime d'euro.

J'ai fait une dépression mais on m'a viré de l'hôpital psychiatrique. Comme ils manquent de places, même les schizophrènes et les paranos sont remis dans la rue. Je le sais car l'un d'eux ne cessait de me suivre, pour me surveiller disait-il. Il était persuadé que je voulais l'assassiner.

Sans ressources, exclu de mon milieu naturel et harcelé par un fou, j'ai embarqué clandestinement sur ce bateau de croisière.

C'est le cuistot qui m'a découvert une nuit que je venais récupérer des restes. Il m'a accepté à bord à condition que je vide régulièrement les déchets de poisson auxquels il était allergique. Personne ne voulait faire ce sale boulot. Le capitaine a fermé les yeux et moi je ne pouvais pas me boucher le nez : je n'avais pas le choix. Mais c'est ma dernière traversée. En arrivant à l'île de Cyprus, j'aurai gagné un peu d'argent et je serai enfin libre.

— C'est épouvantable, gémit Nyse. Le meilleur économiste du monde traité comme un galérien !

- C'est la rançon de la gloire intervint Triple A qui changeait pour la troisième fois de mouchoir parfumé. Exactement comme pour moi. Si je n'avais pas été riche et célèbre, je ne serais pas obligé de récurer les latrines ».

Dans une bouffée de saumure, le révérend Euyères se mit debout car il sentait venir la crampe :

— Il est vrai que ceux qui sont en haut, ont toutes les chances de le rester. Mais il y a, hélas, des accidents, conclut-il avec un hochement de tête fataliste. L'essentiel est de conserver sa foi en l'économie Universelle pour être sauvé.

XXIV. SPLENDEUR ET MISÈRE DE TRIPLE A

— Il est clair que ma richesse m'a d'abord sauvé la vie, s'entêta Triple A en se tournant vers Nyse pour échapper aux relents de sardine. Mon crâne, c'est du béton, rien ne peut y entrer. Quoique couvert de sang, je n'étais qu'assommé. On m'a donc recousu à l'hôpital, ou plutôt dans une clinique privée. Une œuvre sanitaire financée par les cartels de la drogue. Et je dois dire qu'on m'y a très bien soigné.

Le choc m'avait à nouveau rendu amnésique. À l'hôtel où je vous ai reçu, j'avais donné un faux nom car j'étais en négociation secrète pour la construction d'un barrage géant en Amazonie. Certains hommes politiques ne voulaient pas que mon nom soit mêlé au leur. Lors de cet « accident », ils se sont bien gardés de révéler ma véritable identité. Et le ministère de la Ruralité péruvien a fait de même car une enquête risquait de mettre au jour un trafic d'influences à propos de la vente d'une forêt perdue. Tout le monde s'est arrangé pour me trouver une retraite bien cachée. Oh, j'entends d'ici votre objection : pourquoi ne m'a-t-on pas tué puisque j'étais déjà mort ? Éh bien parce qu'un cadavre, c'est horriblement encombrant ! Un vivant c'est bien plus facile à faire disparaître qu'un mort.

J'ai passé une année dans le secteur psychiatrique de la clinique des cartels qui comptaient m'utiliser quand j'aurais retrouvé la mémoire.

— Mais c'est ignoble ce que vous racontez-là, s'indigna Nyse. Comment peut-on soigner un homme pour espérer en tirer un profit quelconque ?

— Oh, ça ne me choque pas, à leur place j'aurais fait pareil, répliqua Triple A. Il faut dire que je leur ai coûté cher. Comme j'avais compris leur intention, j'ai décidé de rester amnésique longtemps. C'est un réflexe qui m'est venu dès que j'ai retrouvé la mémoire. Je mangeais, je dormais, et pour le reste, j'avais déniché une charmante jeune fille, environ vingt ans, qui acceptait de jouer au docteur avec moi plusieurs fois par semaine. Une liaison sans histoire : elle oubliait tout d'une semaine à l'autre. C'est pour ça aussi que je devais entretenir une relation suivie. Sinon, elle aurait été fichue d'y mettre un terme pensant qu'elle n'avait jamais commencé.

— C'est triste, cette jeune fille qui perd la mémoire... soupira Nyse.

— Au contraire, ça lui sauve la vie ! s'exclama Triple A. Comme les infirmiers ne se gênent pas pour parler devant des fous, j'ai appris son histoire. D'une banalité affligeante, notez bien. Une famille venue des Andes et tombée dans la misère en arrivant au bidonville, une bouche inutile vendue à dix ans à un gang qui l'envoie mendier en ville puis lui passe sur le corps avant de la mettre sur le trottoir. Je le dis avec d'autant plus de détachement que la pédérastie, c'est pas mon truc. D'ailleurs, quand j'en ai fait ma maîtresse, elle disait avoir vingt ans mais elle en paraissait beaucoup plus. Va savoir.

Bref, quand un client plus violent que les autres lui a cogné sur la tête, elle a quitté l'enfer pour le paradis : elle ne se souvenait plus de rien ! Du coup, c'est le cas de le dire, elle retrouvait des réactions normales. Quand on oblige quelqu'un à faire la pute, d'après les infirmiers, ça donne des relations sadomasochistes. Mais grâce à son amnésie, quand je l'ai rencontrée elle était redevenue nature. Ça tombait bien, la perversion non plus, c'est pas mon truc.

— Mais les chiottes, ça, c'est vraiment votre truc. Au point que vous êtes tombé dedans ! interrompit le révérend Euyères oubliant sa bonne éducation car il devenait jaloux.

Triple A, grand seigneur, ne releva pas l'insulte. Après avoir pris une inspiration à travers son mouchoir parfumé, il poursuivit :

— Je devais le sentir car je ne voulais pas quitter ce cocon où j'étais si bien soigné.

Un jour, hélas, il y a eu une révolution. Le personnel disait que les Rouges allaient tous nous assassiner, qu'il fallait partir se cacher dans la montagne. J'ignorais totalement ce qui se passait, et surtout je m'en fichais. Mais comme tout le monde voulait prendre le maquis, j'ai décidé, moi, de prendre le large.

Je suis descendu sur la côte. Hormis quelques manifestations d'opposants, le pays était calme, les commerces ouverts. Dans une petite ville côtière, je suis entré dans un bar où l'on jouait au poker dans l'arrière-salle. J'ai un flair particulier pour ces choses-là. Il me restait un bijou de famille, une chevalière. Je l'ai jouée, j'ai gagné. J'ai tout remis en jeu, et j'ai gagné encore. J'ai gagné chaque coup durant toute la nuit. Mes partenaires se succédaient, tous y laissaient soit leur médaille de baptême soit leur Rolex, selon leur âge et leur réussite professionnelle. Et je continuais à jouer. C'était un don du Ciel. À l'aube, j'étais à la tête d'une véritable fortune.

— Attention, vous risquez la diarrhée verbale, grogna le révérend Euyères de plus en plus jaloux.

— Moi, je trouve que c'est un véritable conte de fée, commenta Nyse, bon public. Et qu'avez-vous fait de tout cet argent ? interrogea-t-il, en pensant au pactole d'Eldorado, la poudre d'or qui dormait dans ses poches et dont il ne se séparait jamais.

— J'ai continué à flamber. Vous n'imaginez pas le plaisir qu'on a à se mettre en danger, à prendre des risques ! s'exclama Triple A. C'est comme grimper au rideau avec une blonde explosive, peut-être mieux encore car on n'a même pas à être poli après. Et quand on parle de « flamber », c'est la vérité : ça chauffe de partout, on a la cervelle qui fume, il n'y a décidément qu'en Enfer qu'on s'éclate !

Le problème, c'est que ça ne dure pas.

— Enfin, la chute ! explosa le révérend Euyères.

— Au diable les jaloux ! couina Triple A. Oui, je confesse, j'ai fait cette erreur imbécile : je me suis fait des jaloux. Beaucoup de jaloux. Je peux même dire que tout le monde était jaloux de moi. J'avais les plus beaux costumes, les plus belles voitures, les plus belles femmes. Et jamais le temps d'en profiter car je passais ma vie à jouer.

Le patron du bar où j'avais mes habitudes m'avait procuré de faux papiers pour que je puisse jouer l'esprit tranquille car j'attirais les clients. C'est fou ce qu'on peut faire avec ces imprimantes allemandes ultrasophistiquées ! Des faux papiers plus vrais que les vrais, c'est tout l'intérêt des technologies de pointe. Tant de gens sont à la recherche d'une vie nouvelle ! Mais je vous l'ai dit, ça n'a pas duré, enchaîna-t-il devant les mouvements d'impatience de ses auditeurs. Un soir, un joueur que je n'avais jamais vu est venu me défier Après avoir perdu plusieurs parties, il m'a proposé le quitte ou double. Pas sur les sommes mises en jeu ce soir-là, non : sur la totalité de ma fortune. S'il perdait, il s'engageait à me servir d'esclave pour le restant de ses jours. J'ai ri car cela me semblait complètement dément. C'était diabolique. Car l'homme était sérieux. Il a demandé de quoi écrire et a rédigé un engagement devant témoins. C'était le jeu ultime, le jeu de la mort, celui que tout joueur souhaite et redoute à la fois. J'ai senti une vague de chaleur me submerger, comme si je plongeais dans un océan de feu. J'ai accepté.

Et j'ai perdu. Cette fois, j'ai vraiment failli perdre l'esprit. Je suis sorti du bar dans un silence de mort. J'ai pensé bien plus tard que l'homme avait triché, mais ça n'avait plus aucune importance : les dés avaient été jetés.

J'ai marché jusqu'au port et j'ai regardé l'eau noire, avec les moires argentées du clair de lune. Au-dessus il y avait un bateau. J'ai franchi la passerelle, c'était ma manière à moi de me jeter à l'eau. Il s'agissait d'un cargo qui faisait route vers l'Espagne avec des conteneurs de soja transgénique pour le bétail, c'était la cargaison officielle. Mais les conteneurs contenaient aussi bien d'autres substances dont j'ai préféré ne pas connaître la nature. Dans ce domaine, moins on en sait...

— ... plus vite on arrive aux chiottes, coupa le révérend Euyères.

— Oh, vous, occupez-vous de votre odeur qui nous empeste depuis des heures !

— Et vous, vous sentez la rose peut-être ? Sentir le poisson, ça n'a rien de honteux, je ne ramasse pas la merde, moi ! Et si mon odeur vous incommode, libre à vous de dégager ! Vous attendez quoi ? L'intervention de la main invisible du Marché ? (la bénédiction soit sur elle).

— Tiens, c'est drôle, vous employez les mêmes formules religieuses qu'Acalcuta, s'étonna Nyse.

— Que devient-elle, au fait ? s'enquit le révérend Euyères.

— Elle vit dans l'île de Cyprus où elle aide des gens à se détendre, indiqua Nyse pudiquement.

— Vous m'expliquerez à l'occasion, commenta le révérend Euyères en se donnant une gifle qui estourbit le moucheron. Car il y a une étrange coïncidence de vocabulaire entre elle et moi. Ici, la cuisine est assurée par d'anciens détenus qui ont été convertis en prison. C'est une main d'œuvre très compétitive, qui emploie des formules religieuses à tout bout de champ, forcément, ça déteint. Ne vous inquiétez pas, je vous en sortirai d'autres.

— Il semble que votre besoin soit devenu moins pressant, ironisa Triple A qui avait préféré oublier les sarcasmes car il tenait à finir son histoire.

— Je continue. Donc me voici sur ce cargo bien chargé où l'on accepte de me prendre comme homme à tout faire. Très vite, j'indique au capitaine que j'ai des compétences en comptabilité, et même en matière de placements financiers. Au bout de quelques jours, je le convaincs de placer toutes ses économies dans les actions Pilebouc qui venaient d'être mises sur le marché. Le temps que le cargo arrive à Barcelone, les actions Pilebouc avaient perdu 95% de leur valeur, le capitaine était ruiné et lançait à ma poursuite un gang de malfrats qui, une fois en possession de leur cargaison clandestine, avaient pour mission de me faire la peau.

J'ai trouvé refuge sur ce bateau de croisière. On n'imagine pas combien de bateaux acceptent des passagers clandestins. Et je ne parle pas des pauvres bougres qui se font tout petits dans la cale. Non, il y a des personnalités comme moi qui voyagent officiellement en tant que passager clandestin. L'équipage et le capitaine, tout le monde est au courant, c'est une clandestinité de confort, juste pour être peinard par rapport aux autorités à cause des faux papiers. En contrepartie je me tape ce que personne ne veut faire. La corvée de chiottes. C'est moins dangereux que de donner des conseils financiers, même si leur avantage, c'est que l'argent n'a pas d'odeur.

Derrière les senteurs conjuguées du poisson et des latrines, le parfum du jasmin se faisait entêtant.

— Tiens, une bouffée d'oxygène, lança Triple A, en reniflant au-dessus de son mouchoir parfumé. Furtivement, Nyse entrevit une forme drapée de noir qui glissait vers l'escalier menant au pont inférieur. Il eut envie de courir derrière elle, de voir son visage, mais la politesse le retint. Il ne pouvait pas abandonner son vieux professeur et son futur beau-frère, surtout dans leur situation catastrophique.

— Mais vous-même, que diable venez-vous faire dans cette

galère ? lui demanda étourdiment le révérend Euyères en se relevant pour soulager une nouvelle crampe, ce qui dégagea un fumet de hareng. Nyse éternua. Triple A fit une moue dégoûtée et plaqua son mouchoir sur son nez comme un tampon de chloroforme.

— Je vous l'ai déjà dit, j'ai pris ce bateau pour rejoindre Acalcuta sur l'île de Cyprus, répondit Nyse, à qui les larmes venaient aux yeux d'avoir éternué.

— Je vous sens très ému, commenta le révérend Euyères. Auriez-vous enfin épousé votre Dulcinée?

À ces mots, Nyse sentit de vraies larmes lui brouiller la vue.

— C'est le but de mon voyage, avoua-t-il la gorge serrée.

— Le Ciel soit loué ! Cela fait des années, n'est-ce pas, que vous travaillez à ces retrouvailles ? Vous voyez, le travail est toujours récompensé. Sans évoquer son séjour en Eldorado, qui était pour lui un tabou, Nyse ne put s'empêcher d'être sincère :

— Je dois surtout au hasard de m'avoir fait retrouver mon amour, le travail n'a rien à voir à l'affaire.

— Tssss, tsss, quelle que soit l'affaire, si vous arrivez à la conclure, c'est que vous avez bien travaillé, c'est la règle ! Et ce ne sont pas les caricatures comme ce monsieur Triple A qui prouveront le contraire !

— Je ne suis pas une caricature, je suis un être d'exception ! glapit Triple A, la voix étouffée par son mouchoir qui avait perdu son parfum. Quant à vous, votre odeur est exceptionnellement immonde !

— Vos insultes ne me font ni chaud ni froid, aboya le révérend Euyères en se rasseyant dans un effluve de maquereau car la brise de mer s'était levée. Ah, c'est facile de se moquer d'un économiste distingué qui traverse une mauvaise passe ! Mais sachez qu'aucune crise ne saurait durer. Bientôt, la main invisible du Marché - la bénédiction soit sur elle - va me remettre sur le droit chemin, celui de la réussite. Et vous, créature infernale, être sans morale, vous irez griller dans les flammes de l'Enfer !

— Vous m'enchantez, ricana Triple A, c'est le seul endroit où on s'amuse !

XXV. MENSONGE DU SIÈCLE, SIÈCLE DES MENSONGES : PAROLES D'EXPERTS

Un bruit de voix qui se rapprochait leur imposa le silence. Un couple venait respirer l'air marin avant d'aller dormir. Tendrement enlacés, ils levaient le nez vers le ciel piqueté d'étoiles.

— Tu ne sens pas une drôle d'odeur ? murmura la femme après un baiser prolongé.

— Chut, ne gâte pas cet instant... chuchota l'homme en voulant l'embrasser à nouveau.

— Non, vraiment, cette odeur me gêne, déclara la femme. Elle me rappelle ce bidonville qu'on a visité à Lagos lors de notre voyage de noces au Nigéria. J'ai oublié son nom mais qu'est-ce que ça puait !

— Il n'y a que toi pour penser à un bidonville sur un bateau de croisière, répondit l'homme qui tentait de retenir son rêve. Chérie, crois-moi, ce sont les embruns. La mer, ça sent le poisson, c'est normal, non ?

— Non ! cria la femme en se dégageant brusquement. Car il y a aussi une odeur de chiottes ! Je me plaindrai demain au directeur de la compagnie. Au prix qu'on paie, on peut avoir des exigences, non ?

— Bon, d'accord, rideau, on descend, on se couche et on dort ! Bonjour l'ambiance, fit l'homme excédé en remontant le col de sa parka. Tu gâches toujours tout, ça devient pénible.

— Comment, je gâche tout ? piailla la femme. C'est quand même pas moi qui ai choisi un endroit pourri, non ? C'est comme quand on s'est retrouvés à Lagos parce qu'il n'y avait plus de places locostes pour Venise ou Saint-Pétersbourg ! Une affaire en or, qu'ils disaient ! La mine renfrognée, l'homme abandonna la partie. La femme continua de récriminer et ils disparurent vers le pont inférieur, au grand soulagement du trio qui s'était caché derrière les cordages.

— Quand je pense qu'il y en qui croient encore que le mariage est une partie de plaisir... soupira Triple A, heureux de pouvoir enfin se mettre debout.

Le révérend Euyères se redressa lui aussi pour se dégourdir les jambes, un remugle de morue flotta dans l'air et Triple A fit un bond de côté comme si une méduse l'avait mordu.

— Il est clair que ces charmantes personnes n'ont pas compris que le mariage vise à produire la famille qui est la base de la société, exposa doctement le révérend Euyères en choisissant d'ignorer l'incident. Les gens qui se marient veulent avoir des enfants pour être heureux alors qu'ils ne font que se mettre dans une cage. Voilà l'enseignement caché des chevaliers de la Sainte-Phynance : persuader le peuple qu'il agit librement alors qu'il fait acte de soumission.

Triple A qui avait rempoché son quatrième mouchoir désormais inodore, approuva d'un air entendu.

— Pour une fois mon révérend, je suis d'accord avec vous. Cela doit venir de ce que nous avons suivi les mêmes études : il est scientifiquement établi que les gens accepteront de devenir esclaves du travail pour procurer à leurs enfants une vie meilleure que la leur. Nous, nous savons que ça ne sera pas le cas : c'est le mensonge du siècle !

Le révérend Euyères avait les yeux brillants d'émotion. Il se retint d'étreindre Triple A car il sentait que ce geste les gênerait mutuellement.

— Je trouve votre raisonnement impeccable, déclara-t-il d'une voix enrouée. Impeccable et implacable. Seul, l'espoir de vivre mieux fait accepter de vivre mal, avouez quand même que c'est bien trouvé. Le renouvellement accéléré des technologies fait croire que nos sociétés progressent : pure illusion d'optique ! Je peux le dire car nous sommes entre gens du même monde : dans l'économie Universelle réalisée, accomplie, les ajustements planétaires se font forcément par le bas. Parce que l'inverse serait absolument ruineux, c'est-à-dire antiéconomique.

Nyse hésitait depuis un moment à intervenir. Soudain il se lança :

— Il me semble pourtant que vous-même et Triple A, qui connaissez parfaitement le système, vous avez subi un sort qui n'en finit pas de m'étonner. Que devient l'économie Universelle dans tout ça ?

— Je vous ai déjà parlé des accidents de parcours, renifla le révérend Euyères qui se revoyait sur la plage du naufrage. Si j'étais resté sur Alligator, je serais toujours un économiste distingué, interviewé comme expert à la télévision et donnant des conférences à 50 000 euros. Mais je suis sorti de mon écosystème, j'ai été transplanté dans des terres ingrates. J'ai beaucoup souffert... Ici le révérend Euyères étouffa un sanglot. Triple A lui-même déglutit avec peine. Cela lui rappelait ses propres avaries.

— Il n'en demeure pas moins que les aléas ne sauraient remettre en question le cadre général, se reprit-il d'une voix sourde. L'économie Universelle a toujours raison car elle est au-dessus de la trivialité du monde ».

— C'est ce que dit Albertine Abaléta-Anoulefrick, s'exclama Nyse, en se rappelant la conversation mondaine avec l'économiste distingué dans le salon parisien. Pour elle, le raisonnement économique est un raisonnement scientifique élaboré à partir de bilans et de chiffres dans le silence feutré d'un cabinet d'études ou d'une agence de notation.

— Oh, pour ce qui est des agences de notation, il ne faut rien exagérer ! se récria Triple A. Juste avant la chute de la banque Léman Sisters nous lui avions collé une excellente note et crac ! Explosion en vol. Depuis, il nous arrive d'infliger à des pays une mauvaise note et tout le monde s'en fout ! Notre seul intérêt, si je peux dire, c'est de justifier que les États prennent ces mesures impopulaires qui nous indiffèrent, vous n'imaginez pas à quel point. C'est pour ça qu'on nous paie. Pour faire peur.

— Mon jeune ami, intervint le révérend Euyères en se tournant vers Nyse dans une délicate odeur de saumure, vous venez de rappeler fort justement qu'Albertine Abaléta-Anoulefrick avait révélé comment s'élabore l'économie Universelle : dans le silence et la réflexion. C'est une méthode et un discours, pas une enquête de police. On est entre gens de bonne compagnie. Si elle a cité les agences de notation, c'est pour faire une énonciation cadencée car elle a le sens du rythme. Albertine est une précieuse qui se sentirait ridicule avec des phrases mal balancées. Je vous assure, moi, que les agences de notation sont à la mode mais qu'elles n'ont rien à voir avec le raisonnement économique. Comme le souligne fort justement notre ami Triple A, elles sont là pour faire diversion. Et je dois dire que le spectacle que nous offrent les dirigeants politiques à travers le monde est des plus divertissants.

Nyse se réjouit de l'absence de José et de Nirao qui, à ces mots, auraient fait passer les deux experts par-dessus bord.

— Dites-moi mon cher Nyse, n'aurais-je pas entendu plusieurs fois que vous alliez dans l'île de Cyprus pour épouser ma sœur ? l'interpella Triple A d'un ton rogue.

— Vous avez bien entendu, répondit Nyse, ingénument. Bien que nous n'en ayons jamais parlé, je considère que nous sommes liés l'un à l'autre, et seul le sort m'a jusqu'à présent empêché de tenir cet engagement moral.

— Je ne saurai en entendre davantage ! beugla Triple A. Moi vivant, jamais un bâtard n'épousera la fille du conseiller des princes d'Alligator !

— Acalcuta n'est plus sur Alligator, se défendit Nyse d'une voix que la colère assourdissait. Je l'ai sauvée du déshonneur en Italie, j'ai dû l'abandonner à Rio mais je suis déterminé à la retrouver dans l'île de Cyprus pour lui offrir une vie bonne. Entendez-moi bien : vous avez beau être son frère, votre opinion sur moi importe peu. Si elle veut toujours de moi, je suis prêt à en faire ma femme toute bouffie ou desséchée qu'elle puisse être.

— Comment osez-vous parler ainsi de ma sœur ! cria Triple A, La fille du conseiller des princes n'a pas à subir les affronts d'une petite merde que je vais écraser !

Et il fit un bond pour étrangler l'infâme selon la coutume d'Alligator.

— Ordure ! hurla-t-il. À cet instant, une brusque houle fit pencher le bateau. Emporté par son élan, Triple A bascula par-dessus l'échelle de coupée. Il n'y eut pas un cri. Juste un grand « plouf ! »

— Cette fois, je ne l'ai même pas touché... murmura Nyse, en se penchant vers l'eau noire qui battait contre la coque.

— Éh bien je crois que nous avons perdu notre Triple A, commenta le révérend Euyères en se penchant lui aussi par-dessus le bastingage. C'est quand même dommage, marmonna-t-il, un jeune homme si intelligent ! Un peu trop joueur, peut-être... Toutes ces émotions m'ont épuisé. Et puis il vaut mieux ne pas traîner ici, se dépêcha t-il de dire en s'éloignant. Mon jeune ami, je vous souhaite le bonsoir. Et surtout, ne cherchez pas à me revoir sur ce damné bateau. Je vais être d'une prudence de rentier. Il disparut dans la nuit tandis que Nyse, changé en statue de sel, contemplait le sillage argenté qui lui apparaissait comme la trace de son forfait. La mer n'était plus qu'un immense cimetière sous la lune. Il effectua en solitaire le reste de la traversée. José faisait des prélèvements de poissons pour mesurer la diminution de la ressource halieutique en Méditerranée. Chaque jour, il envoyait par Internet ses données à des sites qui défendaient la pêche artisanale contre la pêche industrielle.

Nirao, de son côté, ne quittait guère sa cabine d'où il participait, sur son ordinateur, à la coordination mondiale contre les barrages géants.

Pour se distraire Nyse arpentait les coursives du bateau, le nez au vent à la recherche du parfum de la Dame en noir. Mais ce dernier restait introuvable. Il finit par croire qu'il avait rêvé. Accoudé au bastingage, il ne se lassait pas de regarder le sillon immaculé et bruissant qui accompagnait l'étrave. Le monde lui semblait vidé de sa substance. Il en éprouvait un étrange apaisement.

XXVI. OÙ NYSE, JOSÉ, EUYÈRES ET NIRAO FORCÈRENT LES PORTES DU « HAREM »

Ce fut sur l'île de Cyprus que la vie, donc les difficultés, recommença. Le bateau de croisière arrivait au sud de l'île. Pour se rendre au nord il fallait franchir la ligne de démarcation. Le petit groupe se dirigeait vers le poste des casques bleus de l'ONU quand le révérend Euyères réapparut en pleine rue, vêtu de nouvelles fripes qui sentaient la naphtaline. Il expliqua qu'il venait de racheter sa liberté plus cher que prévu et qu'il était pour ainsi dire sans le sou.

Ce qui donna à José l'occasion de dénoncer une liberté qui ne voulait rien dire quand on n'a pas les moyens de vivre. Le révérend Euyères proclama solennellement que la liberté était un principe fondamental car elle garantissait le bon fonctionnement du commerce qui est source de toute vie. José lui lança méchamment que la liberté du commerce conduisait à traiter les hommes en marchandises, donc à les empêcher de vivre. Nirao tenta de les calmer en disant que cette dispute allait les faire remarquer mais personne ne l'écouta. José traita le révérend Euyères d'esclavagiste et le révérend Euyères le qualifia de révolutionnaire, ce qui dans sa bouche était la pire des insultes.

Le passage de trois gardiens de la paix mit fin aux présentations entre le révérend Euyères et les nouveaux compagnons de Nyse : pour lui éviter un contrôle risqué, José et Nirao lui firent discrètement un rempart de leur corps. Nyse, qui n'avait rien vu, proposait à Euyères de subventionner son passage au nord en attendant qu'il retrouve une vie normale. Ce dernier accepta d'un ton condescendant comme si Nyse lui offrait une boîte de chocolats. Désormais au nombre de quatre, le petit groupe se remit en route sous la houlette de Nyse devenu malgré lui le chef de sa nouvelle famille.

« Le Harem » se révéla un endroit isolé, sans aucune publicité ni panneaux indicateurs. Quand ils y arrivèrent après deux jours de recherches, il affichait complet. Ce fut du moins ce qu'on annonça aux voyageurs quand ils se présentèrent à la réception.

Avec sa saharienne usée et sa silhouette longiligne, Nyse semblait sorti d'une bande dessinée d'Hugo Pratt. Nirao, grâce à son menton volontaire, son blouson en jean et sa tignasse noire qu'il venait de couper, aurait pu être un fils de Blueberry. Le révérend Euyères, dont les habits élimés et la tonsure accentuaient le pittoresque, évoquait un personnage de F'Murr. Mais José fut le seul à attirer l'attention au « Harem ». Son épaisse moustache noire et son teint basané le firent prendre pour un « Irakien », qui pouvait cacher un « taliban » ou Dieu sait quoi. D'autant qu'il était muet de colère car il venait encore de se disputer avec le révérend Euyères. Cet air farouche ajouta à son allure mystérieuse et valut au petit groupe d'être traité avec une certaine retenue. On leur répéta donc poliment que toutes les chambres étaient réservées et qu'ils devaient aller loger ailleurs. Sans José, ils auraient été jetés dehors par les vigiles.

Du fond du grand hall, une femme voilée héla une hôtesse d'accueil qui alla à sa rencontre. Tout à leurs nouveaux déboires, les quatre compagnons ne lui prêtèrent aucune attention.

Cinq minutes plus tard, ils étaient introduits dans un petit salon où on les pria d'attendre. Nyse songeait à s'installer devant l'entrée du « Harem » pour commencer une grève de la faim quand un parfum de jasmin vint chatouiller ses narines. Quelques secondes plus tard, la Dame en noir apparaissait dans l'encadrement de la porte.

Il n'eut pas le temps de s'abandonner à son imagination que l'apparition arrachait le voile qui la couvrait de la tête aux pieds.

— J'ai complètement perdu l'habitude, qu'est-ce qu'on étouffe, là-dessous ! s'exclama Belle, en secouant sa superbe crinière noire dont les boucles humides vinrent se plaquer sur ses tempes. Nyse s'approchant pour l'embrasser, elle recula en souriant.

— Jamais de démonstration d'amitié dans ce pays envers une femme, vous risquez la prison, chuchota-t-elle en inclinant la tête à distance.

— Mais nous sommes dans un lieu public... fit Nyse déconcerté.

— Justement ! Les hommes et les femmes ne doivent pas se côtoyer dans les lieux publics, répliqua Belle. En public, normalement, il y a des espaces séparés. Ici, tout le monde vient pour se mélanger mais il faut sauver les apparences. On me connaît comme danseuse orientale venue d'Occident, ce qui me vaut un traitement de faveur en même temps qu'un certain mépris mais c'est le revers de la médaille.

Tout le monde ayant fait connaissance, Belle leur apprit comment elle avait réussi à se faire admettre au « Harem ».

XXVII. PORTRAIT DE BELLE EN ANGE GARDIEN

Son coup de téléphone à Acalcuta l'avait sérieusement inquiétée. Acalcuta semblait avoir perdu son énergie, elle était malade, prise au piège, sa vie était en danger. Il n'y avait pas de temps à perdre. Négociant quelques semaines d'absence avec le responsable des programmes du Moulin rouge - contrat d'honneur dont les clauses resteraient cachées – elle s'était rendue à Barcelone pour aider Nyse le plus discrètement possible à sauver son amie des griffes du mauvais sort.

— Mais pourquoi ce secret ? demanda ce dernier. J'aurais adoré faire la traversée avec vous !

— L'idée ne m'a même pas effleurée, expliqua Belle. Pour vous aider je devais faire semblant de ne pas vous connaître. Il est vrai que j'aurais pu venir dans l'île de Cyprus directement. Mais j'ai décidé de vous coller au train pour ne pas avoir à vous attendre. L'attente, pour moi, c'est la guerre. En Libye, pendant le printemps arabe, on attendait des heures l'ennemi pour ne pas être pris par surprise. Depuis, je préfère agir, ça me calme.

— Pourquoi alors vous être presque montrée, une nuit, sur le bateau ? s'étonna Nyse. José et Nirao le regardèrent avec des yeux ronds. Ils n'étaient pas au courant. C'était la première fois que leur candide compagnon leur cachait quelque chose. Visiblement, il s'émancipait. Cette découverte leur fit un petit coup au cœur. Comme quand un enfant vous lâche la main pour se mettre à courir.

— C'était une faute, avoua Belle d'un air confus. Je savais que vos deux amis étaient dans leur cabine, je vous ai entendu parler à des inconnus. J'ai voulu voir qui c'était. Vous êtes tellement insouciant... Mais je suis restée sous le vent et vous avez failli me découvrir. C'est une gaffe que je n'aurais jamais commise autrefois, cette inconscience m'aurait coûté la vie. Le confort m'a rendue imprudente, ragea-t-elle. Mais cette erreur m'a servi, j'ai retrouvé mes vieux réflexes !

Belle expliqua qu'elle avait déniché le « Harem » grâce à son smartphone avec connexion Internet et GPS. Elle y était arrivée deux jours auparavant et s'était présentée comme une danseuse orientale parisienne en repérage pour des contacts internationaux. On lui avait « amicalement » demandé de se produire une fois, ce qu'elle avait fait de bonne grâce. Et même avec plaisir.

Ayant montré qu'elle était bien ce qu'elle prétendait être, la nouvelle Mata Hari avait pu louer une chambre. Elle bénéficiait en outre d'une autorisation de séjour délivrée par les autorités phéniciennes qui exerçaient sur le nord de l'île de Cyprus une sorte de mandat de fait.

— J'ai cru que cette île était indépendante jusqu'à ce que j'aille me renseigner pour y venir, raconta-t-elle. J'ai ainsi appris que les communications entre le nord et le sud sont très compliquées. C'est pourquoi aussi j'ai pris le risque de vous suivre sur le bateau car je ne savais pas si vous arriviez au nord ou au sud. En cas de problème, je voulais être près de vous.

— Madame est votre ange gardien, ricana Euyères d'un ton envieux. Elle ignorait bien sûr que vous êtes bien entouré.

— Quand j'ai connu Nyse en Italie, il était aussi bien entouré qu'un homme tombé à la mer, répliqua Belle, heureusement que j'étais là.

— Pourquoi me rappeler un crime que je n'ai même pas commis ? gémit Nyse d'une voix presque inaudible. Belle le regarda d'un air étonné, il fallut la mettre au courant.

— Si ce Triple A était bien le coquin que vous décrivez, commenta-t-elle, il ne manquera pas à grand monde. D'ailleurs sa sœur ne m'en a jamais parlé.

— On ne peut même pas dire qu'il est mort et enterré, soupira Euyères, il a juste disparu dans un immense trou noir.

« Et Acalcuta ! Où est Acalcuta ? s'écria Nyse, à la fois pour changer de conversation et parce qu'il voulait enfin retrouver la femme de sa vie.

— Ne vous inquiétez pas, elle est ici, au « Harem », répondit

Belle en lui faisant signe de parler moins fort. Elle vous sait dans ces murs, j'ai eu le temps de la préparer pour lui éviter un choc violent. Mais elle se repose car elle est très fatiguée. Vous la verrez ce soir, au bar, pendant son service. Faites juste semblant d'être un bon client et commandez ce qu'il y a de plus cher, on vous laissera vous ruiner en toute tranquillité.

— N'est-il pas possible de la voir tout de suite ? Après toutes ces années, encore attendre... supplia Nyse. À cet instant, un serveur entra dans le petit salon, suivi d'un groupe d'hommes qui s'installèrent bruyamment et commandèrent du thé avec des regards entendus et de grands éclats de rire. Belle, qui avait rabattu sur elle ses voiles, eut à peine le temps de chuchoter à Nyse :

— Le bar, ce soir, à onze heures. Elle sortit dans un froissement de tissu, et l'un des hommes, après avoir proféré une insulte, se précipita pour ouvrir une fenêtre afin de disperser plus vite la légère odeur de jasmin.

XXVIII. OÙ NYSE FIT ENFIN SA DEMANDE EN MARIAGE

Un coude sur la table, Nyse ne se lassait pas de plonger son regard dans celui d'Acalcuta.

Il redoutait de le porter ailleurs. Ses yeux noirs étaient plus que jamais ceux de la mélancolie. C'était à peu près tout ce qui restait de la dame de ses pensées. Cette beauté divine que Nyse caressait dans ses rêves depuis des années. Malgré la pénombre qui adoucissait les contours des êtres et des choses, Acalcuta ne se ressemblait plus. Le visage épaissi, les yeux cernés, les traits tirés, elle triturait nerveusement un sachet de sucre en poudre qui finit par crever, répandant sur la table un petit tas de sable blanc.

Les retrouvailles furent pénibles. Pour s'habituer à cette réalité nouvelle, Nyse se concentra sur la conversation. Acalcuta raconta qu'elle avait dû fuir Barcelone car elle pensait qu Igor Dérivaski l'y avait retrouvée. Elle dit comment elle avait vécu, ou plutôt survécu, dans les plantations de fraises de Celti-Bétique d'où une tentative de viol l'avait chassée.

Sur l'île de Cyprus, quand « L'Athénée » était devenu « Le Harem », les femmes de ménage, les jardiniers, les cuisiniers, les cadres, tous ceux qui avaient pu démissionner, l'avaient fait. Elle avait voulu les suivre mais le patron l'avait convoquée dans son bureau pour lui dire qu'il lui confisquait son passeport. Elle devait désormais jouer les entraîneuses de luxe au bar de l'hôtel, en distrayant le client par sa conversation, puisqu'elle parlait plusieurs langues et qu'elle était cultivée, il fallait bien que la culture chez une femme serve à quelque chose.

On n'avait pas eu d'autres exigences. Rien de sexuel, par exemple.

— C'est là, murmura-t-elle en détournant le regard, que je me suis aperçue que je m'étais fanée.

Toutes les jeunes femmes qu'elle avait côtoyées dans l'exploitation disaient qu'assez vite leur mari ou leur compagnon cessait de les désirer. À cause de la plantation. Elles en revenaient desséchées ou gonflées de fatigue et de mauvaise nourriture, courbées avant l'âge. Rentrées au pays, elles devinaient que leur homme en avait trouvé une autre, plus jeune, qui n'était pas encore partie cueillir les fraises en Celti-Bétique. Certaines le vivaient très mal et seule la pensée d'assurer la subsistance de leurs proches et de payer des études à leurs enfants leur permettait de tenir.

En Espagne, Acalcuta ne se voyait pas changer. Plus tard, la vie qu'elle menait au « Harem » avait eu raison des restes de sa beauté. Elle se savait vieille et laide. Nyse avait poursuivi dans ses rêves pendant des années une fille jeune et belle. Elle comprenait sa déception et lui rendait tous les engagements qu'il penserait avoir par fidélité à un sentiment de jeunesse.

Comme elle se levait pour s'enfuir et donner libre cours à son chagrin, Nyse la retint par le poignet.

— Un engagement n'est pas un contrat, il n'est pas question d'affaires mais de sentiments, lui expliqua-t-il. Certes, la fille que j'ai connue n'existe plus, mais le garçon qu'elle a séduit n'existe plus non plus. Il est devenu un homme. Moi aussi je suis fatigué. J'ai fait le tour du monde, je suis mort deux fois, j'ai tué, j'ai perdu ma foi en l'économie Universelle. Maintenant j'ai besoin de prendre racine quelque part. As-tu envie de m'aider à cultiver notre jardin ?

À ces mots, Acalcuta se mit à pleurer doucement.

Interdit, Nyse pensa qu'il lui avait fait du mal, qu'il avait été brutal, mais quand elle releva la tête, son sourire brouillé de larmes était celui de la jeune fille d'Alligator.

— Je n'ai jamais rêvé une aussi belle demande en mariage, murmura-t-elle d'une voix étouffée par l'émotion.

De la grange où il venait de ranger la voiture, Nyse entendait Acalcuta chanter un air qu'elle aimait particulièrement. Une vieille chanson de Farid el-Atrach sur laquelle Samia Gamal dansait l'une de ses meilleures chorégraphies dans un film égyptien des années cinquante. Sur la télévision câblée du « Harem », Acalcuta avait découvert les comédies musicales égyptiennes de la grande époque qui l'avaient fascinée. Elles emportaient la prisonnière dans un monde où tout n'était que beauté, luxe et volupté.

Ces rêves dansants, c'était ce qui lui avait d'abord manqué quand le petit groupe s'était installé dans l'île de Cos. Car si Nyse avait retrouvé son amour dans l'île de Cyprus, c'est à Cos, berceau d'Hippocrate, qu'il avait décidé de panser ses plaies et de poser ses bagages. Mais très vite Acalculta avait déniché à Cos, la capitale, un petit marchand de DVD qui commandait pour elle ses films égyptiens préférés en Turquie voisine, en version originale non sous-titrée.

La situation compliquée de l'île de Cyprus avait empêché Nyse de s'y sentir en sécurité. Car il n'oubliait pas le mandat d'Interpol, même si Interpol l'avait oublié. Nirao lui avait pourtant appris que l'arme du crime, la fameuse épingle à chapeau, avait été dérobée dans les locaux de la police italienne avant que les empreintes digitales et l'ADN aient pu y être prélevés.

Nirao disait qu'elle avait été volée par des extrémistes antimondialisation qui en avaient fait le symbole de leur lutte.

Ils voulaient « épingler » par le scandale les dignitaires internationaux et européens et s'appelaient entre eux les « Épinglistes ». Ils ne revendiquaient jamais leurs actions afin que l'impact du scandale ne soit pas pollué par une notoriété dont ils n'avaient que faire. C'était du moins ce qui se disait dans les milieux militants tout autour de la planète.

La police italienne s'était gardée d'ébruiter l'affaire pour ne pas être ridiculisée. Ce qui expliquait pourquoi Nyse avait toujours réussi à passer entre les mailles du filet lors de ses voyages. Il n'en demeurait pas moins qu'il avait senti cette menace planer sur lui pendant des années. Comme une condamnation à mort prononcée il y a longtemps, avec laquelle il lui avait fallu vivre. Contraint de renoncer au nom de son père, en traversant l'espace et le temps, il avait achevé sa mue. Il se faisait appeler monsieur Brador, le patronyme choisi en Chine qui était maintenant sa véritable identité.

Même dans l'intimité, il ne répondait plus désormais qu'au prénom de Louis. Et tout le voisinage appelait Acalcuta « madame Brador ». Ses compagnons avaient eu du mal à voir Nyse en « Louis » mais la présence des voisins facilita le changement, il était plus confortable de ne plus avoir à surveiller ses paroles au quotidien. Sa liberté, Acalcuta l'avait due moins à quelques pincées de poudre d'or d'Eldorado qu'à la crainte que cette richesse inusitée avait fait naître chez le tenancier du « Harem ». Seuls les grands truands possédaient de l'or sous cette forme. Nyse était certainement un caïd de la drogue qu'il ne fallait surtout pas contrarier.

Le patron du « Harem » avait ravalé ses imprécations : avec la mondialisation des trafics et l'arrivée de réseaux exotiques, on ne savait plus à qui on avait affaire. Dans le doute, il témoigna à son mystérieux acheteur le respect dû au plus fort : en lui donnant le passeport d'Acalcuta - qui ne faisait à ses yeux que changer de maître - il inclina son front sur la main droite de Nyse sans lui poser de question.

Le dernier sachet d'or (converti chez un bijoutier dans l'île de Cos) avait servi à acheter une ferme dans la montagne, avec un terrain cultivable ainsi que des arbres fruitiers et des semences. La belle équipe y faisait pousser des fruits (hormis les fraises), des légumes et des fleurs. José n'avait plus peur. Aux États-Unis et au Chiruguay, on enquêtait maintenant sur la mort du président du Chirugay quarante ans auparavant. L'ingénieur agronome entendait mettre ses affaires sur les rails avant d'aller proposer son témoignage. À Cos, il plantait des racines solides qui protègeraient bien des vies du vent destructeur de l'Histoire. Ce retour à la terre n'était pour lui qu'une anticipation de ce qui allait advenir dans le monde à plus ou moins longue échéance.

Ainsi, il avait organisé leur potager et leur jardin en cultures « bio » et en ruches qui approvisionnaient le marché local. On venait jusque de la capitale pour acheter leurs produits. Malgré les sollicitations pressantes, José soutenu par Nyse refusait de s'agrandir. Il aurait fallu embaucher, créer une entreprise, ce qu'ils ne voulaient à aucun prix. Mais leur réussite avait donné des idées et les agriculteurs bio fleurissaient dans la région. Ils s'étaient organisés en coopérative, à laquelle José et Nyse participaient de bon cœur.

Finalement, Nyse et Acalcuta ne se marièrent pas. Les faux papiers de Nyse étaient apparus comme un redoutable risque quand il avait fallu acheter le petit domaine. Raison pour laquelle José avait été désigné par le groupe pour être le propriétaire en titre. C'était lui qui avait officiellement fait l'affaire. Un peu plus tard, il avait abandonné son pied-à-terre à Paris, le jeune couple qui en profitait ayant décidé d'aller vivre au bord de la mer après la naissance de son troisième enfant.

Nyse et Acalcuta avaient alors pris conscience qu'un mariage était un contrat, pour lequel il leur faudrait fournir un certificat de naissance. L'arrestation pour faux et usage de faux était bien plus probable que celle pour deux assassinats dont les dossiers s'étaient égarés pour d'obscures raisons. Loin de les unir, le mariage risquait de les séparer à jamais. Acalcuta avait déclaré qu'elle n'y survivrait pas.

Quand elle avait retrouvé Belle en danseuse orientale, ses goûts culturels s'étaient affirmés. Une fois libérée du « Harem », avec Belle, elle avait appris l'arabe.

— Pour comprendre mes DVD de comédies musicales égyptiennes dans le texte, avait-elle plaisanté. Par plaisir esthétique et parce qu'elle vivait sur une île grecque, elle avait appris le grec, qu'elle parlait à la perfection. De son côté Nyse s'était résolu à parler la langue d'Homère car l'anglais (la langue anglaise, pas le « globish ») était inconnu dans le hameau qu'ils habitaient.

Svoboda, arrachée aux trottoirs de Barcelone, était venue les rejoindre avec ses deux enfants qui remplissaient la maison de cris, de jeux et surtout d'éclats de rire. À sept et huit ans, le frère et la sœur rêvaient de devenir de grands spéléologues, car Nyse leur racontait pour les endormir de fascinantes histoires de cavernes abritant des forêts pétrifiées, de duels au sabre sur l'île noire d'un lac souterrain, et de lamas aveugles devenus tout blancs à cause de roches luminescentes.

José avait initié la jeune femme aux subtilités de l'agriculture biodynamique sur terre aride, en espérant passer un jour avec elle aux travaux pratiques sur un autre terrain. Mais Svoboda restait fidèle à Nirao. Dépité, l'ingénieur agronome allait en ville une fois par mois « pour satisfaire la nature » grognait-il au début en se dirigeant vers l'arrêt d'autocar. Mais sa « satisfaction » portait désormais un nom et un visage et un sourire heureux remplaçait les grognements. Par souci affiché d'indépendance (en fait par timidité d'amoureux), l'anarchiste ne se décidait pas à présenter à la famille l'élue de son cœur.

Égal à lui-même, le révérend Euyères écrivait un Traité de libre-échange intégral à l'usage des générations futures. En tant qu'intellectuel, il avait catégoriquement refusé de se mêler de la gestion du domaine. Et quand on lui demandait pourquoi il ne retournait pas chez lui, sur Alligator, il répondait d'un air suffisant que « la meilleure économie du monde s'élabore dans le calme d'un cabinet d'études. Sur Alligator, je serais beaucoup trop sollicité ».

Belle, rentrée dans la réserve indienne de son père aux États-Unis, avait abandonné la danse orientale.

Elle avait rencontré un beau ténébreux plus jeune qu'elle qui lui vouait une véritable admiration. Pour être sûre d'être aimée pour elle-même, elle avait renoncé à la scène, aux paillettes, au rêve. Et l'amour avait été le plus fort. Aujourd'hui elle organisait des stages de cuisine haut de gamme fondée sur l'utilisation des épices orientales qui avaient un succès fou. Elle enseignait par ailleurs l'art du camouflage dans les stages spécialisés de l'armée pour les femmes soldats. Et passait plusieurs mois de l'année à Cos où elle inventait de délicieux petits plats qui avaient aussi des vertus thérapeutiques.

— Nirao viendra l'été prochain, cria José depuis la fenêtre de la cuisine, juste après la coordination contre les barrages géants qui tiendra son sommet en Éthiopie. Il paraît que c'est bon signe : l'Éthiopie serait le berceau de l'humanité.

— Vous ne croyez pas à cette fable ? glapit le révérend Euyères en apparaissant à la fenêtre de la salle commune. L'homme n'a pas d'ancêtre, il s'est fait lui-même grâce aux échanges économiques !

— Je me demande quels échanges inavouables ont pu produire un parasite tel que vous, le houspilla José. Toujours à dire des âneries et incapable de planter une carotte, ni même un clou !

— Je ne sais pas ce qui me retient de vous planter là, misérable ectoplasme sans cervelle ! brama le révérend Euyères.

— Mais la faim, cher ami : la faim tragique ! Car l'homme pense parce qu'il n'a plus faim, c'est pourquoi vous êtes un vrai mystère : vous n'arrêtez pas de dévorer et vous pensez à vide » l'asticota José en disparaissant à l'intérieur de la cuisine.

— Vous vous croyez intelligent ? beugla le révérend Euyères qui se pencha à l'extérieur et faillit tomber. Sans Nyse, le pur produit des îles Alligator, vous crèveriez la bouche ouverte !

— Je vous rappelle que j'ai tout quitté pour suivre notre ami, ce qui n'est pas votre cas que je sache, riposta José en faisant irruption à la fenêtre d'une chambre avant de rentrer brusquement sans attendre la réponse. Pour mettre fin à la scène qui se reproduisait à intervalle régulier, Nyse appela José pour l'aider à décharger les sacs de pommes de terre bio achetés à la coopérative.

Une bassine vide sur la hanche, Acalcuta remontait du pré où elle venait d'étendre la lessive. La vie saine et le grand air avaient affiné son visage qui avait presque retrouvé l'ovale de sa jeunesse. Ses rides s'étaient estompées, le soleil dorait sa peau faisant ressortir ses yeux noirs qui n'étaient plus ceux de la mélancolie. Son corps aux formes pleines la faisait se sentir puissante, comme les divinités tutélaires qui protégeaient les îles de la Méditerranée.

Le chant qui lui montait aux lèvres était une chanson populaire dans une langue inconnue, attrapée au vol sur une radio dont elle avait oublié le nom. Arménien peut-être, hébreux ? iranien ? enfin, quelque part là-bas, vers l'Orient. Elle ne comprenait pas les paroles mais l'air était entraînant, elle marqua le rythme sur sa bassine, elle avait envie de danser.

Debout dans le soleil, Nyse regardait descendre la paix du soir.

Il repensait de plus en plus souvent à son séjour en Eldorado. Pourtant il n'en parlait jamais avec Nirao. Et il n'était même plus sûr d'avoir vécu cette étrange aventure qu'il racontait par bribes incohérentes aux enfants de Svoboda sous couvert de contes merveilleux. Avait-il dormi ? Rêvé, peut-être ? C'était comme un rêve du matin dont on se souvient dans le moindre détail. L'or s'était épuisé et sa saharienne élimée avait disparu comme la lampe d'Aladin. Il ne restait plus que le souvenir dans sa mémoire, et surtout cette sensation de plénitude qu'il ressentait de plus en plus en regardant ce qu'il avait construit. Cette histoire d'homme.

— Tout ça n'aura qu'un temps ! braillait le révérend Euyères depuis la fenêtre de sa chambre en voyant Nyse approcher. En vérité je vous le dis : le Marché a toujours raison. Nous sommes dans une exception à la Règle mais la Règle nous rattrapera. Il n'y a pas d'autre possibilité, pas de plan B : aucune échappatoire ! Quand regarderez-vous la vérité en face ?

— Vous êtes excessivement inquiet pour nous, ce sentiment vous honore, lança Nyse à la silhouette indistincte dans le crépuscule. Mais en attendant l'Apocalypse, mon cher Euyères, je crois qu'il faut cultiver notre jardin.

TABLE DES MATIÈRES

DÉJÀ PARUS

LITTÉRATURE

PIERRE DOMENGÈS
RACCOURCIS

MARWAN BARGHOUTI
LA PROMESSE - ÉCRITS DE PRISON

PIERRE DHARRÉVILLE
QUELQUE CHOSE DANS LE VENTRE

GÉRALDINE LOUBRIAT
À MOTS PERDUS

MARC TISON
MANUTENTIONS D'HUMANITÉS

MAJID BÂ
LA SARDINE DU CANNIBALE

PIERRE DHARRÉVILLE
LE VOL D'ÉPISTOLES
(RECUEIL DE NOUVELLES ET DE CHANSONS, AVEC CHRISTIAN VAQUETTE)

PIERRE DOMENGÈS
POISON HEART

THIERRY CAZEDEBAT
PETITS VERS DE TERRE

MÉMOIRES

ERIC CABANIS
**PORTRAITS D'UNE LUTTE,
LES MOLEX POUR MÉMOIRE**

PAUL ARDOUIN
CARNET DE MÉMOIRE ET DE LUTTES

PIERRE LAURENT, JACK RALITE, OLIVIER BARBARANT
ARAGON D'HIER À AUJOURD'HUI

ADISHAT
L'ARSENAL DE TARBES

DÉJÀ PARUS

THÉÂTRE

RICHARD DETHYRE
LES Z'ENTROP

COLLECTION ÉCRITS POLITIQUES

ANDRÉ CHASSAIGNE
POUR UNE TERRE COMMUNE

OLIVIER DARTIGOLLES
BLOG À PART

CHRISTIAN PICQUET ET MARIE-PIERRE VIEU
LE TROTSKO ET LA COCO
SÉRIE « RECONSTRUISONS LA GAUCHE » - VOLUME 1
ENTRETIENS PAR SYLVIA ZAPPI

MARYSE DUMAS ET ROBERT GUÉDIGUIAN
PARLONS POLITIQUE
SÉRIE « RECONSTRUISONS LA GAUCHE » - VOLUME 2
ENTRETIENS PAR STÉPHANE SAHUC

PIERRE DHARRÉVILLE
MICHEL VAXÈS, PORTRAIT D'UN CITOYEN EN DÉPUTÉ DU PEUPLE

ÉRIC COQUEREL
AU CŒUR DU FRONT DE GAUCHE
COLLECTION ÉCRITS POLITIQUES

ISABELLE LORAND
DU FRONT DE GAUCHE À L'ÉLYSÉE

NICOLE BORVO COHEN-SÉAT
GÉNÉRATION VIE RÉPUBLIQUE

« IL EST GRAND TEMPS DE RALLUMER LES ÉTOILES »
HUMANIFESTE DU PARTI COMMUNISTE FRANÇAIS

DÉJÀ PARUS

COLLECTION FRANC-TIREUR

VINCENT MICHEL
UN AVEUGLE À L'ÉLYSÉE

CHRISTIAN PICQUET
FRANÇOIS, JEAN-MARC, MARTINE
QU'ALLONS-NOUS FAIRE DE NOTRE VICTOIRE ?

MARIE-PIERRE VIEU
POUR UNE GAUCHE DÉCOMPLEXÉE

IAN BROSSAT, JACQUES BAUDRIER
PARIS N'EST PAS À VENDRE

MAXIME VIVAS
L'IRRÉSISTIBLE DÉCHÉANCE
DE ROBERT MÉNARD
CANDIDAT DU FRONT NATIONAL

www.editions-arcane17.net

Numéro ISBN : 978-2-918721-31-4

Achevé d'imprimé sur les presses
de ISIprint en novembre 2013
Dépôt légal : novembre 2013

Contact : info.arcane17@orange.fr